恒久の月

恒久の月
登場人物紹介
李延年
——武帝に仕える宦官。
武帝
——前漢の第7代皇帝。
エスフィア
——武帝の姉である
平陽公主の奴隷。
絶世傾国
北方有佳人 絶世而独立 一顧傾人城 再顧傾人国
寧不知傾城与傾国 佳人難再得

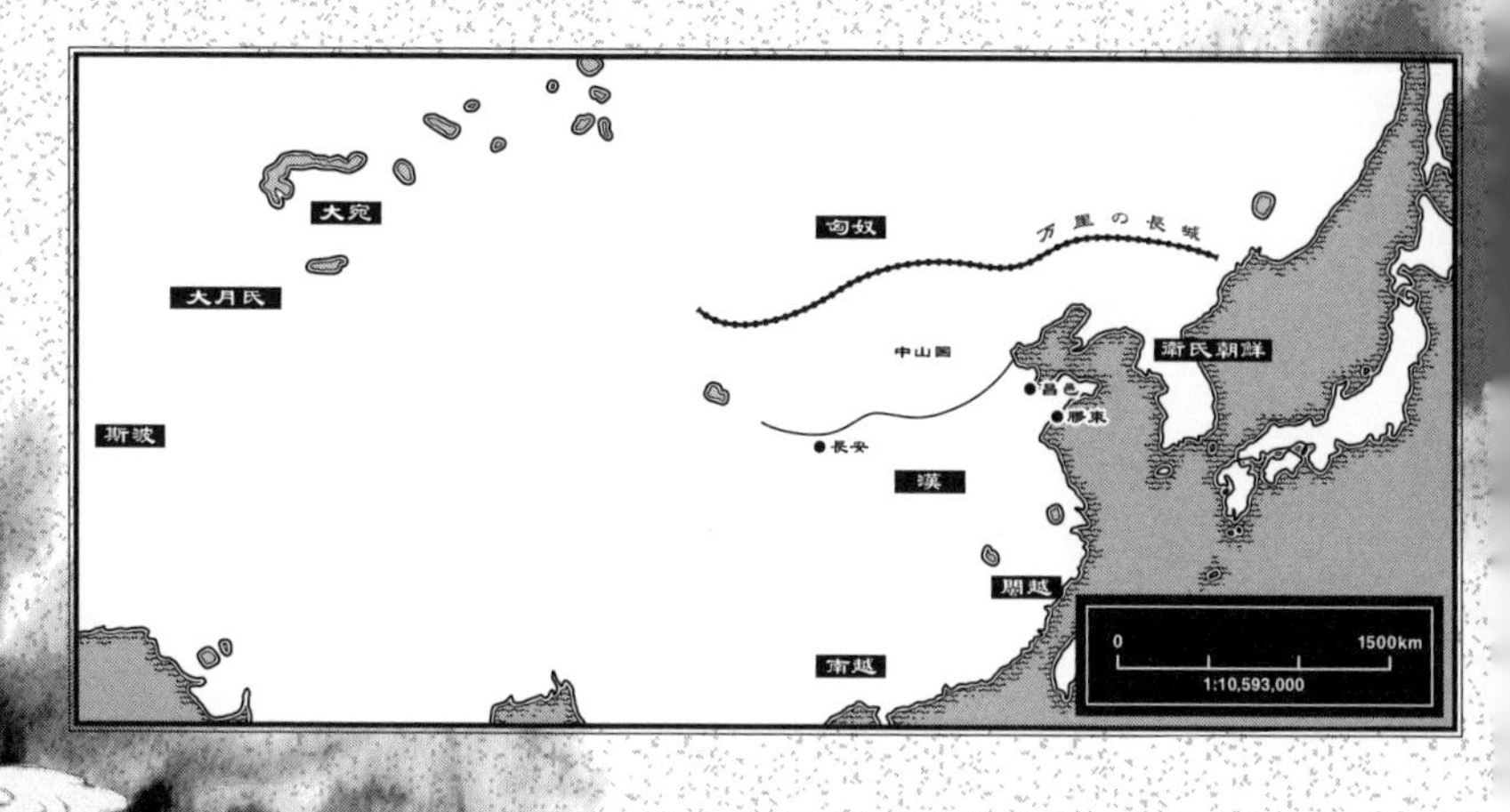

年表

紀元前141年	武帝即位
紀元前133年	馬邑の役（匈奴と開戦）
紀元前103年	李広利 大宛遠征
紀元前101年	李広利 大宛を破り凱旋
紀元前91年	巫蠱の乱
紀元前87年	武帝崩御

※この作品では以下の漢代の単位を採用しています。
1里＝約400メートル
1尺＝約23センチ

※この作品は史実を元にしたフィクションです。
実際の出来事とは異なります。
また、現代では不適切とされる表現等がありますが、
ご了承ください。

序章　静かなる後宮の月

長安の夜。見上げれば静かに星が流れていた。

李延年は漢の中心たる武帝がおわす壮麗な未央宮の最も華美たる一室の欄干に立ち、遥か彼方に思いを馳せていた。

ここに最初に来てからどれ程の時間が経っただろう。

高祖劉邦が匈奴の冒頓単于に敗れて以来の地固めの期間を終え、武帝は堂々と匈奴を打ち破った。漢の躍進はその後も続き、※1南越を滅ぼし、また東においては衛氏朝鮮を下し、その先の海まで至る。そして延年の弟の李広利は将軍として※2大宛を漢の版図に収めた。

漢の天下はあの輝く満月のように最盛期を迎えている。

けれども一方で、李の血族はやはり絶えようとしていた。

俺はなんのためにここにいる。

その問いは、随分久方ぶりに延年の中に去来していた。これまで守ろうとして、それでも手の内からこぼれおちてしまった大切なものたちを思い起こす。その犠牲は到底、許せるものではない。

けれども、だからこそすべてを無にするわけにはいかない。

眼下で揺蕩う渭水は、時の流れなど存在しないかのように滑らかに月の光を打ち返している。国号の漢とは天の川のことだ。だから長安の南は南斗六星、北は北斗七星の形を模して街並みが広がっている。この宙天をそのまま写したかのように。全天を手中に収めるがごとく。

眼下の街並みを越えて、更にその先の山の向こうにある北東の故地に思いを馳せる。

己の一族が貧しく暮らしていた北国、中山国のあった方向。長い夏は暑く雨ばかり降り、冬も長く冷たく寒い。春は風砂が吹き荒れる。とうの昔に唾棄し記憶の底に沈めた川や草原の風を思い、翻って自らが身に纏う白い衣と、記憶より僅かに丸みを帯びるようになった体を見下ろす。

李家も少し前までこの長安のように栄華を極めていた。

俺は俺の願いを叶えるために、この二度と出ることの叶わぬ尊き者の住まい、長安城に自らの身を置いた。俺と妹はかつて武帝の寵愛を一身に受け、妹は帝の夫人となり子をなした。弟は将軍となった。手の内には金銀の財宝が転がりこんできた。昔の草原での貧しい暮らしなど、李家の宿命など、遥か遠くに追いやったと思っていた。

けれどもやはり、それからは結局逃れられないのか。

帝の寵愛を受けてから随分時は過ぎ去った。今、武帝の記憶に、俺のことはまだ残っているだろうか。妹のことはまだ残っているだろうか。あの泡沫のような思い出は。

色々なものを犠牲にして、俺は呪いを打ち破った。そう思っていた。

けれどもそれは結局、すべてがむなしき夢物語にすぎなかったのか。

いいや、そうはさせない。

俺が最後に守らなければならないものを思い浮かべる。俺はなんとしても守りきらねばならない。

帝に拝謁（はいえつ）するのはこれが最後となるだろう。

最後にこの世界を見渡すと、やはり真ん丸な月が俺を見下ろしていた。

この月はかつて草原で見た月と同じものだろうか。

一章　草原で見上げた月

「あれは本当に凄(すげ)ぇ戦いだった。匈奴の、蛮族の奴らの糞(くそ)でかい馬が空を飛ぶみてぇに襲いかかってくるんだ。次々とな。あの鬼のようにでかい奴らを乗せたまま、そりゃぁもう凄(すご)い速さでよ。草原にもうもうと土煙をあげて、あっという間に近づいてくる。それだけで俺の左右の仲間は次々と倒れていった。何故(なぜ)だと思ったら、脳天のど真ん中に矢が刺さってるんだ。さっきまで隣で声を掛け合ってたのによ。そりゃぁ怖くて怖くて縮み上がったさ、もう一歩も動けねぇ。もう一巻の終わりだと思ったね」

「おじさん、それでどうなったの！」

その旅人は少し前に徴兵され、戦に駆り出されていたそうだ。

「その時さ。俺の目は正面の匈奴に釘付けになっていた。だからその背後の丘の上に、更に大きな土煙がたつのが見えたんだ。そして大音声(だいおんじょう)が聞こえた。突撃ーッてさ」

「それで？　それで？」

「ぱっと漢の旗を背負った馬が躍り上がったと思いきや、赤い鎧(よろい)の一団が現れたんだ。匈奴の奴らってのは装備も何もバラバラなんだよ。その有象無象の匈奴軍の中を、その赤い一団が真っ直ぐにダーッと割ってやってくる。まるで赤い炎が戦場を切り裂くみたいでさ。丁度突っ立ってた俺のすぐ左側をその先頭、衛青将軍が駆け抜けていった」

「凄い！　衛青将軍！」

旅人は遥か遠くを望むように果てなく広がる空を眺めた。どこまでも繋がる空を。

「そうさ。衛青将軍は都におわす武帝様が最も信頼されている将軍様だ。そりゃぁもの凄い美丈夫で、かっこ良かったぜえ。まるで劇から出てきたみたいによ。それで俺たち漢軍が勝利したっていうわけさ。ともかく、ともかくよ。武帝様の時代になってからともかく凄ぇんだよ。これまで高祖劉邦様ですらどうしようもなかった匈奴をバッタバッタと薙ぎ倒しってやつだ！」

旅人は両腕を大きく天に掲げ、その興奮を示した。

「武帝様。どんな方なんだろう」

「そりゃぁ皇帝様だからなぁ。俺たちには想像もできない凄ぇお方に違いない」

「おい、延年、そろそろ行くぞ」

背後から父の声が聞こえた。驢馬が嘶く声が聞こえ、急かすように平原に乾いた風が吹く。

今、俺たち一家はこの辻で休憩をしていて、俺は同じように旅の空にいたこの男に話を聞いていた。情報交換というやつだ。両親もそれぞれ、これから向かう先の情報を他の旅人から集めていたけれどもそろそろ出発の時間なのだろう。

「おじさん、ありがとう！」

「おう、坊主も達者でな！」

その幼少のときに旅人から聞いた武帝への憧れは、俺の心に刻み込まれた。

武帝。憎悪しかもたらさない家業を始める前から俺とともに存在し、俺の隣で堂々と遥か彼方の荒野を見据えていた存在。

俺は旅芸人一座に生まれた。旅芸人といっても父を座長とした家族だけの小規模の一座だ。

幼少のころから芸、特に歌舞を厳しく仕込まれた。歌を教える父は俺の声は不思議な響きと張りがあり、稀代の歌い手になれると言う。舞を教える母は俺の体躯は滑らかで張りがあって関節が柔らかく、稀代の舞い手になれると言う。そう褒められて、最初は嬉しかった。それが何を意味するか、俺は知らなかったから。

しばらくして、前座で歌うようになった。父母譲りの声と美貌は行く先々で誰よりも蠱惑的だと評された。

蠱惑的、か。最初はちやほやされて得意になった。けれども美しく生まれたからなんだというんだ。俺は美しくなりたかったわけではない。特に、弟、そして妹が生まれて食い扶持が増えてからは強くそう思うようになった。

要するに俺の一家は貧しかったのだ。落ち着くところもなく中山国の平原をうろつき回り、村や町を見つけては卑しく芸を売る、服わぬ民。それが、俺たちだった。綺麗なのはひらひらと揺れるその衣装くらいだ。そのことが、物事の分別というものを理解するようになってから見えてきた。成長につれて美しかった世界の本当の姿が、次第に見えてきたのだ。

いっぱしに舞えるようになったあたりから新しい仕事が増えた。母が体を壊してその仕事が難しくなったからだ。そして何より、そのころには母より俺のほうが美しかったから。

俺は身を売った。

一度売れば、二度も三度も同じだ。それが俺の仕事になった。煌々しい衣装に袖を通す度にため息が出る。優雅に天を舞って拍手喝采、その後は羽をもがれるように衣装は剥ぎ取られ、地を這いながら詩を吐いた。舞うのと同じ程の実入りにはなる。着飾った外面に反する塵芥のような暮らしが続く。俺を取り巻く世界は次第にひび割れ、色あせていく。けれども俺たち一家にはそれ以外、身の立てようなどなかった。

旅から旅に生きる芸人の身分は低い。村や町といった組織に所属できないはみ出し者だ。何からも自由である一方、何からも守られない。そして旅芸人なんてものは結局のところ、金さえ積めばどうとでもなる。積まなくても結局のところどうということもない。極論、殺しても埋めてしまえば探す者はなく、あとは誰もわからない。どちらの未来を選ぶかなんて簡単だ。死んで金も得られないなら生きて金を得るほうがまだ、いい。それでも報酬が払われないことも多かった。無体を振るわれることも少なくない。

旅の空の下で野垂れ死ぬ。旅芸人というのはそんな存在だったから。

だからそのころの俺は色のあせた世界から目を背け、いつも夢ばかり見ていた。いつごろから現実を見るのをやめたのだろう。そんなものは見ても意味がない。聞いても意味がないと気づいてからは、開けた目を伏せ、耳を塞ぎ、心も閉ざした。

俺が新しく生きることに決めたのは物語の世界だ。旅先で聞き、それから自ら演じる様々な物語の中で俺は生きていた。そこではたくさんの心躍る冒険があり、美しい仙女が舞い踊っている。英雄は敵を打倒し、金銀財宝も思いのままだ。魔法の玉を手に入れて、人々に幸福をもたらす。

そういえば物語といっても色あせずに現実に繋がる物語がただ一つだけあった。いつかあの旅人から聞いた武帝の物語だ。言わずと知れたこの国の皇帝。俺の中でひときわ輝くそれは、こんな伝説だ。

武帝は前皇帝景帝(けいてい)の九男だったそうだ。皇帝になるなど、望めない地位だ。

けれども生まれた朝、虹が城にかかった。瑞兆(ずいちょう)だ。武帝は当時の太子を押しのけ、十六歳で即位した。丁度俺が生まれたころだ。そうして俺が物心がつくあたりに、武帝は閩越(ひんえつ)[※3]を下し、南越に軍を進めた。俺が舞台の袖に立つようになったころ、武帝はこれまで服従姿勢に終始していた匈奴に立ち向かう。兵を伏せて単于[※4]を罠にかけ、まさに倒そうとしたのだ。そんなことは、この漢帝国広しといえどもこれまで誰も考えてすらいなかっただろう。匈奴というのは遥(はる)か北の草原に住む蛮族で、悪魔のように人を襲い略奪を働く。武帝の作戦は最終的に単于を捕らえられなかったが、高祖劉邦ですら敵わぬと和議をなした無敵の騎馬軍団を相手に、戦いを挑んだのだ。

この草原を渡る風は遥(はる)か北から吹いてくる。

万里にまたがる長城の更に北、匈奴の地というものはどのようなところだろう。どのように戦ったのだろう。夢の中、傍(かたわ)らで俺に静かに笑いかける武帝を見上げた。ざわめきが聞こえ始める。次第に大きくなる草原を風のように駆け抜ける軍馬の群れと嘶(いなな)き、響き渡る剣戟(けんげき)の音。悪鬼羅刹(らせつ)のような敵を次々と薙(な)ぎ倒(たお)す勇壮な帝王の姿。瞼(まぶた)を閉じると、遠くに槍の狙いを定め、長大な鉾(ほこ)をふるい、匈奴を屠(ほふ)る武帝の姿が浮かんだ。

その堂々とした姿を歌舞に乗せて風とともに舞う。そのときだけは俺は自らの卑小な体から抜け出て、夢の中で傍らにある武帝の力を我がものとし、世界を駆けることができた。その武帝の歌は一座が扱う様々な物語とあいまって生きた神話として俺の中に根付き、俺の根幹をなしていく。

そして俺が体を売るようになったころ、武帝は軍団を編成し匈奴を攻めた。そう旅の空で聞いた。何度かの遠征が行われ、とうとう匈奴がのさばる草原を漢の版図に奪還し、匈奴をその奥に広がる砂漠の向こうへ追いやったのだ。それは見上げた空より遥か遠くの話。一体どれ程遠くのことなのだろう。いや、距離など、差異など見ては駄目だ。武帝が遠くに行ってしまうから。

俺は武帝だ。

そう願ったときだけ、この世界に煌々（きらきら）と光が差し込む。輝かしい帝国。遥か彼方（かなた）の夢の中で、俺は武帝として世界を縦横無尽に駆け巡る。その光り輝く世界だけが俺がいるべき場所のはずだ。現実の俺の魂はどんどんと折りたたまれ、薄汚れ、小さく押し込められていく。それにつれて傍らにいたはずの武帝の姿は次第にぼやけ、遠ざかっていく。

駄目だ。俺は武帝と野を駆けている。それだけが俺にとって大切なこと。その他は何も考えないようにした。考えては、駄目だ。直視すれば、この世界の光がすべてなくなってしまう。

だが、俺は夢から覚めざるを得なかった。

旅の暮らしは厳しい。父が俺たちを守ろうと夜盗に襲われて倒れ、追うように母も病が悪化してあっという間に倒れた。そうして俺が家長になった。

途方に暮れた。夢を見る余裕がなくなった。目覚めた現実はひどく残酷だった。薄暗く汗臭い納屋で見知らぬ男に媚びを売り睦言をささやき金を得る。そうしなければ生きてはいけない、薄汚れた世界。いつも隣にいたはずの武帝は、夢から覚めると同時に俺の隣から荒野の果てに駆け去り、その影すらも見えなくなった。きっと今もどこかで匈奴と戦っているのだろう。

嗚呼。俺の夢。ずっと見ていたかった、俺の夢。

涙が溢れた。けれどもその涙は既に、反射すべき光など何もない真っ暗な地面に落ち、どこかへ消え失せていた。

見果てぬ夢と俺の現実。深く夢の中に入り込んでいた分余計に、これまで目を背けていた分余計に、その落差に絶望する。

目の前には真に闇しかなかった。すべてを放り出してしまいたい。現実の俺は既に疲れ果てていた。けれども俺には幼い弟妹がいた。弟はまだ十歳、妹は六歳だ。俺の唯一の大切なもの、この闇の中で唯一、俺に僅かな温もりを与える家族。もはや俺にとって大切なものも、信じられるものも、俺とともにこの闇の中にぽつりと取り残されていた、このたった二人の家族だけだ。そして俺がこの手を離してしまえば、この二人は闇の中に閉じ込められる。俺がいなければ金を稼ぐこともできず、数日で野垂れ死ぬ。

まだ、生きている。何故……

何故、生きている。

二人の目が俺を見る。未だ煌々と光を反射できる瞳。俺は家長だ。なら、せめて二人が一人前になるまでは面倒を見なければ。ふとそう思った。

けれども思わず吐いたため息は冬の風のように冷たい。

一人前か。一人前とは何を指すのだろう。夢から覚めた俺にとって、世界は悪夢と同義だった。あの輝かしい夢はこの国の端っこで繰り広げられている現実のはずなのに、俺から遥か遠くに過ぎ去って、手の中には絶望しか転がってきやしない。息を吸い込む度に体の中に闇が積もり、泡のように無為が溢れる。

「もっと肩を大きく動かすように」

「はい。兄さん、私も頑張れば兄さんみたいに素敵に踊れるかな」

その微笑みが俺の心を締め付ける。

素敵。素敵とはなんだろう。心の内を渦巻くどす黒く冷たい呪詛のような何かにすべてを手放そうとしたとき、未だ弟妹の手の平に温度があることに気がついた。温かい。そして、手を離せば失われる熱。

何故だ。

気づけば歯ぎしりをしていた。呪い。この温かさこそが呪いだ。無為に尊く温かく、そしてそれは喪失が確定している。

なくすものならば、何故今ここにある。夢など見なければ、その落差を感じることもなかったかもしれない。息をする度に泥土のように体内で蠢き、俺を、俺たちを光からどんどんと遠ざけていく楔。それに雁字搦めになっている。浮かび上がろうと藻掻けば引き絞られ、あざ笑うように闇へ引きずり込もうとする。

「……よく練習することだ」

俺はそう言うしかなかった。

素敵になって、どうするというのだ。その妹の明るい声が何より残酷に俺に現実を突きつける。まだ幼い妹の質問になんと答えていいのかわからなかった。他に生きる方法なんて知らない。摩耗する毎日に押しつぶされそうになりながら、両親が俺に教えたのと同じように弟妹に歌舞を教える。

これは呪いだ。この稽古の先に何が待っているのか、何以外待っていないのか、俺は既に知っているというのに。

夜が更けたあと、真っ暗な川や井戸で一人、体を清める。惨めだ。

ふとその川面に大きな月が揺れているのが見えた。思わず踏みつけた。何にも汚されていない白く丸い月を。一瞬は揺らがせることに成功しても、俺を嘲笑(ちょうしょう)するようにそれはすぐにもとの形を取り戻す。何故(なぜ)俺がこんな目に会う。思わず涙がこぼれた。気づけば慟哭(どうこく)していた。俺が一体何をしたというのだ。

借りた納屋に戻ると、すやすやと眠っている弟妹の顔に月明かりが差していた。

こんな光などまやかしだ。俺たちの闇をちっとも祓(はら)いはしないのに、あたかも救いのように降り落ちる。すやすやと眠る弟妹には未だ、明かりが差している。まだ、その手は温かい。すっかり闇に搦(から)め捕(と)られた俺と違って、俺に温かく笑いかけることができていた、まだ。

嫌だ。どうしたらいい。この闇から抜け出すことなんてできるのだろうか。無理だ。俺の心の中を占めるものはそればかりだった。こんな暮らしをしなくていい場所というものが存在するのか。

あの、かつて見た輝かしい草原のように。堂々と光の中で立つ武帝のように。

ふと、両親が寝物語で言っていた『桃源郷』という言葉が思い浮かぶ。もしそれがあるのなら、早く見つけなければならない。そう思った。何故なら弟妹の番がもうすぐ巡ってくるからだ。

今は弟の広利が琴を弾いて笛を吹き、それに合わせて俺が舞う。妹は今は俺の前座で可愛く踊って芸を披露しているだけだ。そして二人を寝かせて夜の仕事をする。今のところはそれでなんとか食っている。

けれどもその内、それだけじゃ賄(まかな)えなくなる。弟妹が育てば食べる量が増える。今はまだ幼いから俺の実入りだけで済んでいるが、いずれは弟妹も俺と同じことをしなければ食っていけなくなる。にこにことたわいのない話をしている弟妹を見ながら、いつも次は妹の番だろうと思う。

妹は俺とよく似て美しかった。広利は俺たちにあまり似ていない。正直なところ、父親が誰かなどわからない。広利がそのことに気づくのはいつだろう。その時間は残酷に、弟妹の身長が伸びる度に刻々と迫る。成長とは本来は喜ぶべきことのはずなのに。

いつしか心は冬の朝の川のように冷たく煙るようになっていた。毎日をなんとか切り抜ける。切り抜けるごとに刻限が迫る。

もう弟妹の他は何も目に入れたくなかった。このような呪いをもたらす世界のすべてが薄汚れている。すべての人間は下劣だ。

他人を目に映さない方法は二つしかない。すべてを諦めて地を這いそれだけを見続けるか、さもなければ歯を食いしばり、汚れが目に入らないさらなる高み、空だけを見つめ続けるしかない。

この呪われた旅芸人という一族の定めが身震いする程嫌だった。これをもたらす俺の体を掻きむしって引きちぎりたい。けれども傷をつくると高く売れない。だから拳を握り込むことすらできない。俺は売り物だから。

だからせめて弟妹の頭をなでながら、絶望というものの淵に沈みながらも歯を食いしばってあの腹立たしくも美しい、綺麗事の塊のような月を見上げることにした。

あれも綺麗に見えるけれど、近寄れば俺のように穢（けが）れているのだ、そうに違いない。その憎しみこそが俺がなんとか生にしがみつく糧（かて）だった。いっそすべてを諦めて地に伏せようかと思うと、大切な弟妹が思い浮かぶ。ひどい、呪いだ。そして未だ温かい弟妹の手を握り、この糞（くそ）みたいな運命の中でいずれこの二人が自分と同じように薄汚れて朽ちていくと考えると胃の中のものが逆流した。

せめて大切な弟妹だけでもこの呪いから救い出してやりたかった。幸せというものの一欠片でも握りしめることができるのなら、その内に。

そして少しの時が経ち、今や妹も既にそれを覚悟している。俺が覚悟させてしまった。家長の俺が他の道を用意できなかったからだ。やがて妹は体を売るようになり、誰の子とも知れぬ子を産み、その子や孫も同じように掃き溜めで生まれて薄暗く野垂（のた）れ死（じ）んでいく。それが両親や、見たこともない祖父母や先祖がたどってきた一座の暮らしだった。

つまりそれが俺たちの一族の呪いだ。愚かな俺の一族は、それ以外の生きる道を誰も知らなかった。いつの間にか、妹のどこか諦めたような瞳が揺れるようになっていた。

ある晴れた夜だった。町から町へ移動する途中だ。今日も野宿だと思って街道際から少し離れたところで空を見上げると、北斗七星の近くに星が流れていた。運命を司るという、俺にとっては忌むべき星だ。

「俺たちが何をしたというんだ」

「兄さん……」

いつも心のなかで呟いていたはずのものが、何故だかぽろりとこぼれ落ち、妹に聞かれてしまった。一旦聞かれてしまえば、止めることなどできなかった。

「お前はこの暮らしを続けたいか？　そうでなければもういっそのこと」

「兄さん、他にどうしようもありませんが、私たちは生きています。私たちがいなくなれば両親や祖先をお祀りする者が絶えてしまいます」

綺麗事だ。俺は妹の言葉にそうとしか思えなかった。

祖先を祀る。それは確かに大切なことだろう。人としての尊き行いで、それが獣と人を分けると聞く。けれどもその祖先が俺たちにこの呪いをかけたのだ。そんな存在を祀る必要など本当にあるのだろうか。俺には既になんの価値も感じられなかった。

「ここはどん底だ。どこにも繋がっていない」

「けれども、頑張って生きていれば、その内良いことがあるかもしれません」

「良いこと……」

妹の頭をなでると少し埃っぽい香りがした。妹の瞳は既に昏みを帯びていたが、未だ夢の残り香を感じさせた。ふと、武帝とともに野を駆けたことを思い出す。懐かしき青い空。俺は心底、あの夢から覚めたくなどなかったのだ。妹は将来の幸せというものが未だ夢想できる。かつての俺と同じようにどこかにある桃源郷にたどり着けると、そう信じているのだ。

妹は未だ体を売っていない。だからまだ現実を見なくて良いのだろう。

抗えない暴力。蔑む視線。獣のように蹂躙される痛みと屈辱。俺になんの価値もないことを思い知らせる夜の闇。

それらを受け入れていないからこそ妹は未だ、綺麗なことをその頭に浮かべられる。俺にはそれがとても尊く思えた。妹を抱きしめる。俺の失った夢。

妹を守りたい。まだ幸せの欠片をその手の中に留められる妹に、なるべくならそのままであってほしい。それが今、俺が見ることができるただ一つの夢なのだ。妹の陰を帯びてしまった瞳を見るにつれ、再び煌々と輝いてほしい、あの瞳を取り戻してほしい、そんな想いがこみ上げる。

俺は要は、大切な妹に俺と同じことをさせたくなかったのだ。この糞みたいな暮らしを。そのことに気がついた。

けれども俺たちは町から町へ流れるばかりで、どこかひとところに落ち着くこともできない根無草だ。いつ不幸が訪れるかもわからない。両親のように俺が死んでしまったら、そのときこそ、妹は体を売らなければならない。その未来は確定的に思われた。

「兄さん、またそんな悲しそうな顔をして」

「悲しそうかな」

「ええ。まるで世の中には自分一人しかいないような」

「馬鹿なことを言うんじゃない。俺にはお前も、広利もいる」

「けれども兄さんの瞳には、私と広利兄さんしか映っていないでしょう?」

「それだけあれば十分だ」

他に大切なものなどない。妹は俺の肩を抱きしめ返す。温かい。その瞳は、俺の知らない感情を浮かべていた。

「いつか兄さんにも、いい人ができますように」

「いい人?」

「父さんと母さんは旅の間に出会ったと聞くわ。それにずっと助け合っていたじゃない。そんなふうに、愛する人が兄さんにもできますように」

「そう……だな」

父母の出会いはよく知らない。確かに二人は仲が良さそうではあった。けれども妻に体を売らせて日銭を稼ぐという行為が愛といえるのだろうか。それは単に、互いにそれしかなく、どうしようもなかったから相憐(あいあわ)れんでいただけではないか。

けれども妹はまだ夢を見られるのだ。安易に否定はしたくない。妹の言う幸せ。それを妹に用意したい。次第にその思いが募(つの)る。

毎日天を見上げ、方法を模索した。天を見上げて、ただ空虚に美しく夜空を彩(いろど)る月を眺め、桃源郷を思う。この深いぬかるみの中で藻掻(もが)く生活ではなく、ここじゃないどこかで弟妹が穏やかに暮らせる場所。

そのような僅かな希望こそが悪夢なのでは？

けれども俺が自由にできることといえば、そう願うくらいしかない。いや、願うだけでは駄目だ。考えろ。きっとあの遠くに見える月かどこかに桃源郷がある、と、いい。

けれども仮にそんな場所があってもたどり着くには金がいるだろう。結局金だ。

星に手を伸ばして高く舞っても、やはり地に押さえつけられる暮らし。

嫌だ、助けて、誰も助けてくれない、だから、だから俺が弟妹を助けるんだ。どうせ弟妹を助ける者などいない。そんなことは嫌という程わかっている。俺以外にはいない。

俺はもう助からない。二度とこの闇から抜け出られはしないだろう。そうだとしても、まだ夢を宿す弟妹だけはなんとしても助けるんだ。助けたい。俺は家族を幸せにする。それだけが俺にできる唯一だ。だから考えろ。考えるんだ。

投げつけられる銅銭が淡く月の光を反射するのを見て、そう思った。

俺が手に入れられるものはこの金だけだ。それがすべてだ。結論として、俺は俺が売れることを知っている。そして今、俺は高く売れる。だから俺を高く売る。高く売れる今の内に。なるべく弟妹を売らなくていいように、既に売られて穢れた俺を。

その金で桃源郷に至るのだ。方法はまだわからないが、きっと金がなければ話にならない。桃源郷に足りないのなら、その金で、妹がせめて幸福になれ最も高く売れるところを見つける。

俺を売って、それでも駄目なら妹を売って、それで俺の家族かその子どもの誰かがこの肥溜めのような暮らしから抜け出せるなら、少しは救われる、気がする。

見上げると、変わらぬ月が冷たく見下ろしていた。
思うだけではたどり着けないことも既に理解していた。
だから自分が一番高く売れるところはどこか考えた。

その朝。俺たちは漸く長安の都にたどり着いた。

中山国から長安は遠い。およそ直線距離でも二千五百市里弱はあるだろうか。その間に長大な川や山、未踏の地も多い。弟妹を連れて進むには途方もない距離だったが、小さな驢馬と荷車に弟妹と少しばかりの家財を僅かずつ載せて進んだ。大きめの町があるとしばらく滞在し、少し無理してでも手っ取り早く路銀を稼ぐ。そのようにどこまでも繋がる街道をひた歩き、険しい函谷関を抜けた先の、峻厳な山を越えた更に先に長安の都はあった。

ここが俺が一番高く売れる場所だ。そう見込んで訪れた。

金払いの良さそうな場所をと考えたとき、漢の帝都である長安が思い浮かんだ。帝都ということは最も豊かということだろう。豊かな町であれば実入りが増えるのではないか。弟妹が体を売らなくても生活できるのではないか。単純にそう思った。学がない俺には他に思いつかなかった。

それに長安は俺が夢物語にして育ってきた武帝のおわす場所だ。そう思うと、ほんの僅かだけ懐かしい思いがこみ上げる。夢になるべく近い場所のほうが夢を叶えやすいのではないか。どのみちすべて夢物語だ。そう考えると、現実を忘れられる。なんとはなくそう思った。

現実の俺が穢れていくのと真反対に、武帝は華々しく匈奴を打倒し続けていた。四度目の匈奴征伐に衛青将軍は三万騎を引き連れて黄河北岸から攻め上げ、匈奴の王族を十余人、男女一万五千人、家畜百万頭を引き連れて凱旋し、大将軍の称号を得たばかりだ。道中でその戦果に長安中が喜びの声を上げていると聞いたのだ。きっと財布の紐も緩むだろう。

そう思ってたどり着いた長安に俺たちは度肝を抜かれた。

まさに帝都にふさわしい、見たこともない世界が広がっていた。早朝の開門と同時に夥しい量の肉や青果が慌ただしく運び込まれ、設えられた巨大な市では次々と大量の物品が積み上げられる。そこかしこで威勢の良い呼び声が響き渡り、そこに多くの人が押し寄せてあっという間に売りさばかれるのだ。その熱たるや、まさにここが世界の中心たるにふさわしい。

「ちょっと！　ぼーっとしておいででないよ！　用がなけりゃ端っこに寄っときな！」

呆然としているとあっという間に隅に追いやられる。弟妹の手を引き、まずは腰を落ち着けられるところを探す。どの通路もこれまで見たどの街より広く、端々にまで多くの人が行き来し賑わっている。その短い往来だけでも透明な石、不思議な香りのする薬、奇妙な果実、そして駱駝と呼ばれる不思議な生き物や色が白かったり黒かったりする大小様々な人間たちに驚く。絹の道と呼ばれる西域南道を通って遥か西の国から様々なものが訪れているそうだ。

初めて見る事物に目を見張り、その度に弟妹は歓声を上げた。そして見上げると、後ろに倒れそうになるほど巨大で荘厳な城壁に囲まれた長安城が見えた。その威容に開いた口が塞がらない。

ここが桃源郷というところなのだろうか。

ふと、そのような思いが浮かぶ。

長安は漢の帝都であり、巨大都市だ。法は整備されている。分を弁えて危険に気をつけ息を潜めていれば、弟妹が無体なことをされる可能性は乏しいだろう。弟と妹のために馬の貸出をしている商家の納屋を借りた。弟妹でも馬の餌や厩舎の掃除くらいはできるのだ。その仕事を任せた。

一座の家業は芸事だ。市の端のほうを借りて広利の笛で細々と舞い、終われば弟妹は荷物を持って納屋に帰る。こうして俺が夜にいなくても弟妹の一定の安全は確保できた。

そのころには俺は更に薄汚れ、手練手管はますます巧みになっていた。日々は当然のように過ぎ去り、その行為になんの感情も動くことはなくなっていた。これは俺たちが食うための仕事だ。ただの仕事だ。荷運びが荷を運ぶのと同じ肉体労働だ。市の責任者を持ち上げて侍り、そこから伝手を広げて夜に舞う。口上を述べ、愛をささやき、天国をもたらす。いつの間にか俺の美しさは市場の話題となり、豪商、そして官吏に呼ばれて夜に侍るようになった。

そうする内に、次第に俺を買う者の身分が上がっていく。それにつれて下げ渡される金子は増えた。俺一人の一夜の稼ぎで家族を何日分か養える程の金子が手の上に載る。長安、大都市というのはやはり金払いがいい。来て良かった。まだ子どもといえる弟妹をこれまでのように働かせる必要すらないことに安堵する。

その日。俺はとうとう長安城に上ることになった。その巨大な城の城壁は高さ三十五尺もあり、その上を歩けるようになっているそうだ。市街と区切られた城塞の内には帝と一部の特別な官吏のみが住む。今まで眺めあげるばかりだったそこに上る段になり、俺はその荘厳さに僅かに足がすくんでいた。長安には見たこともないものが溢れてはいたが、俺が知らない世界ではなかった。だがここは。この城壁の内側に区切られた区画は、その巨大さからもこの世とは隔絶された世界のように思われた。

ここは本来、下賤の身である俺が上がれるはずがない尊きところだ。数日前から俺を召している官吏の伝手があって初めて入れる場所。

その官吏は俺のために美しい衣を用意した。これまで見たことのない透けるような光沢艶やかな布に細かな刺繍で飾りたてられた衣服。これ一枚だけでどれ程の金子が動くのだろう。おそらく俺が荒野で一生舞い続けても爪の先程も届かない額だろう。ここはこのような布が纏える者しか本来立ち入りが許されない場所なのだ。

この布が何枚かあれば、俺の弟妹は身を売らずに生きていかれるだろうか。けれども金にすると奪われるかもしれない。すべて売ってなくなれば終わりだ。その後は、その子や孫はまた体を売るしかなくなる。呪いは続く。

ふいに両親の言葉を思い出す。あれはたまたま訪れた村で罵声を浴びせかけられたときのことだ。

「延年、俺たちの祖先は巫女なのだ。神の言葉を身におろして舞う誇らしい仕事だ」

「神を？」

「そうだ。この村にいるような土地に縛られた者とは違う高貴な仕事なのだ」

馬鹿馬鹿しい。

俺がまだ身を売っていなかったころのことだ。両親は地に定着する民を馬鹿にしていた節がある。

そのときどう思ったかは既に覚えてはいないけれど、その日暮らしに身を売る仕事よりも、どこかに定着し地道に働いて毎日を過ごす生活のほうがよほど素晴らしい、そう思う。心の底から。旅芸人という仕事自体がどん詰まりで、旅芸人をしていたというだけで信用などないに等しい。他の仕事は得られない。商売をする伝手もない。大都市であればと弟妹を奉公に入れようと試みたが、すべて断られた。

長安城の待機室で、俺に美しい衣装を与えた官吏に尋ねた。

「旅芸人の子が市井の徒弟に入ることは無理なのでしょうか」

「無理だよ。旅芸人なら旅芸人らしく技を鍛えるが良い」

「どうしても無理なのでございましょうか」

「おや、珍しく食い下がるね。だが無理だ。信用ができん。君は賢く分を弁え、そして芸という技能を持つからこそ私が保証人となり、城に入ることができるのだ。けれども旅芸人の子など誰が保証する。財を奪ってぱっといなくなってしまえば終いなのだよ。そんな者を雇うことなどできまい。例えばそこにある備品一つすら、君たちの価値を大幅に超える」

官吏はそう述べ、仙花と呼べる程美しい花の飾られた銅の壺を指す。

「もし君がこの花一輪でも奪って逃げれば莫大な損害になる。そもそも私の面目がたたない。私も城に上がれなくなる」

「そのようなことはいたしません」

そう言ってみても、意味がないことはわかっている。旅芸人など野盗や野人と同じだ。町という制度に属さないからこそ安易に場所を移動できる。移動できてしまうから財産を奪い逃げることができてしまう。一旦姿をくらませば、他の町に移ってしまえば、どうにもならない。そういう印象がつきまとう。旅芸人というだけで働き口などないに等しい。結局、俺たちは生まれたときから一座の呪いに蝕まれている。

それでも力仕事ができれば別だ。身分を問わない日雇い仕事というものがある。己のこの細い腕が恨めしい。こんな体では農作業や力仕事はできない。だから鑑賞品として綺麗に飾られ、使われるしかない。古くなって打ち捨てられるまで。

「君は美しい。けれども美しい人間ではない。美しい道具だ」

「心得ております」

「ならばそのように振る舞い、財を得るが良い」

おとなしく平伏すると、官吏は満足そうに頷いた。

髪に香油が塗られ爪が彩られる。女官はその道具を手入れする者たちだ。その技術を食い入るように見つめる。俺の商品価値を高める方法を。つまるところ俺は、その官吏の手土産として誰かに献上されるのだ。それでも一向に構わない。もとより俺はそのようなものだったから。

この見事な衣も言うなれば包装だ。俺を飾り立てるものだ。それならば中身の俺自身もおそらくそれと同等程度には売り物としての価値があるのだろう。ならばきっちり売りつけよう。俺はそのためにここにいるのだから。

その内に宴席の用意が整ったと、召使いが呼びに来た。城門の内側は漢の貴色の黒と漢の五徳、五行思想の火を表す赤の二色の敷石が整然と並び、幾何学的な模様が道を彩っていた。その少し先の朱塗りの建物が目的地だと告げられる。

欄干を進む官吏のあとをついて歩く。欄干の手すり一つとっても精緻な装飾が施され、屋根瓦も豪奢な模様が彫り上げられている。

夜なのに、次第にがやがやと騒がしい宴の声が聞こえてきた。長安であっても市下では夜のおおよそは寝静まっている。室の白い明かりから良い香りが漂うことに驚く。富豪や飯処などであれば明かりが灯っていることはあるが、魚油や獣油で臭く黒い。白いということは植物から作られた貴重な油を使っているのだろう。その白く美しい光は同じように天上に輝く月を思わせた。

官吏が歌舞の献上の口上を述べ、俺は長い袖で眼前を覆ってするすると白い明かりの中に進み、平伏する。

「ほう、なかなかの美しさだな。顔を上げよ」

その言葉はおそらく、俺の衣と所作に対してのものだったのだろう。そして声に従い伏していた顔を上げてにこりと微笑むと、場にいた誰もが息を呑むのがわかった。俺は美しい。だからその反応は、それ程特殊なものではなかった。

けれども俺も小さく息を呑んだ。

俺の視界に広がるものは絢爛。その一言に尽きた。ここは天上だ。まさに、住む世界が違う。その小さな感動は、さざなみのように俺の心に押し寄せた。

そこは未だ長安城の外れであったにもかかわらず、俺がいつも伏せる世界とは全く異なっていた。見たこともない白く光を放つ石で作られた彫刻に、見たこともない雄渾な画法で描かれた絵画、千々の綾糸で編み込まれた文様が浮かび上がる敷物、仙界の風物が描かれた白磁。そのような宝が部屋全体に飾られている。そして部屋の中心に設えられた卓には見たこともない食物が得も言われぬ香りを放ちながら、美しい金器銀器にこれでもかという程盛り付けられ、皓々と焚かれた明かりに煌めいている。量も尋常ではなく、食べ切れるとは思えない。

「このようなものは見たこともないかね」

思わず呆けていたことに投げかけられた声で気づき、再び平伏した。

「誠に失礼いたしました」

「構わん。一つ食べてみるがよい」

愉快そうな声に従い、下げ渡された初めて見る白い玉のような果実の一欠片を口に含むと、爽やかな風が鼻腔を駆け抜け、瑞々しさと妙味が口中に広がり、夢を見るような心地になった。ここが桃源郷なのではないかと信じられる程に。そして実際、その白い玉のような果物は閬越から急ぎ運ばれた茘枝という仙果なのだそうだ。

ここは現し世とは異なる。桃源郷にも等しい。ここに留まれるのならば、弟妹を呪縛から解き放てるのではないか。それ程、この場所と俺の暮らす穢れた現実との隔たりを感じた。

一瞬目を閉じ、決意を込める。ここが正念場だ。俺を売るべき者がいるかもしれない。

いつしか透き通るように上等な音色がゆるやかに流れ始めた。

いつもと異なる美しい薄絹を纏って舞う。体を伸ばして少しでもより優雅に美しく見えるように、そして吐息の一つにも注意を払う。微笑みを絶やさず、一人ずつの目をきちんと見て誘う。

俺を買え。金を払え。

床を蹴り宙に飛ぶ度に、どこからかほうとため息が漏れた。いつしか夜の帷が下りて、衣擦れの音が耳をくすぐった。長いときのあと、俺はその夜、俺を占有した上級官吏に尋ねた。

「あなた様はこちらの長安城にお住まいなのですか？」

「ああ。そうだよ。城の中に部屋をいただき住んでいる」

「このように高貴な場所にわたくしが上がれるなどと、考えてもおりませんでした」

官吏は不思議そうに俺を見た。よく考えると、場所を褒める者などあまりいないのかもしれない。

「装飾も食べ物もすべて初めて見るものばかり。まるで桃源郷のようです」

「はは、なるほど言い得て妙だな。すべての文物はこの長安こそに集まる。遥か遠くの世界からもな。そしてこの長安城にはその中でより優ったもののみが上るのだ。なにせここは帝がおわす城だ」

「帝が……？」

官吏がさも当然そうに述べるその言葉は、まるで雷のように俺に落ちてきた。慌てて問う。

「こちらに武帝様がいらっしゃるのでしょうか」

「何を言っておるのだ？　そのための宮城だろう。帝はこの奥の未央宮で八千もの美姫とともに暮らしておられるよ」

官吏はますます不思議そうな顔をした。よく考えれば当然すぎる程当然のことだ。長安城は帝の居城。ここにいなくてどこにいる。そもそも俺は武帝の近くにと思ってこの長安を訪れたのだ。

急に心の臓が揺れた。血の巡りが速くなる。ここに、武帝が……？　夢の中で走り去ってしまった武帝が、ここにいる、のだろうか。それは既に、ひどく現実感の乏しい話だ。

武帝は実在する。それは知っている。

けれども俺の中で武帝は伝説で、夢だった。夢は夢、現実は現実。そのように現実を見るしかなかった俺に、突然その武帝がいると言う。

まさか。思わず息を呑んだ。ここここそまさに俺の思い描いていた夢？

頭の中もぐらぐらと揺れる。

「武帝様の後宮はこの近くにあるのですか？」

「この城の最も奥の南西側、未央宮が帝のおわすところだ」

ここに武帝がいる。心臓がどくりと大きな音を立てた。

俺がかつて抱いた幸せ。世界を統べる夢物語。今も時折舞って、遠い思い出に浸る。

それが、走り駆け抜ければ、ひょっとしたら会えるくらい近くに存在する？そんなことは思ってもみなかった。武帝は俺と異なる世界にいるのでは？

けれども神仙の活躍する物語がこの中華を舞台としているように、武帝の物語はこの中華を舞台としている。それは同じ場所であっても夢と現実という形で隔たり、桃源郷のように遠いところにおわすのではないだろうか。

いや、そうじゃない。ここには武帝がいらっしゃる。それであればここはまさに桃源郷なのだ。

ここは、夢の中？　思わずあたりを見渡した。

「ここが、桃源郷？」

「急にどうしたというのだ？」

「……わたくしの中で武帝様は雲の上のお方で、いつも市井で噂を聞き尊崇しておりました」

「ふん。面白い。そして何より癪な」

「粗相がございましたでしょうか」

「それよ」

官吏は俺の口中に冷えた茘枝の実を押し付けた。寝所の脇に控えた頭に花を飾られた奴隷が、美しいギヤマンの器にいれて捧げ持っていたものだ。

「お前がそのように人のような顔をしたのは最初に宴に入ったときと、今帝の話をしたときのみだ」

「人のような」

「お前は作り物だ。宝玉で作られ、お前の手によって極限まで高められた美しく精巧な人形だ。だからこそ高価で特別なのだ。けれどもそのように人の顔をされてしまえば、ただの人間を抱いているのと変わりがない。つまらぬが、それもまた面白みがあるな」

俺の、顔？

俺はどんな顔をしているというのだろう。思い出していつもの微笑みを浮かべる。最も評判の良いものを。

「ふむ。そのように人形のような顔をしていれば、帝の後宮の八千のどの美姫よりも美しかろうな。であるから帝の室の付属品にはなれるかもしれぬ。その壁に立っている奴隷のように」

「武帝様、の」

「けれどもそのように子どものような顔をするのであれば、帝の室に侍れるのかもしれぬな」

「武帝様、の」

「けれどもどのみち、それは不可能というものだ。お前が帝に侍ることはできぬよ。なにせ奥に入ることのできる男は帝を除けばすべて宦官ばかりだからな」

宦官。

官吏からは嘲るような声がした。

けれども天啓のように降ってきたその言葉は、俺に混乱をもたらした。武帝は太公望や西王母にも等しい伝説だ。人間ではない存在だ。それがこの長安城に存在し、宦官になればその傍に侍れるというのか？　夢と現実が混じり合ったこの長安城で、夢に繋がるその言葉。

急に、世界に光がさした気がした。あの夢の中のように。思わず涙がこぼれる。武帝とともにあったときに感じた光。

「一体どうしたというのだ」

「いえ、なんでもございません」

宦官になれば、この夢の中にいることが、できる？　かつてすっかり諦めてしまった光。

俺の現実。旅芸人はこの巨大な帝都長安ですら、まっとうな仕事につけなかった。俺の細腕では素性を問わぬ日雇い人足の仕事につくこともできやしないのだ。さりとて学がない俺には官吏など望むことすらおこがましい。だから世界をあてなく彷徨い歩くしかない。けれども宦官となれば。

ここ、長安に留まることができるのだろうか。

横たわる寝具に手を添わせる。柔らかく滑らかな絹。天上を思わせる柔らかな羽毛。このような高級な寝具になど、これまで触れたこともない。ここは、ここそが夢と現の境目だ。俺が夢見た武帝の居城。ここに住むのは食べ物や金に困ったことのない人々ばかりだろう。まさに桃源郷の入り口に思えた。

今も弟妹が寝ているだろう馬餌のための藁布団とは全く異なる得も言われぬその触り心地。それから今も寝台の脇に備えつけられた奴隷を眺めると、官吏に近づき新しい茘枝を捧げる。口に運ばれる妙なる甘露。仙果。

脳裏に刻みつけられた薄い粥を啜るしかなかった日々。両親が死んだ直後は草の根を齧り、飛虫を食むこともざらだった。

何故これ程までに異なるのか。人の形は同じであるのに。同じだ。目の前の上等な着物を纏う官吏も、俺たちを襲い父を殺した夜盗も、そこに立っている奴隷も。衣を脱げばすべて同じだ。俺と。

そう思いながら官吏に再び口付ける。けれども決定的に異なるのだ。

交わる艶やかな唇の奥、腸の奥深くが沸々と煮えたぎる。何故違うのだ。違うのは住む場所だけなのか？　野の中にいるか、この桃源郷たる長安城の中にいるのか。

違う。呪われているか、そうでないかだ。ここには呪いが届かない光がさしている。

そうして夜が明け、戻るのはやはり弟妹のために間借りした納屋だった。馬小屋の脇に備え付けられた、馬具や積み藁の詰まった納屋。昨夜の夢が明瞭である分、この現実はひどく埃っぽくさされていた。馬糞の匂いが漂い、小屋中にこびりついている。弟妹は夜、この納屋に鍵をかけて閉じ込められる。馬を盗まないように、だ。この落差は一体どこから来る。

「帰ったよ、二人とも。何事もなかったかい？」

「大丈夫だ、兄ちゃん」

「兄さん、おかえりなさい。無理はしていない？」

「ああ。大丈夫だ。今日もたくさん褒美をもらった。たまには飯でも食いに行こうか」

二人の顔に喜びがさす。いつもは共同の竈を借りて薄い粥を煮炊きするだけだ。

「マジか。やったぜ。俺は粥じゃなくて麺を食いたい。……大丈夫かな」

「ああ。大丈夫だ。肉入りの麺でもなんでも食うがいいぞ」

広利は歓声を上げた。一体何が違うというのだ。

長安は稼ぎがいい。だから今は弟妹も働かなくていい。

だがこれは、一座がまだ目新しく珍しいからだ。いずれ飽きられる。飽きられると見向きもされなくなる。いつもそうだ。そうするとまた、他の地へ渡らなければならない。この長安にもずっとは留まれない。だから金を極力貯めていた。だから外食など滅多にしなかった。次の飢えに備えて。

飯処に入る。なんでも好きなものを頼めと言うと、広利は再び歓声を上げた。妹は少し不安そうに俺を見る。頷くと喜んで饅頭を頼んだ。久しぶりに腹いっぱい美味いものを食べる。弟妹がこれ程幸せそうに笑うのはいつぶりだろうか。

ただ飯を食う。それすらもままならない。

幸せというものは果てしのない遠くにあるのだ。俺たちにとっては。

今多くを稼いだとしても、俺たちを取り巻く現実が変わらない限り、金が尽きればいずれ妹や弟、その子らも、俺と同じことをするようになる。俺が無垢な弟妹にその手解きをすることになる。そしていつか、野垂れ死ぬ。病を得ても薬なんか買えない。俺の父も母もそうだったように、それは確定した未来。無意識に噛みしめた奥歯がギリと鳴る。

俺は違いを悟った。俺が暮らすのはあいも変わらず薄汚れた現実だ。そしてそれはどこに行っても変わらないと思っていた。桃源郷なんてない、心の底ではそう諦めていた。けれどもそうではなかった。

違いは現実に暮らすか、夢の中で暮らすかだ。あの長安城こそは現実ではなく、夢の中にある。何故なら夢物語におられるはずの武帝がそこにあられるからだ。糞のような現実の中で壊れた夢を見ることもできないのなら、俺は寧ろ夢の中で生きよう。あの長安城で。それなら、それであれば。たとえどのような方法であっても俺は夢にたどり着く。

その可能性が僅かでもあるのであれば、俺は失った夢を掴み、この愛する弟妹に幸せを引き渡す。

「二人とも、好きなものが食べられる生活がしたいよな。布団で眠れる生活がしたいよな」

「兄さん？」

「当たり前じゃん」

二人を抱きしめた。この二人は俺だ。俺より少しあとに生まれただけの、俺なのだ。まだほんの少し幸せな俺だ。いや、未だ幸せとはいえない。幸せを夢見られる俺だ。

だからこの二人を幸せにしよう。二人が幸せになれば、俺も幸せになれるはずだ。それが何かは、俺はとうの昔にわからなくなってしまったけれど。

俺はそのとき、飯処から見える高く聳える長安城の城壁を眺めて心を決めた。

俺はこの城の一角に食い込む楔となる。一座を縛り付ける呪いを解き、必ず弟妹を幸せにしよう。

機会は今しかない。俺が未だ高く売れる今しか。だから俺は何をしてでもこの機会を掴み取る。

もともとそう考えていたじゃないか。俺は後宮の貴妃の誰よりも美しい。最も高く買う者に俺を売りつける。つまり、夢物語で見た武帝に。それが大それた夢だとしても、俺は夢の中で生きるんだ。


そこから、俺たちは生活を少しずつ変化させた。

歌舞のために借りていた市場の一角は返却した。そもそも俺たちが旅芸人であると思われているから駄目なんだ。俺は十分に顔を繋ぎ、夜の仕事は確保できていた。それであれば市中で踊って小銭を稼ぐことは、俺の価値に値崩れをもたらすだけだ。客は折角高額を払って俺を呼び寄せても、それが市中で無料で見られるのであれば興ざめだ。金をかけて呼ぶ必要もない。

そして日中空いた時間、妹の歌舞の稽古に専念した。俺が失敗したとき、妹は自ら芸を売らなければならない。広利には笛や太鼓の稽古をつけるとともに、別の仕事もさせることにした。

「けど兄ちゃん。俺が働こうとしても断られるんだぜ」

「それは俺たちがこの都市の人間だと思われていないからだ。そして信用がないからだ」

「そんなことを言ってもさ」

広利は唇をとがらせる。それが今、広利に見える現実なのだろう。

「この納屋を貸してくれた厩に人足として使ってもらえないか頼み込もう。お前たちはきちんと真面目に仕事をしていただろう？　だから簡単な仕事なら任せてもらえるかもしれない」

「本当に？」

「ああ。そうやって信用を作っていこう」

　広利は不安そうに、けれども頷いた。

　俺は失敗するかもしれない。だから俺が失敗したとしても、二人が俺なしで生きていける方策を真面目に考えなければならない。

　広利は俺や妹と違って、育つにつれて自然と肉がついていった。ドサ回りの旅というのは荷物を運ぶ必要があり、それなりに力仕事だ。最近、力仕事はもっぱら広利の仕事となっていた。俺には欠片もつこうとしなかった肉が、広利の肩や足、背にみっしりとついている。そしてこう言ってはなんだが、広利の体は俺や妹程しなやかではないし、ゴツゴツしていて美しくはない。楽器はともかく歌舞の才能はさほどない。だから芸事で生きていくことは難しい。一方で、信用を得て人足の仕事ができるようになれば、一人分の食い扶持くらいはなんとか稼げるようになるかもしれない。俺と同じくらいの年に育てば日雇いとしても食っていけるだろう。

　問題は妹だ。妹は俺と同じで肉がつかなかった。だからといって召使いなどは難しい。不似合いに美貌の召使いなど、揉め事のもととなるだけで碌な目にあわないものだ。だから、妹には厳しく歌舞を教えた。俺としては身をひさがなくとも歌舞だけで生きていける芸を身につけさせたかった。自らの食い扶持分さえ稼げれば、広利と助け合って身を売らなくても生きていけるかもしれない。そう願って。

　けれどもこれでもどん詰まりだ。何も問題がない、つまり野盗や事故にあうという危険がなく、病を得ないという前提で漸く成り立つ最低限だ。怪我でもすればすぐに立ち行かなくなる。その先が何も見えないことには変わりない。二人が真っ当に稼げるまで、見守れる者が必要だ。

　だから俺は空いた時間で市井を回った。そして信用が置けそうな武官と知り合う。信用が置けるというのは、金で買えるという意味だ。金の価値を知り、金が払われる限り、裏切りはしない。俺と似たような目をした男だ。そのようなものは、俺自身でも見分けがつく。この男は俺の代わりになる。俺がいなくても、二人が一人前に育つまでは生計が立つようにできるだろう。

　それから俺は長安城に入り込むにはどうしたらいいか考えた。広場ではよく罪人の処刑をやっていたことを思い出す。警吏と知り合いになり、長安における刑罰というものについて小耳に挟む。

　腐刑。それは考えるだにおそろしいものだ。陽根と陰嚢を切除するということ自体のおそろしさもあるが、それによって人ではなくなることがおそろしい。

　宦官は子が成せない。そこで種が尽きてしまう。以降、自らを含めて祖先を祀る者を絶やすという意味だ。祭祀を行えないなど獣にも等しい。だから宦官は人ではない。

　結局のところ、人というものはいずれ死ぬ。そしてその死の軽重はどのように死ぬかにかかっている。最も大切なことは祖先の名を辱めないこと。その次は自らを辱めないこと。その次に道理を辱めず、人に辱められないこと。罪人の辱めを受けないこと。身に縄をかけられ鞭打たれること、首枷をはめられること、体を傷つけられること。そしてそれらを押し退けて最も忌避すべき恥辱が腐刑だ。

つまるところ、宦官というのは人として最も辱められた姿である。これが常識だ。

だから宦官というのは、人ではない忌むべき存在だ。適当に使い捨てられるもので、用をなさねば打ち捨てられる。ただ、宮の所有物というだけで、宮が所有の権利というものを放棄すれば興味本位に打ち殺されても誰も興味も関心も持たない。腐刑は死刑に次ぐ酷刑だ。

当然、宦官になろうとする者などいない。普通はそのような発想を浮かべることも困難だろう。けれども俺にとっては弟妹を呪われた運命から解き放つことができるのであれば、何も躊躇(ためら)いはなかった。

夢の中に住もうというのだから、俺自身も人と異なるものにならなければならない。そう自分を納得させる。

問題は腐刑を受けたらどうなるのか、だ。

「お役人様、つかぬことをお伺いいたします。この広場では毎日様々な刑が執行されております。けれども腐刑というものは公開ではなさらないものなのでしょうか」

「うん？　あんた、物好きな質(たち)なのかい？　あれは治療が必要だから専門のところでやるんだよ」

言われてみれば当然だ。宦官は働かせるのだから、働けるよう治療しなければならない。それでも宦官となる内の五割程の人間が死亡するという。そんなにか。

人ならざるものになるのだ。その過程で人として死ぬ。そして宦官という人ならざるものとして新たな生を得るのだろう。

どのみち俺は年を取れば容色が衰え、体が動かなくなれば見向きもされない。このままでは野垂れ死ぬだけだ。もとより死んだも同じだ。何を恐れることがあるだろう。そう自分に言い聞かせる。俺は長安城に住む高級官吏に何度か買われ、その際に死なずに済む方法はないかと相談した。

「お前は人形をやめるつもりなのか？」

「いえ」

「妙な奴だな。わざわざ宦官になどならなくても、なんなら俺が高く買ってやるぞ」

「ありがとうございます。けれどもわたくしはどうせ売るのであれば、最も高く買っていただける方にお願いしたいのです」

官吏はしばらく俺の目を見つめ、ふんと鼻で笑った。

「面白いが、これで最後か。もし宮中で伝手が作れそうなら、平陽公主であればお前の後ろ盾になれるだろう」

「平陽公主様、でしょうか」

「ああ。あの方は帝の姉にあたる方で、帝との関係も良好だ。歌舞音曲に強い興味を持たれている。衛皇后はもともと平陽公主のところの奴隷の娘だ。芸妓に仕立て上げたところを公主が帝に推挙したのだ」

「あの衛皇后の」

衛皇后は皇子の母で、帝の寵愛が最も深いと言われている。

「そうだ。長安城は伏魔殿だ。後ろ盾がなければ、仮に帝の寵愛を得ても生きてはいけぬよ。殺されるからな。平陽公主は帝の姉君ゆえ、寵愛を争う貴妃たちと異なり対立関係には立たぬ。ゆめ、他の貴妃に安易に近づくのではないぞ。公主とうまく巡り会えたなら、取り入り後ろ盾とするが良い」

「あなた様はどうしてわたくしに良くしてくださるのでしょうか」

「ふむ。お前が気に入ったのと、稀に見る馬鹿だからだな。これ程美しいのにすべてを捨てて分を弁えず、嵐の夜に月を眺めようとしておる」

官吏は勿体なさそうに俺の髪をかき上げた。

「そのような馬鹿には多少目をかけても誰も何も言うまいよ。俺が直接何かをするわけでもないからな。これも何かの縁だ。最低限は調えてやろう」

官吏の手配で字や礼儀を習うことになった。学がなければ何も始まらないという。それも化粧と同様に俺の価値を高めるもの。

最後の問題はどうやって宦官になるかだ。もっと言えば、どうやって城に潜り込むか、だ。

漢の法律では腐刑となるのは強姦の罪を犯したときと、複数回の肉刑[※5]を受けた者が罪を犯したときだけであり、宮廷で働く宮刑となるには前者である必要がある。つまり、後宮で労役につくには誰かを強姦したことにしなければならない。

強姦とは風紀秩序を乱す。ゆえに切り取るのだ。

なるほど、強姦というもの、その行為の性質を考えると、なんだかひどく馬鹿馬鹿しくはあるものの、俺にふさわしい運命の巡りのようにも思われた。

妹に教えられるすべてを教え、すべてのできうる根回しを行った。

「二人とも聞いてくれ。俺はしばらくお前たちに会えない」

「兄さん!?」

「俺はこの長安で仕事をすることにした」

「その、危険なお仕事なのでしょうか」

妹は聡いところがある。その不安そうな瞳をなだめるように頭を優しくなでる。

「大丈夫だ。これまでの仕事と似たようなものだし、うまくいけばよほど安定する仕事になる見込みだ」

「本当……なのですか？」

「なんだ？　俺を疑うのか？」

「いつも兄さんばかり」

取った妹の手は温かい。それがとても、尊く感じた。

「いいんだ。俺は兄で家長だ。お前たちを養う責任がある」

「兄ちゃん。俺は兄ちゃんに何かあるなんて嫌だよ？　絶対に。最近は少しだけれど給金をもらえるようになったんだ」

「うん。知っている。偉いな」

けれどもそれは旅芸人という足元を見た給金だ。まだ子どもというのもあるが、一日働いて、一人前の一食分になるかならないか。

「二人とも、一つお願いがある。これから警吏に行け。そして俺に強姦されたと言え」

「兄さん、何を言うんです？」

「それが俺に必要なことなんだ。必ず俺が妹を強姦したと言うんだぞ」

「ちょっと待てよ、強姦？　それじゃ兄ちゃんが捕まっちまうだろ」

突然の俺の言に、広利は不安そうに俺の袖を引いた。だから二人を合わせて抱きしめた。温かい。二人は未だ、俺の腕の内に入る。子どもだ。だから俺が守らねばならない。大切な家族。

「大丈夫だ。警吏とは知り合いだ。それから届け出たらすぐにそのまま長安を出ろ。わかったな」

「兄ちゃん、無理だよ。兄ちゃんなしでどうやって暮らしていくんだよ」

妹はごくりと唾を飲み、不安げな眼差しで俺を見上げる。首を振って妹の目を見て微笑む。お前をそんな目にはあわせはしない。

「大丈夫だ。節約すれば五年は暮らせる金がある。金子は小さな石に変えておいた。服の裏に縫い付けたから、困ったら一つずつ解(ほど)いて売るんだ。俺はお前たちが暮らせるよう金を稼いでくる。だが万一、万一俺からの連絡が途絶えたら広利、お前が家長だ。お前は五年経てば俺みたいな中途半端じゃなく、立派な男になる。今働いているように信用を得て、力仕事をするんだ。妹よ。お前は歌舞に才能がある。だから稽古は怠(おこた)るな」

「俺たち二人でどうしろっていうんだよ、兄ちゃん」

「大丈夫だ。人を雇った」

四十がらみの武官を弟妹に紹介した。一年分の給金は前払いしてある。以降は月々の給金を送る約束となっていた。武官といっても軍に所属したのち負傷して退役し、以降は警備などの仕事についている男だ。金でなんでもやるが、自暴自棄なところはない。金を払う限りには信頼がおける。

長安を出て近くの町で居を借り、旅芸人の俺の一家ではなく、この武官の子として生活する。それで広利は仕事を得やすくなるだろう。妹は万一のために歌舞の稽古をして暮らすのだ。俺が目標を遂げていれば、おそらく弟妹はこの男の庇護のもと、五年は安定した生活が送れるだろう。

死んでしまえば男は一年で去るが、兵役につくと言って出るように頼んである。二人は武官の子として過ごし、半年に一度、二人の様子を見に戻った武官が手数料を得る代わりに二人の石を売って生活の費用とすることを約束した。そのように説明したが、弟妹の目から不安は消えなかった。

「必ず五年以内には便りを送る。けれどもこの武官への給金が途絶えれば、俺は死んだということだ。お前たちは二人で助け合って生きてゆけ」

「兄ちゃんが死ぬなんて嫌だ！」

「広利、俺たちの暮らしはいつも野垂(のた)れ死(じ)にと隣り合わせだ。いつ死んでもおかしくない。俺たちが幸せを掴むには、これしか方法がない」

弟妹を再び強く抱きしめる。もう会うことは叶わないだろう。俺にとっての唯一の人間と呼べる家族の温かさ。それを魂に刻み込む。

俺の家族で、俺の幸せ。大切な二人。

筋書きはこうだ。俺が妹を強姦し、広利が助けを求めたところ、武官の男が急行して俺を殴り倒して縛り上げ、警吏に通報する。だから齟齬(そご)がないよう、弟妹を納屋の外に出してから武官は俺を殴り、捕縛した。

荷物をまとめた弟妹と武官の男が去ったあと、納屋でぼんやりと転がりつつ、痛む腹が熱を持っているのを感じた。固く締め付けられた縄が擦れて痛い。殴られたことなど星の数程ある。骨が折れたこともある。

武官の男は暴力の専門だ。だから最も派手に見えるよう、俺が武官と僅かでも争ったように見えるように何箇所かに跡に残らぬ打撲痕を作ってもらった。

実際に目を閉じると、さほど痛くはない。けれどもこれで弟妹とは今生の別れだと思えば、やけにその傷が傷み熱を持つのだ。

やがてばたばたと慌ただしい足音が納屋に踏み込んでくる。転がっていた俺は乱暴に引き立てられた。目の前に仁王立ちになったのが懇意の警吏であることに、心の内だけで胸をなで下ろす。

警吏は厳しい顔で俺に告げる。酒を奢ったときとは全く異なる硬い声だ。

「貴様は李延年で間違いないか」

「ありません」

「貴様の妹から、貴様に強姦されたとの陳情が上がっている。相違ないか」

「ありません。暮らしに先が見えず、いっそのこと死のうと思い、その前に……」

「どのような理由があろうと妹を襲うなど言語道断。畜生にも劣る行いだ。引っ立てよ」

警吏に引き立てられ、市を歩く。ヒソヒソと後ろ指をさされた。先祖に辱めを与え、自身を辱め、道理を外して引き立てられる。縄をかけられ首枷をはめられ、痛んだその身を晒しながら。

そして俺は人ではなくなる。

弟妹には便りをよこすとは伝えたが、もう会うことはない。計画に失敗すれば俺は死ぬ。計画が最上に進めば俺は後宮に入る。後宮に入れば二度と城外には出られない。帝の寝所とはそういう場所だ。現実とは切り離された場所だから。

けれどもそれで弟妹が幸福というものを手に入れられるのであれば、それでいい。

集まる視線は目に入らなかった。いつものように空を見上げると、薄い雲がたなびき晴れ渡る青い空の下、高台の上に長安城の威容が見え、そしてその少し上に白く丸い月が昇っていた。桃源郷はあそこにある。俺はそこに奴婢としてでも家具としてでも食い込んで、最も尊き夢の中で俺を一番高く売る。そこで得た幸福を弟妹に届けるんだ。

最初の賭けに勝った。

体の重だるさと高熱に浮かされながら、尿の漏れる音を聞く。

俺の刑の執行は腕の立つ医師が行った。あの高級官吏が手配した貴人の腐刑を執行する医師だ。初老で小柄な医師だが腕は一流だった。手技は通常の罪人が収められる劣悪な環境下ではなく、貴人が処されるときに用いられる綺麗な室で行われた。とはいえ、複数人の男に押さえつけられ、根本を紐で縛られて消毒し、専用の鋭い鎌で一息に切除する。その行為は鮮やかで、その衝撃で俺は意識を失ったが、傷口を縫い合わせて消毒し、無理やり起こされ体内から血が出きるまで強引に歩かされてから尿道に栓をされた。三日三晩飲まず食わずで時折同じように歩かされ、体はがくがくとおこりのようにふるえているのに頭は熱に浮かされ、彼岸と此岸の境もわからず高熱に苛まれる。唇は乾き、ひび割れた。全身がバラバラになったかのように熱を持つ。俺が俺ではないようなフラフラとした心持ちだ。

これがおそらく人から人ならざるものへの変化に伴う苦痛と言えるものなのだろう。人としての俺はここで一度死に、宦官という生き物に生まれ変わる。

四日目にきちんと尿が出た。これで尿が出なければ、体内に毒が溜まり死ぬのだそうだ。俺は最初の賭けに勝った。けれども人ではなくなった。

何が違うのかはよくわからなかった。ひたすらに体が重い。朦朧とした頭で見下ろすとその下腹には何もない。なんだかよくわからない妙な気分が心に溢れた。

「うむ。体はまだ碌に動かぬだろうが、安静にしていれば大丈夫だろう。粥から始めて少しずつ固形のものを食べるが良い」

「先生、ありがとうございます」

医師は柔らかく頷く。

「見かけによらずお前さんは強いね。目が死んでない。大抵は死んだ魚のような目をしていて、手技は成功したのに死んでしまう者も多いのだよ。今はまだわからないだろうが、傷もうまく塞がりそうだ。注意点がいくつかある」

それは官吏から事前に聞いていたことと同じだった。

これまでと違って思う位置に排尿ができない。だから女と同じように座って行うこと。慣れるまでは排泄の調節ができないから蝋で尿道に栓をすること。そうしなければ垂れ流しになってしまうこと。

なんだか惨めだ。本当に、獣になったのだなと感じる。けれどもこれまでの生活を顧みても、獣と何が違うのだろうとも思った。だからやっぱり、今更だ。

「それで配属の希望は本当に城外なのかい？　折角の美貌だ。後宮に入れば貴妃にチヤホヤされて楽な暮らしができるだろうよ」

「いえ。できれば後宮の外に。そして可能であれば極端な力仕事でない仕事がありがたいのです」

医師はふうむと述べて俺の肉付きを眺めた。歌舞のために鍛え、それなりに引き締まってはいるが、肉体労働に必要な肉というものがつかない。


配属されたのは犬舎だった。長安城では多くの目的で犬を飼っている。食用犬というのが一番多い。薬に使うのだ。あとは様々。狩猟用、愛玩用、番犬、儀式用。

そして俺が配属されたのは狩猟用の犬舎だった。ちょうど人が足りなかったらしい。城外とはいえ城に近く、市街からは少し遠い落ち着いた場所だ。帝の御料地である上林苑と長安城の間にある。

その犬舎では帝専用の十頭程の犬が飼育されていた。帝の犬だ。犬舎は絢爛で、弟妹たちが城下で暮らしていた納屋などとは比較するのもおこがましい。美しく彩られたその犬舎の広さは犬一頭当たりにつき人一人が住める程の広さだ。もちろん俺にあてがわれた納屋より格段に広く綺麗に掃除されている。つまり俺の新しい生活は俺よりよほど高級で尊き犬に仕えるところから始まった。

犬舎では初老に差し掛かる背の高い宦官がその監督をしていた。他に人はいないようだ。望みうるべき最良の配属かもしれない。俺は手を回してくれた官吏と医師に感謝した。

長年この職についていたのだろう。その監督の宦官の犬の扱いには熟練を感じた。普段は温厚そうなのに犬の訓練の際には人が変わったように厳しくなり、左に腕を振るえば犬は左に、右に振るえば犬は右に、見事な隊列を組んで鮮やかに走る。師の宦官は、犬舎程の大きさではないにしろ、犬舎の近くに小さな小屋が建てられ、そこに住んでいた。

俺の仕事自体は簡単だ。朝夕に犬に餌をやり、訓練の間に犬舎と監督、俺の新しい師となった宦官の室の掃除をする。要は雑務だ。流石(さすが)に帝の犬だ。よく躾(しつ)けられていたから何も難しいことはない。それに俺は旅の途中、犬使いの一座と合流したことがある。その際に多少の手解(てほど)きを受けていた。その一座の犬に比べても帝の犬は格段に品も行儀も良い。

「お前さんは妙に慣れているね。犬を扱ったことがあるのかね？」

師は感心するように呟いた。

「以前、犬使いの一座で働いたことがあります」

「ほう、それはいい。犬を怖がらぬ者というのはなかなか少ないのだ。この犬らは猟犬ゆえな」

師は深く頷く。

「ここの犬はよく訓練されております。一座の犬よりよほど」

「ふむ。肝が据わっているね。いつだったかな。犬が食えると思った体ばかり大きい宦官が配属されたことがあったんだがなぁ。猟犬の訓練を見てすぐに怖気(おじけ)づき、反対に食われると思い込んで動けなくなったんだよ」

それでは確かに使いものにはならないだろう。犬というのは勇敢であるが、存外繊細なのだ。特に上下関係においては、常に上であることを示さなければならない。だから一旦犬に舐められると、使いものになりやしない。面白半分に追い回される羽目になるだろう。

「それにしてもお前さん、もう少しマシな格好というものをしてはどうなのかね？」

師は眉を顰めて苦言を呈する。俺は腐刑によってやつれ、髪は乱れるままにしていた。服は支給の粗末な垢じみた襤褸だ。おまけに体に黒く炭を塗って浅黒く見えるようにしている。つまり、俺を美しいと思う者はいないだろう。

結局のところ、最終的には高く売るための美しさが必要であったとしても、美しさだけにしか価値がなければいずれ飽きられて捨てられる。だから俺がこの城内で生き残るには、美しさ以外の価値を武帝に示さねばならない。そしてそのためには、美貌を安易に晒すわけにはいかなかった。

宦官など最底辺の共有財産だ。拒否などできるはずがない。美しいと噂になり、妃にでも囲われればそこですべてが終わってしまう。価値を示す以前の問題だ。なにせ後宮に男は帝お一人、女は数千人も侍っていて、召し上げられたあとに一度も帝に見えることなく下げ渡される者も多い。つまり男という存在に飢えている。見目の良い宦官の中には宮女に飼われて楽しく暮らす者もいることは、あの官吏からも聞いていた。そんな生活など、宮女に飽きられ或いは容色が衰えた時点で終わりだ。旅芸人と何も変わらぬし、その宮女の立場にすべてが左右される。

そんな不確かなものに寄って立つことはできない。

俺にできることといえば結局、歌舞。つまり舞と歌だ。

そして俺は少しずつ種を蒔いた。

「またあったわ」

『この城に在られる尊き方』

「これは何かしら」

「恋文なのかしら？」

そんな呟きが聞こえる。

『私は存じております』

「けれども、どうしてこんなに切れ切れなの？」

『この肥沃な大地が広がり』

『人々は皆低く頭を垂れて』

「頭を垂れ、ってことはこの歌は高貴な方に捧げる歌ではないのかしら」

その内、犬舎の周りで流麗な字で詩の断片が書かれた木の皮が見つかるとささやかれるようになった。それらは噂好きの下働きたちの恰好の暇つぶしになる。物好きがその正体を探し始め、犬舎に新しくやってきた背の高い細身の宦官がやっているのではないかとの噂が立つ。

そこに至り、師は心配そうに俺に尋ねた。

「なぁ延年、最近噂になっている詩はお前さんの仕業なのかい」

「はい、お師様。わたくしにとって偉大な武帝様は物語の登場人物にも等しいのです。帝の使われる犬の世話をしておりますと自然と言葉が湧き出てくるのです」

「ふむ。そういうものかねぇ。最近この犬舎周りに人が増えてきて犬が落ち着かなくてね」

「申し訳ありません。やめたほうが良いでしょうか」

師は悩むように首をかしげた。

「お前は酒も飲まないし品行も随分方正だしなぁ。まあそのくらいなら良かろうが、その辺の木の皮に書いて放置するから人が見つけるのだと思うよ」

「そうはおっしゃられましても、わたくしは紙や筆など持っておりません。犬の餌の肉を刻む小刀しかありませんから、その辺の木の皮に刻むしかありません」

師は得心するように首を縦に振る。

「それもそうか。まあお前は真面目だからもう少しましな暮らしになるよう申し出ようかね」

「ありがとうございます」

俺はそのころには師に代わって犬の訓練の一部を行うようになっていた。師はもう初老と言って良い年齢で、遠方への行軍指揮の練習などは少し億劫になっていたからだ。帝が狩りに犬を用いるとなれば、師は犬を追って走らねばならない。それは既に困難だった。だから俺が遠くに出る犬を扱い、師と連携して獲物を狩る。この他にも俺が師の代わりに遠方の用に出向くこともしていた。そのために、多少は小綺麗にする必要もあったのだ。

師は廷吏と相談の上、これまでの犬舎の一角の小屋の代わりに、少し離れたところに打ち捨てられていた小さな小屋を俺に与え、襤褸の代わりに簡素な衣服もくれた。

「お前……それ程に美しかったのかい」

師と廷吏はただの生成りとはいえ汚れのない服を纏い簡単に髪を結った俺を見て、目を見張った。

「なるほどねぇ。なんとなく、お前が後宮に近づきたくない理由がわかったよ。お前は美しすぎるんだ。これじゃぁ宮女のやっかみもひどそうだねぇ」

「お師様から見てもそのようでしょうか。わたくしはこれまで女性との間で碌な目にあったことがありません。ですから女性ばかりという後宮というものがおそろしいのです」

「ああ、そうだろうなぁ。あそこはわしにはちっともわからん。わしが帝について狩りに向かうとき、一緒に貴妃様方がお越しになることもあるが、これまで見たどなたよりもお前は美しい。だから後宮で生きていくにはよほどの才覚が必要だろうね」

そう呟いて、師は何度も頷く。

俺は誰よりも美しい。だから俺は最も尊き方、武帝に自身を売る。そのためには貴妃のいないところで売り込まなければならない。貴妃たちが自ら囲うのであればともかく並び立ち寵を争うつもりなら、その前に立つのは敵対行為でしかないのだ。その目に止まることは下策だ。敵に回すことは愚策だ。後ろ盾がない以上、俺はすぐに潰されてしまう。

だから千載一遇の機会を待つ。

俺は美しく着飾りたいわけではない。犬の糞に塗れようとなんら厭うことはない。何よりこれまでの人生こそが糞なのだ。毎日体を売り、それで得た僅かな金で糊口をしのぐ。そんな生活よりこの人ならざる生活は既によほど上等だった。弟妹のことがなければ、この規則正しく職を得た生活で満足すらしていたかもしれない。

けれども俺は弟妹のためにここにいる。このままでは弟妹もかつての俺と同様の暮らしが待っている。その温もりが失われることは、闇に呑まれたこの身にもひどく耐え難い。

見上げると高い城壁が聳え立つ。長安城の南西にある犬舎は武帝の住まう未央宮のすぐ裏だ。この見上げた先に俺の目的がある。夢の主がそこにいる。なんとしても俺はここで、のし上がる。

この林に繋がる僻地は通常、人が来る場所ではない。けれども時折、噂を聞いた宮女が覗きに来た。だから俺は顔の前に布を垂らすことにする。これで俺の顔の美醜などわからないはずだ。

こんな犬臭いところに来る宮女も珍しい。だが、今も着飾った子どもが覗きに来ている。どこかの貴妃の侍女だろう。

『山野におわせば野獣も鎮まり』

『世を照らす太陽であられる』

「お兄さん、なんで変な布を被っているの？　お化けみたい」

「お兄さん？」

その聞きなれない声に顔を上げると、十四歳程の異国の少年が俺の手元を覗いていた。艶やかな黒髪を短く後ろに結び、彫りが深く大きな瞳は僅かに藍色を帯びている。城外でもたまにいた外国の者だろう。ここまで近くに寄ってきた者は初めてだが、その興味を隠そうともしない煌めく瞳に軽くに見惚れた。

「このほうが落ち着くんだよ」

「変なの。それで詩を書いてその辺にばらまいてるって聞いたんだけど、なんで？」

「なんで……趣味だよ。それよりお前は誰だ」

「僕？　僕は埃斯菲亞（エスフィア）。平陽公主様の奴隷だよ。もともと波斯（はし）[※6]から来て、公主様に買い取っていただいたんだ」

平陽公主。その言葉に思わず筆を止めた。それはあの高級官吏が言っていた武帝の姉。

「えすふぃあ？　何故（なぜ）公主様の奴隷がこんなところに？」

「城の外れで詩を書いてる奴がいるらしいから見てこいってさ」

見てこい。どなたか貴人の興味でも引いて帝に関心を持たれぬかと思ってやっていたことだったけれど、望外のところに話が繋がった。僥倖（ぎょうこう）だ。思わず握る筆に力がこもる。それならば利用しない手はない。急いで新しい紙に詩を書き付けた。

よい風は吹くべきときを知り
この世界をめぐっています
公主様の歌舞も新しく寵（ちょう）を受けられ
風に乗って世界に伝わっています

「公主様は歌舞音曲に詳しい方だと伺った」

「そうだよ。たくさんの踊り子がいて、みんな練習してるんだ。僕も習ってる」

「踊りを？　どんな？」

「やってみるよ」

エスフィアは一礼し、美しい姿勢ですくりと立った。それは初めて見る踊り。ゆったりした動きながらもところどころ大きく切り返し、時にはクルクルと不規則に舞う。その体躯(たいく)の動きはさながらハチドリのようで、思わず俺は目を見張る。新鮮な驚きが訪れた。思えば他人の踊りというものをまじまじと見たのは初めてだ。

「凄(すご)いな」

「でしょ？」

「じゃぁ俺もお返しに踊るよ」

踊りの稽古は欠かしていない。夜に一人になると、毎日練習して鍛えている。宦官になってから体が少し変化した。体がほんの少しだけ重い。骨盤の周りに肉が付きやすくなり、筋肉の付き方が少し変わった。だから鍛えてはいるけれど、ひょっとしたら少し踊りの質が変わったかもしれない。

その違和感は俺に奇妙な不安を与えていた。誰かに見せようにもここには犬しかいない。けれども踊りを習うというエスフィアならば、見る目があるかもしれない。

呼吸を整える。誰かの前で踊るのは久しぶりだ。この犬舎に来てから、人でなくなってから三箇月ぶりだ。

宦官になっても俺の精神は何も変わらなかった。俺の中には変わらず弟妹のことだけだ。精神まで人でなくなってしまったら、という不安は現実にはならなかった。

だが体は人であったときと何かが異なったのだろうか。

わからない。以前と同じように腕を伸ばす。みしみしと軋(きし)む筋肉の動きが以前と少し異なる気がする。けれどもその軋みには最近、馴染(なじ)んできた。だから同じように動いているのだろうとは思う。

ふわりと地から浮かび上がり、いつも通り天を求めて届かず再び地に落ち、水を掻くように宙を泳いで同じ床に着地する。

「……凄い。音がしなかった」

「音？」

音がするかどうかなんて、考えたことがなかった。それはいいことなのかな。そう考えて体に目を落とす。今身に纏っている直裾袍は裾の長い一枚布の衣服で、腹の部分で体に巻き付けるように帯で止めるものだ。だから体の動きがよくわからないのかもしれない。つまり、踊りの良し悪しまではわからないのかも。

「うん。お兄さんも踊り子なの？」

「そうだな。そういえば公主様と宮城にいるということは、君も宦官なのかい？」

「そうだよ」

「宦官になってからどうにも体の動きがおかしくてさ。踊るのに何かコツはないかな」

「ああ、お兄さんは大人になってから宦官になったのか。僕はもっと子どものころに宦官になったから、違いはよくわかんないんだ」

「そうか」

子どものころからそういうものとして育てば違和感はないのかもしれない。けれどもエスフィアは十四歳程にしか見えない。その子どものころと言うと七、八歳程度だろうか。俺と異なる理由で宦官になったに違いない。エスフィアにはおそらく他に選択肢などなかったのだろう。そう思うと、少し不憫だ。

「お兄さん、そんな目で見ないでよ。僕はそれなりに贅沢に暮らしてるんだぜ？　お兄さんよりよっぽど。公主様のところに来る商人にも羨ましいって言われるもの」

　エスフィアはにこりと微笑みながら、俺を上から下まで眺め下ろす。贅沢と言われてみれば、エスフィアの服は絹程ではないものの上等で、首飾りまでしていた。俺の生成りの服とは随分違う。

　なるほど、公主といえば皇帝の姉だ。奴隷であってもこの城内で相応の居場所を確保できた者は、それなりの生活が送れるのだ。希望が見えた。宦官というものは国の奴隷だ。そうすると、やはり俺はここから帝の専属の奴隷にならねばならないのだな。

　以降、エスフィアは時折俺の小屋を訪れるようになった。小屋の前の空き地の草を刈り取り、互いの踊りを披露しては色々と感想を述べ、俺は公主に敬愛と感謝を示す詩を贈った。踊るのは大体仕事の終わった夜だ。月明かりと未央宮から降り溢れる僅かな光を光源とし、サラサラと流れる葉擦れの音と虫や梟の声を音源とする。

　その密やかな夜会は初めて俺に踊りというものの楽しみをもたらした。金を得、男を誘うため以外に踊るというのは初めてだ。

　ただ、単純に踊りのために踊る。

　これは踊りの稽古だ。武帝の前で踊る練習だ。夢物語のために踊るのであれば、やはり夢物語の踊りを踊らねばならない。この行為は小さいときに見た懐かしい夢に繋がっている。

「お兄さん、凄い。ペリみたいだ」

「ペリ？　なんだいそれは」

「僕の生まれたところにいる火から生まれた妖精なんだ。背中に翼があって魔法を使える。妖精が空を舞っているみたい」

「火か。漠は火徳の国だ。縁起がいいな。お前も哪吒のようだよ」

「哪吒？　それは誰？」

　エスフィアは好奇心もあらわに目を輝かせる。

「ああ。托塔天王という神様の三男で、たいへんな冒険をする。蓮の花や葉の服を着て、たくさんの武器を持ち、風火二輪という火を噴く乗り物に乗って戦うんだ」

「凄い！　かっこいい」

「じゃぁその踊りを踊るよ」

　このエスフィアとの関係は奇妙だった。旅から旅でひとところに落ち着かない俺の人生には、親しい人間は家族しかいなかった。エスフィアと似たような存在と思えば、似ても似つかないのに広利が思い浮かぶ。二人とも元気にしているだろうか。エスフィアは別れたときの妹より少し上くらいだろう。それにしてはしっかりしている。教育というものが行き届いているのかもしれない。

「公主様が詩のお礼に何かくださるって。素晴らしいとおっしゃっていた。僕にはよくわからないけれど」

「それは光栄なことだ。よろしければ化粧の道具をお譲りいただけないだろうか。少しでいい」

「化粧？　お兄さんいつも布を被っているじゃないか」

「誰にも秘密だぞ」

戸惑いながら布をめくった俺を見て、エスフィアは目を丸くした。

「本物のペリだ……」

程なく上等な化粧の道具が僅かな量届く。携帯できる量だ。

それからエスフィアが初めて見る男を連れてきた。愛想が良く、ガハハと笑う気さくな男だ。商人らしく、俺の体の採寸を始めた。服を一着仕立てていただけるという。

「素晴らしい体つきですな」

「そうでしょうか」

「ええ。色々な方の服を仕立てましたが、不思議なお体をされている」

「不思議……？」

「ふむ、宦官の方は気にされる方が多いのですがね、やはり体つきが丸くなるものなのです。けれどもあなたの体はとても引き締まっておられる。なのにその筋肉は薄い脂肪で滑らかに繋がっている。実に不思議で美しい」

「おじさん、お兄さんはペリなんだよ。妖精なんだ」

「ははは、確かにそんなふうだね」

滑らか。しなやかとはよく言われたが、これまでそのように評されたことはなかった。やはり他人から見ても俺の体は変化しているのだろうか。なんともいえない気持ち悪さが広がる。俺は変わってしまったのだろうか。

けれども男はかえって意欲を掻き立てられたようだ。

「仕立てがいがありますな。刺繍はいかがいたしますか」

「刺繍……刺繍は不要です。なるべく華美でないものでお願いします。犬番が着ていてもおかしくないものを」

商人の男は僅かに困惑したように言葉を漏らす。

「犬番、ですか？　公主様からは素材は問わないと伺っておりますが」

「構いません」

「お兄さん、化粧するってことは踊るんじゃないの？」

「踊る？　それであれば一度見せてはいただけませんか？　袖の詰め方などによっては動きにくさが出るかもしれません」

なるほど。確かにこの犬番の服は簡単な衣装だが、体に合わせて仕立てるとなれば少し動きにくいかもしれない。夜に稽古していても肩が詰まることはある。

ただ、エスフィアは公主の奴隷だから口外するあてもないだろうが、商人というのは人の間を渡る。俺の踊りが市街で踊っていたころを知る者に繋がれば、今も練習をしているはずの弟妹にも行きついてしまうかもしれない。あまり話を広めたくはなかった。

「エスフィア、代わりに踊ってくれないか」

「僕が？　まあいいけど」

エスフィアは仕方ないと呟いて背筋を伸ばす。

長安は朝夕の寒暖差が大きい。その夏が終わるまで、日が暮れて涼しくなった夜に俺とエスフィアは互いに踊りを見せて練習をしていた。だから俺の大凡(おおよそ)の動きはエスフィアにもわかるはずだ。

エスフィアはゆっくりと動き始める。その踊りはそれなりに俺の踊りに似ていた。やはり平陽公主の芸妓(げいこ)奴隷だ。呑み込みが早い。ひょっとしたら妹より覚えがいいかもしれない。体格的には俺と大分異なるものの、これで可動部分はよくわかるはず。

客観的に自分の踊りを見るというのは得難い経験だった。改善点なども見えてくる。そしてエスフィア自身の踊りを俺の踊りに取り入れることを考えた。俺はこれまで一座の踊りというものを守ってきたが、もうそれに固執する必要はないのだろう。俺は既に人ではなくなったのだ。俺は俺の踊りを踊れば良い。そう思うと、体が軽くなる。

その後も時折エスフィアと踊りの練習をし、その内、衣装が届いた。不思議な衣装だ。基本は犬番の着る直裾袍(ちょくきょほう)だが裾がふわりと広がるため足元に不自由はなく、そこ以外は体の線に沿って張り付くよう仕立てられている。動きづらいのではないかと思ったが、肩周りや肘などの可動部分は生地が二重になり、大きく動いてもその重ねが広がって肌が見えないようになっていた。その下に褌(ズボン)を穿くようで、これも体にピタリと合わせて仕立てられている。

「お兄さん、不思議な衣装だね。そうだ、今度上林苑で帝が狩りをするんだって。そのときには、遠くまで行くそうだよ。公主様もお越しになるから力を見せなさいって」

「平陽公主様が。エスフィア、延年が感謝を申し上げていたとくれぐれもお伝えしてほしい」

エスフィアは明るく頷いた。

上林苑は長安の南西に広がる御料地だ。狩りを好む帝が拡大させた三百里にも及ぶ巨大な庭園だった。七十箇所もの離宮が設(しつら)えられ、多種多様な動物が飼育されて、異国の珍しい果樹が植えられている。遠くまで行くのであれば、師では犬の制御が厳しいだろう。けれども帝のご命令は絶対だ。だから俺が呼ばれる。そのときが最後の賭けだ。


その狩りの日。

秦嶺(しんれい)の山から少し肌寒い秋の風が吹き下ろしていた。けれども陽は未だ夏の名残を残してじわじわと肌を温める。狩りには丁度良い日和(ひより)だ。犬の動きも良い。俺は師の許しを受け、十頭の犬の内六頭を預かった。武帝の指示によって獲物を師の指揮する犬のもとに追い込む。そこで獲物を挟み撃ちし、師の犬が獲物を仕留めるという算段だ。俺は犬を自由に動かせるようにはなっていたが、狩りの機微という点については未だ経験不足だった。


獲物を追って広い上宛林を駆け回るのに、思った程汗をかかないことに気がつく。体が変わったことによって、体温が下がったためかもしれない。動きは思ったよりは、悪くなかった。

狩りの結果、武帝に五頭の鹿(しか)を献上できた。上々の成果だ。師もこれまでの最高記録は四頭であったと言い、喜ばしげに俺の肩を叩いた。

けれどもここからが本番だ。片付けを急いで終わらせ、顔の布を取り、木陰で化粧を施す。武帝から声が掛かるとしたら、今しかない。

武帝から声が掛かる。その想像に俺は思わず紅を塗る手を止めた。

俺は今まで武帝に買われることを目指していた。そのために詩をばらまき、踊りの稽古を欠かさなかった。

けれども本当に武帝が？　未だに心の底では半信半疑だ。

遥か昔、俺の隣に立っていた武帝はただひたすら輝かしく、真っ直ぐに匈奴に目を向けていた。そんな武帝が俺を、買う？　そんなことはあるはずがない。心はそう反発する。なのに、会って俺を売る？　一体それはなんなんだ？

考えを中断する。かぶりを振った。

俺はそのためにここにいるんだ。俺はこの桃源郷で生きるために人をやめて宦官となった。ここは長安城で、武帝がいらっしゃる。手練手管で武帝に取り入り、弟妹のためにその財をかすめ取る。

チリチリとした奇妙な違和感に目眩がする。それは一体、誰の話だ。

いや、そろそろ時間だ。狩り用の分厚い手袋を脱ぎ、傷つかぬよう巻いた布を取り払う。爪に描いた文様は些かも崩れてはいなかった。髪に油を塗る。桃源郷に住まう平陽公主の香油は俺がこれまで嗅いだことのない甘く清涼な香りがした。これが桃源郷の匂い。俺は必ずここに住むのだ。

「延年、ここにいたか。何をしておるのだ。今、帝からお呼びがかかって……」

師は振り向いた俺を見てぽかんと口を開けた。

「お師様。わたくしは美しいでしょうか」

「……延年、お前は本当に延年なのかい。なんということだ。蓮の花が人になったかのようだ」

「蓮の花。お師様、ありがとうございます」

蓮の花という言葉は、俺の中で一つの結論を導いた。そしてそれはふさわしいようにも思われた。俺は李延年ではない。哪吒だ。俺は夢の中で武帝とともにあったのと同じように、様々な夢を纏い、渡ってきた。俺はその夢の中の一人、哪吒だ。そう思うと足取りは自然と雲を踏むように軽くなる。

俺が歩くと風が吹く。ここは夢。俺が小さかったころに生きていた夢の中。山中に降り注ぐ艶やかな光に久しぶりにその世界を思い出し、いつの間にかその世界にするりと入り込んでいる。そんな気がした。ここは桃源郷だ。輝かしい光が降り注いでいる。俺はここで現実を脱ぎ捨てる。

長安城の程近くに陣が張られている。そこで本日、武帝は狩りの指揮をなされた。そこに大勢の人間が集まっている。五頭の鹿が飾りたてられた台の上に並べられ、その前に俺と師は袖の下に顔を伏せて拝謁する。場が大きくざわめいた。

「帝は本日の成果に褒美を取らせるとの仰せである」

俺と師は更に深く頭を垂れる。そして続いた低い声に思わず身震いした。

「お前が新しい犬舎番か」

「さようでございます」

武帝。伝説。俺の夢。かつて隣にいた武帝は、ただそこに立って声など発していなかったことを思い出す。その声が、俺に届く。心の臓がどくりと脈打つ。静かに心がふわりと沸き立つ。口から漏れる呼吸が荒い。目の前が狭くなる。声は震えていないだろうか。粗相をしていないだろうか。

いや、俺は蓮だ。

この桃源郷に咲く蓮だ。延年。思い出せ。ここは夢の中だ。そして俺は延年ではなく、哪吒。

「近頃妙な噂を聞く。犬舎の周りで時折、詩の欠片のようなものが見つかるというのだ。お前はこれがどんな意味か知っているのか」

「恐れながら申し上げます――」

　貴き帝は匈奴を打ち破りその力は世界に満ちました
　帝の前で人々は皆低く頭を垂れ
　帝が山野におわせば野獣も鎮まります
　世を照らす太陽であられる貴き帝の前には
　どこまでも肥沃な大地が広がっています
　わたくしは貴き帝がこの城に在られることを存じています
　是非帝に歌舞を捧げたいと願っておりますが
　卑賤なわたくしがどうして叶えられましょう
　ただ伏すのみです

「ほう？　では此度の獲物の褒美としてお前の望みを叶えよう。面（おもて）を上げよ」

　ここは夢。夢物語だ。俺は武帝に踊りを捧げる哪吒だ。そう思って堂々と顔を上げた。そこは正しく物語の只中だった。様々な綾織が組み合わさった天幕の中心には玉から削り出したかのような豪華な椅子が置かれ、夢で見たそのままの武帝が堂々たる巨躯（きょく）をその上に乗せている。

　帰ってきた。

　体の奥から打ち震えるような喜びとともに夢の主を拝謁（はいえつ）する。太い眉、通った鼻筋、鋭い瞳。嗚（あ）

呼(あ)、懐かしい。息を呑む音が聞こえ、衆目が肌に刺さる感触がした。けれども俺は武帝から目を離さない。もう二度と、失いたくない俺の夢。

「望み通り歌舞を捧げよ」

貴き声に導かれて立ち上がり、これまで俺を雁字搦め(がんじがら)にしていた汚泥のような闇からするりと抜け出して、そのまま地を蹴り宙に浮かぶ。足に羽が生えたように軽い。

吟じたばかりの詩に音曲を乗せる。俺は美しい哪吒だ。俺の声はこの澄んだ空気の流れの中で千里を駆ける。空気とともに体を浮かせる。不思議だ。夢の中だからか、この上林苑に吹き流れる気とともに舞うと、いつまでも地面に落ちない。ただひたすらに俺は歌を紡ぎながら風とともに空を渡り、そして最後に地に降り立った。

再び顔を伏せて平伏する。それとともに俺の哪吒はするりと地に溶けていった。

しばらく、なんの動きもなかった。奇妙だ。鳥の囀(さえず)りと北に流れる渭水のさらさらとした音だけが響く。いつの間にか、久しぶりに、いや、本当はいつもともにあった深い絶望がひたりと足元に触れるのを感じる。けれどもここは、夢の中、武帝のおわすこの場所には光が降り注ぎ、闇に呑まれるのを僅(わず)かに防いでいる。

「平陽公主」

「心得ておりますわ」

夏の日差しのような朗(ほが)らかな声が聞こえた。そのまま人熱(ひといき)れが溢(あふ)れた。俺だけが残るように、との命令が下る。

「お師様、これまでありがとうございました」

「あ、あ。お前も達者でな」

しばらく伏せていると足音が一つ近づいてきて、面を上げるように言われた。爽やかな薄緑色の薄衣の上に藍色の袖の短い上着、腰にはたくさんの玉飾りをつけた四十程の脂の乗った長身の美人だ。けれども先程の声音と異なり、その目線は色を持たなかった。とっさに値踏みをされていると感じる。

「初めて会いますね。私は平陽公主です」

「李延年と申します。公主様におかれましては多大なるご支援を賜り、感謝に堪えません。本日帝に拝謁いたせましたのもすべて公主様のお手によるものでございます。そのご恩に報えますよう、わたくしめになんでもお申し付けください」

そのように述べて深く礼をすると、公主は僅かに目を見開き、すぐに元の観察するような冷たい視線に戻った。

「顔をお上げ」

公主は上から下まで、無遠慮に俺を冷たく眺め回す。容貌に優れただけの美男美女というものには慣れているのだろう。このように劣情を挟まずに只々眺められ品定めされるのは初めてで、不思議な思いに囚われた。少なくともこの公主は俺というものの中身を見定めようとしている。

「立場をよく弁えているのね。感心なことだわ。あなたに帝に侍る機会を与えるとしましょう。そうするとどのように私に報いてくれるのかしら」

「衛皇后に仕え、帝のお傍で拠皇子が太子となられるよう尽力いたします」

そのように述べると、漸く公主はニコリと微笑んだ。

衛皇后はもともと平陽公主の芸妓である。公主は武帝に献上するために多くの美女を集めて礼儀作法や歌舞を教え込んでいる。後宮の中でも高貴な女性は人前で踊りはしない。だから人前で益体もなく踊る妓女は武帝の目に留まりやすい。衛皇后は俺と同じ下賤の身から武帝の寵愛を受けて男子を産んだ。そして弟の衛青は先の遠征の軍功で大将軍となった。衛皇后の外戚は今や権勢を振るっている。当然ながら衛皇后は、ただの召使いであった身を引き上げて武帝に推挙した平陽公主に頭が上がらなかった。

後宮の貴妃は帝の奴隷だ。その意味では宦官と変わりはない。平陽公主は武帝に女を推挙することで自らの地位を固めていた。合理的な方だ。後宮に占める奴隷に自らの手駒の割合が増えれば増える程、そして重要度が増せば増す程、平陽公主の地位、影響力や発言力は強くなる。

だからそもそも、平陽公主にとって妓女は道具にすぎないだろうと思っていた。けれども妓女だけではなく、自分以外のすべての存在を道具としか見ていない。それがその冷たい視線でわかって安堵する。

平陽公主は武帝の長姉であり、尊い。自らを正しくそう思っている。この方はご自身のために生きている。そのお考えは揺らがない。それが皇帝の姉という存在なのかもしれない。

公主は衛皇后の寵愛が衰えた場合に備えて、新たな手駒が欲しいのだ。その手駒は今の時点では子を成さぬ男が望ましい。男なら衛皇后が産んだ拠皇子とその帝位を争う者が増えない。比較対象となる同年代の皇子は少なければ少ない程良い。

俺が公主の道具となる。それが双方に都合が良いのだ。公主が自身の地位を固める道具となった俺の後ろ盾となれば、俺を消そうとする者が現れても容易には手を下せなくなる。後宮に入る前に強い伝手が作れたのは何よりのことだ。何故なら後宮の者は武帝以外はすべて、その寵を争う敵なのだから。

「よろしい。では今後について伝えます。あなたは今晩、私の邸で帝を歓待します。そして気に入られれば帝の傍に侍ることができるでしょう。折々で帝の所望に応えて詩を吟じ、ときには舞いなさい。そして帝をお慰めするのです」

「心得ました」

再び顔に布をかけて公主の車について歩き、その館で身を整える。そこはこれまで訪れたどの場所ともかけ離れていた。桃源郷かと思ったあの高級官吏の邸とも比べ物にならない程だ。まさに天の宮廷といえるもの。赤い絨毯がどこまでも敷かれ、壁には秀麗な布が垂らされる。池かと見まがうような花びらの咲き誇る風呂につけられ、数人の官女に徹底的に磨かれた。爪にヤスリをかけられ、体と髪に香ばしい花の香りの油を塗られる。耳元に、そして手足の指に異なる香りが吹きかけられた。俺の服を作った商人が同時に作ったという薄絹を身に纏う。そうしてシャラシャラと美しい音の鳴る鈴のついた腕輪や足輪、耳飾りや髪飾りを身につけた。

「お兄さん。公主様の言う通りになったね。本物のペリだ」

声に振り返ると、エスフィアがその白い歯をむき出しにして笑っている。俺の衣装はエスフィアの衣装より数段豪華になっていた。

「お兄さんは僕と一緒にお酌をするんだ」

「お客様？」

「そう。公主様は定期的に文華懇会っていう芸術を愛でる会を開かれるの。そこに士大夫が集まって、ご飯を食べながら詩を吟じたり歌舞を愛でられたりする。公主様のところの芸妓がたくさん踊るんだよ。お兄さんは今日は武帝様専属」

武帝。その名前に思わず動揺する。昼に見た姿は、俺がかつてともにあった姿と変わらなかった。俺は武帝とともに匈奴を打ち据え、草原を駆けた。その武帝が、俺を買う？　光が差すような喜びと、地に頭を押さえつけられるような惨めさ。頭が混乱する。

「ペリ、大丈夫？」

「あ、ああ。大丈夫。それより俺も踊るのかな？」

エスフィアは僅かに首を左右に振る。

「僕は踊るけど、お兄さんはずっと武帝様についていなさいって。衛皇后はね。そうやって武帝様のお妃になられたんだよ。それじゃぁ行こう」

手を引かれて進む内に、爽やかな花の香りが漂い始めた。諸所に置かれた艶やかな光が交差する。再び夢と現が交差する。俺に蓮の香が宿る。

その桃源郷の門の先には大きな卓を囲むように艶やかに塗られた椅子が十脚程置かれていた。その卓に次々と山海の珍味や仙果が運ばれ所狭しと並べられていく。俺とエスフィアを始めとした従僕は担当する客が訪れるまで壁際の暗がりに待機し、会の開始とともに花弁が散るように来客に合わせて壁際を離れていく。

最後に公主と武帝が現れ、俺も壁から離れた。目を伏せたまま、玉から削り出された武帝の盃に酒を注ぐ。得も言われぬ甘い香りが溢れた。これこそまさに、桃源郷の香り。

会合では様々な古今の詩や文について語られ、数多くの楽器が弾き鳴らされ、エスフィアを始めとした芸妓が胡蝶のように舞い踊る。俺は武帝の椅子の脇に控えてずっと顔を伏せていた。次第に夜は更け、客人は帰り、残るは公主と武帝のみになる。

「姉上、厠に立つ」

「延年をつけましょう」

俺は頭を深く下げ、召使いに案内されて帝について厠に入る。貴人は厠に入る度に服をすべて着替える。その着替えの間ですら絢爛で、十畳程の広さがあり、朱の絨毯が敷かれていた。

二人きりだ。目の前の武帝を恐る恐る見上げる。懐かしく、愛しい。

そのような感情をかつて持っていたことを思い出す。その太い眉の下の眼は強い意志が溢れ、思わず居た堪れなくなって目を伏せた。

本当に、武帝が？　目の前に？

目を伏せたまま武帝の召し物を脱がそうとその腰紐に手を触れた瞬間、顎を掴まれ口を塞がれる。

改めて眼前に迫った武帝は、俺の夢と同じ香りを放っていた。鋭い目に通った鼻筋、引き締まった唇に俺を超える巨躯、俺にはない男らしい筋骨。

目の前にある俺の夢。そのすべては俺を捉え、その事実に俺は震えた。夢の切れ端と、過去の残滓が混ざり合う。ざりざりと頭の中で妙な音がする。

ふいに、目的を思い出した。俺は、なんとしてもこの武帝に俺を売らねばならない。弟妹のために。

気づくといつもの通り、笑みがこぼれていた。

目を閉じて口腔をねぶるたくましい舌を受け止めてその先端を僅かに吸い、そして絡める。その間に武帝の帯紐を解き、はだけさせた前に自らの体をこすりつける。

その玉体は漢の帝王。漢の火徳を表すごとく燃えるように熱い。隆々とした筋肉ははち切れんばかりだ。ふいに強い力で床に引き倒されて息が詰まる。武帝が俺に馬乗りになる。壁に掲げられた照明は武帝の背を照らし、その表情は闇に落ちてよく見えない。ひどく、不安になった。

「子夫とは大分違うのだな」

一瞬、なんのことかわからなかった。子夫。衛皇后の名か。エスフィアの話では衛皇后はここで、この場所で武帝と交合した。そうだ。俺もそれに倣う。

けれども武帝から感じた気配は不興。何かがおかしい。ぱちんと何かが割れる音がした。昔聞いたことがある気がする音。思い出したくない。世界は次第に色を失い、昏きに落ちていく。

「粗相がございましたでしょうか。お詫び申し上げ……ッ」

武帝は左腕で俺の両手首をねじりあげ、僅かな痛みが走る。その右腕は俺の頬をなでさする。見上げても逆光でその表情は定かではなく、やはり聞いたことのない声が降ってきた。

「お前は穢れた娼夫なのであろう？　下民に弄ばれた娼夫だろう？　何故、尊き俺の前にいる」

突然の問いに面食らう。娼夫……娼夫だと？

何故(なぜ)。何故。……何故？

目の前が更に暗くなった。……俺は……娼夫だ。ああ。だから俺はやはり地に伏せ、押さえつけられている。

踊り子と名乗っても、結局のところ俺は、見知らぬ男に体を開く娼夫だ。そのことが妙に、すとんと腑に落ちる。

いや、違う。ここは夢のはずだ。桃源郷のはずだ。俺は今、夢を見ている。そのはずだ。かつて見ていた夢の続きを。この目の前の武帝が紡ぐ壮大な夢だ。

娼夫？……娼夫には違いない。けれどもここは夢で、現実に存在した他の男など関係ない。いや、違う。俺は娼夫で、最も高く買ってくれる尊き帝に自身を買わせる、そのためだけにここにいる。世界がひどく寒い。

「お気に召しませんでしたら、いかようにでもお扱いください。わたくしのすべては主上のものでございます」

「当然だ。お前は宦官で俺の所有物だ。それであるのに何故、使い古されているのかと聞いている」

その吐き捨てるような言葉には僅(わず)かな怒りが滲んでいた。真っ暗な陰から強い視線が真っ直ぐ俺をとらえる。

何故？　口を開こうとしたが、答えは見つからなかった。

夢の中ですら、俺は薄汚れているというのか。絶望がふわりと下りてきた。宦官とはそもそも強姦を犯した罪でなるもので、娼夫かどうかなど問われない。

帝の太い指は何かを確かめるように俺の瞼をなでて、耳たぶを引っ張り、肩口に右手を這わせる。そして再び唇に触れた。

娼夫。

思い当たる。口付けが悪かったのか。あれは確かに手練手管の類だ。生娘では持ち得ないものだろう。

しかしこの手練手管がなければ、そもそも俺はここにはいなかった。薄汚れていたとしても。

「答えよ」

その苛立ちが滲む声は、世界と同じ冷たさを持つ。声の底に感じる拒絶に、言いようのない怒りが心の底をざらりと這う。夢は――。ここは――

「宦官となるにあたって問われませんでした。お気に――」

「お前は俺をその辺の下郎と同じように見ているというのか」

「違う！」

思わず吠えていた。

その辺の下郎と？　そんなことがあるはずがない。あってたまるか。俺がなんのために今ここにいると思っている。どれ程の決意を込めてあえて宦官となり、ここまで来たというのだ。すべては呪われた運命を断ち切るためだ。この呪われた真っ暗な世界から、家族を幸せにするためだ。そのために最も高い値をつける者に俺を売る。だから、だから俺は、この目の前の男に売りつけるために宦官となり、ここまで来たのだ。

「何故そのような目をするのだ。まるで獣だ」

「わたくしは主上にお会いするためにここに参りました。お気に召さねば何とぞ、死を賜れますよう。わたくしには他に生きる意味はありません」

そうだ。ここで俺が高く売れなければ、すべてが意味を失う。この宮で俺の姿は知られてしまった。帝に買われたことも知られてしまった。帝が俺を気に入らないのなら、平陽公主にとっても俺に価値はない。つまり結局、貴妃どもに縊り殺されるだけだ。俺にとってこの男こそがこの闇に満ちた世界の唯一の道だ。

「急にどうしたというのだ」

僅かに戸惑った声が聞こえた。けれどもそれが真実だ。俺は娼夫だ。他にどうしようもない。腹が柔らかくなでられる。

「お前は何故これ程美しい。これまで見た誰よりも肌は艶めかしく、人とは思えぬ程美しいな。昼に見たときは神仙が野に舞い降りたかのように思われた。皆もそう思ったはずだ。なのに何故、今のお前は穢れている」

穢れている？

ああ、穢れているとも。それは真実だ。まごうことなき真実だ。では、どうすれば良かったのだ。この抗えない運命で。俺は弟妹を救いたかった。少しでも。

「主上。穢れがないとは、どのようなことでございましょうか」

「その身や魂に他の何物も受け入れていないということだ」

身……魂……なんだそれは。一体なんだというんだ。

そんなもの、一度たりとも俺の自由になったことなどない。

ざわりと何かが俺の中で波打つ。俺の中で何かが悲鳴を上げる。闇が静かに俺を塗り込め、押しつぶす。もう、息ができない。もう無理だ。嗚呼。これが、最期。

「それでしたらわたくしは主上のお目に適いません。死をお命じください。その前に最後に、お情けを賜ればと存じます」

最も艶やかに微笑み、媚びへつらう。これが、最後だ。最後の望みだ。

この体でこの男を虜にできないのなら、そもそも俺にはどうしようもなかった。弟妹を救うことなど、もとより不可能だったのだ。男は俺の両腕の拘束を解き、俺を真っ直ぐに眺め下ろした。

「よくわからぬ奴だな。どうしてそうコロコロと表情が変わるのだ。殺せと言いつつ、そのように微笑む。お前の言動はまるで矛盾している」

「わたくしのすべては主上のものでございます。何とぞ」

もはや俺にとってはこの男がすべてだ。この機会にすべてをかけてきた。

はだけた衣の下に手を入れ下着の紐を解く。既に隆起した陽根をなでさする。

大丈夫だ。興奮は、している。けれども、これこそまさに娼夫の所業だろう。俺は他にやりようを知らない。結局、俺が娼夫なのは変わりない。俺はひどく、汚れている。

俺の手管はそれ程この男を動かしてはいないのかもしれない。陽根は更に太くそそり立っていても、見下す視線に変化はなかった。

　この男は帝だ。後宮ともなれば手管に優れた者も多いだろう。そうすると、俺程度では秀でているわけもなく、興味を引けないのかもしれない。

　そして俺のこの行為はやはり穢れていて、この男の気に障ったのだろう。

「お前はあくまで道具だというのだな。それであれば試しに一度は使ってやろう」

「……ッ」

　髪を掴まれ後ろから一息に貫かれた。引き攣れたような痛みが走る。

　けれども良かった。とりあえず一度は機会が与えられた。

　その前後は怒りに任せたように激しく、体内の形がわかる程熱かった。その動きに合わせて程良く締め付ける。いつもと同じだ。俺の目の前を何かが黒く塗りつぶしていく。この長安城で夢を見る資格など俺にはなかった。穢れた俺がこのような高貴な場所で暮らすのは土台無理だったのだろう。吐く息が妙に冷たい。

「使い込まれておるな」

「申し訳、ございません」

「ここを何度使った」

「数え切れぬ、程には」

　強い力で頭を床に押し付けられた。ミシミシと首が軋む。

　嗚呼、いつもと同じだ。俺は穢れている。

最も尊きところでは何か違うのかと思っていた。もとよりここより上はない。あの月は結局、俺をせせら笑うだけだ。もう、見るのをやめてもいいだろうか。絨毯に頬が擦れ、熱を持つ。苛立たしげな声が月明かりのように降ってくる。

「何故正直に、述べる」

「何故？」

「黙っておれば良いではないか！　誰でも都合が悪いことには口を噤むものだ」

黙って？

黙っていれば、満足なのかな。

ここが桃源郷だと思っていた。夢が見られる場所だと思っていた。けれども夢の中でまで嘘をつけというのか？　それじゃあ現実と変わらないじゃないか。

知らずに乾いた笑いが漏れた。

夢。もう一度。もう一度でいいから夢が見たい。武帝の隣に立って、世界を眺めたい。あのとき、俺は確かに幸せだった。幸せ。幸せとはなんだろう。

やはり俺は穢れている。呪われている。土台、夢を見続けることなど無理だった。昼間に少しだけ、陽が当たった気がした。それこそがきっと夢。

願わくば、あの夢の中で暮らしたかった。けれどもそううまくはいかなかったらしい。やっぱり夢を見ることは、できそうにない。弟妹の顔が浮かぶ。もうどんな表情だったのか、よく思い出せない。二人ともすまない。もうお前たちに幸せを運ぶことができない。

ずぶずぶと意識が底のない沼に沈んでいくようだ。体が重だるく、息をするのも億劫だ。きっと俺は、もし俺の魂というものがあるのなら、このまま死んでしまうんだ。こんな糞みたいな人生も、これで、おしまい。

そう思うと、急に力が抜けた。これまでなんとか耐えようと張っていた気が吐息とともに抜けていく。夢の最後の蓮の花弁が枯れ落ちていくのを感じた。終わりだと思えば、必死に保ってきた仮面がぽろぽろと砕け散っていく。

「わたくしはもう疲れたのです。……俺だってこんなこと、本当はしたくない」

そうしてふと、今俺を抱いているのが皇帝だということを思い出す。

「けれども、それでも最後が主上で良かった、本当に」

ひどく扱われたとしても、せめて。最後にこの世界で最も尊き者に買われたということだから。それであれば、俺はそれより前の唾棄すべきすべての出来事を帳消しにできるだろう。それでこの人生はちょっとはマシだったと思えるかもしれない。

そんなことを考えているとふいに肩を掴まれた。その手のひらの形が熱い。突然体をねじられて上を向く。目が合う。

「お前は望んでここにいるわけではないのか？　正直に述べよ」

「望んで……。いえ、望んでここにいるのは間違いないことでございます。けれども俺は男です。男に抱かれることなど望むはずがない」

するりと心が漏れた。これまで誰にも言わなかった言葉が。

「全く？」

僅かに困惑したような声がする。よくわからないまま頷くと、分厚い手のひらが再び顔に触れた。なんだか温かい。先程までとは違って乱暴さはなく、首筋、胸、腕、脇腹を調べるような手付きでまさぐられる。こそばゆい。その間も陽根は未だ俺の体内に収まったまま、前後に小さく動かされている。

腹をなでられる。そしてふと、自身が嬌声を上げていなかったことに気がついた。いつもであれば反応を見ながら声を上げているところだ。何故だろうと思い返し、矢継ぎ早な問いかけに、そのような機会がなかったことに気がつく。

上げるべきか。

けれども今更だろう。

だから俺はじっと見つめ返した。真向かう瞳は俺を観察するようにじっと見下ろしている。思い返せば、こんなふうに誰かと真っ直ぐ目があったことはあるだろうか。奇妙だ。だが、あまり嫌な感じはしなかった。

「これまで誰かを抱いたことはあるか」

「……ありません」

「男が好きだというわけではないのだな」

「まさか、そのようなこと」

「これ程美しく淫らなのに、未だ誰とも魂を交えたことがないというのか？」

「魂？　でしょうか」

「ならばお前は未だ穢れてはおらんのかもしれぬ。延年、お前は宦官だ。だから既に男ではない」

それはそうなのだろうと思う。男といえるものは切除したから。それに人でもない。そんなことはわかっている。

何故この人は改めてそのようなことを？

「俺はお前を飼ってやってもいい。それには条件がある。俺だけのものになれ」

「……俺は既に主上のものです」

意図がよくわからなかった。俺は宦官で、目の前の人は俺の所有者だ。

戸惑っていると、急に腰を掴まれて突然奥深くまで貫かれた。予想外のことに息が詰まる。いつもの俺ならもう少しうまく反応できていた。慌てて締め上げる。

「俺に抱かれて喜ぶのであれば傍に置いてやってもいい。或いは何があっても俺の言う通りにするのなら置いてやってもいい。心か体を俺によこせ。俺も嘘は嫌いだ。阿られるのも嫌いだ」

傍に？

傍に置くということは、俺を買うということだろうか。

体はひたすらに重く、頭は霞がかかったようにぼんやりしている。ぼんやりとした世界の中で大切な弟妹の顔が浮かぶ。俺を……買う？　金が手に入る。まだその望みはあるということか？

それならと思い激しい抽挿にいつも通り嬌声を上げようとして、やはり思いとどまる。嘘は嫌いだと言っていた。そうであれば喘いでみても、それは嘘ということだろう。

嘘は……嫌だ。

けれども喜ぶ？　男に抱かれて喜ぶはずがない。数え切れぬ程男に抱かれたが、そのようなことはこれまで一度もなかった。どうしたらいい。

「延年。男に抱かれるのは屈辱か」

屈辱？　今までそんなことを考えたことはなかった。俺にとって日常とはそのようなものだから。屈辱も何もない。仕事だ。

打ち付けられる腰によってもたらされる鈍痛とともに内臓がかき混ぜられる重だるさに次第に呼吸が上がっていく。

「飼うのが俺であってもそれは変わらん。お前にとって俺とはなんだ。それでも他の男とは違うのか」

「違い……ます」

俺は最も高く買う者に俺を売る。売ろうとした。家族のために。呪いを絶ち切り、家族を幸せにするために。

ずっと夢を見てきた桃源郷。最も尊き者に自分を売る。

目を上げると俺とは違って威風堂々としたその体躯。どこかで見たことがあるような懐かしい姿。なんだっけ。

でも、帝に俺を売れるのであれば、そしてこの桃源郷にとどまれるのであれば、俺にとってこれ以上はない。

手練手管を封じられれば、俺にできることなど何もない。

やはり無理なのか。もう、夢は見られない。

ふいに首にそのたくましい両の腕が伸び、息を吐いた瞬間締め上げられた。急に目の前が赤くなる。これが最期か。やっぱり届かなかった。そのことに妙に安堵する。

鼻孔の奥に鈍い痛みが広がり、気道と口の間に僅かに残った空気が鼻の穴を断続的に抜けていく。鈍いしびれが頭全体に広がり耳がぼうと詰まり、締め付けるような痛みが頭蓋の内に生じる。苦しい、けれども悪くない。これで終わりだ、漸く終わる。終わらせることができる。すべてを。

気づくと全身がガクガクと震えていた。腰を打ち付けるこの男の動きの邪魔にならないだろうか。それが気にかかった。

「延年。死ぬぞ。抵抗せぬのか」

抵抗？　何故？

俺は既に買われた。買い主が死をもたらすのであれば仕方がない。

ああ、そうだな。仕方がない。少し、心が軽くなった。それに俺はもう既に一度死んでいる。今更だ。疲れた。更に強い力が込められ、開いた口蓋がその勢いで閉じ、カチリと歯が打ち付けられた。

体の震えはますますひどくなる。けれどもそれがなんだというんだ。視界は既に滲みきり、聴覚も水でも張ったように曖昧だ。にもかかわらず、その言葉は妙にはっきり聞こえた。

「笑え、延年」

これで最期だ。引きつった口角をなんとか更に上げる。

その瞬間、俺の痙攣する腹の中に熱い塊が吐き出されたのを感じた。そうして首を絞める腕の力が僅かに緩む。

「約束通り俺はお前を傍(そば)に置く。残り半分は追って差し出すがよい」

聞こえた言葉が果たしてそれであったかは定かではない。俺は代わりに意識を手放した。

……俺はまだ、もう少しだけここにいられる、のかな。桃源郷に。

二章　帝都で俯（うつむ）く太陽

俺は天子だ。この大漢帝国の皇帝だ。

けれども俺は欠けていた。

おかしな話だ。皇帝というのはその国のすべてだ。いわば太陽なのだ。それなのに俺の魂は欠けて影ができていた。

俺は父景帝（けいてい）の九男として生まれた。幼名は彘（てい）という。豚という意味だ。魔を避けるために幼名には悪い言葉をつける。漢の皇室名は劉（りゅう）である。だから俺は劉彘。母は王娡（おうし）といい、槐里（かいり）の人王仲（おうちゅう）とかつての燕王臧荼（えんおうぞうと）の孫娘の臧兒（ぞうじ）の娘だ。最初は別の男に嫁いでいたのだが、臧兒が王娡が富貴になるという夢を見てその男と別れさせ、景帝の姉である館陶長公主（かんとうちょうこうしゅ）の口利きで景帝の後宮に入れた。

俺が四歳のとき、栄（えい）が太子となる。同時に俺は膠東王（こうとうおう）を拝領した。そのとき、徹（てつ）と名を改めた。

つまり、劉徹となる。

漢では太子が立てられれば、その他の皇子はすべて地方の王として封じられ、その地に移動するのが習いである。膠東は青島（チンタオ）を中心とした海辺の国だ。長安から遠く離れている。人は盛んで、風光は明媚（めいび）だ。そういえば初めて韓嫣（かんえん）と机を並べたのはこのときだった。

韓嫣は俺の曽祖父である高祖劉邦とともに戦った韓王信（かんおうしん）のひ孫に当たる。韓王信は匈奴への備えのため、雁門付近に封じられた。岩山立ち並ぶこの要所に碌な軍備も整わぬまま配備され、間もなく匈奴が侵入した。信はあわてて匈奴王冒頓単于と休戦交渉を行おうとしたが、漢はこの行為を裏切りとみなす。信はやむなく匈奴に投降して暮らしたが、漢に捕らえられ斬首された。信の息子である韓頽当は匈奴で培った騎馬と騎射の腕を用いて呉楚七国の乱で漢を勝利に導き、弓高侯の位を拝謁する。

けれども一度匈奴に下ったという悪評はその孫の韓嫣にまで染み付いていた。

「徹、俺は大人になったら将軍になって匈奴を打ち倒すんだ」

それが韓嫣の口癖だった。そう述べる韓嫣の背はスラリと高く気品があった。その騎射の様は美しく、透き通った瞳で遥か北の匈奴の地を見つめていた。

「じゃぁ俺はお前と馬を並べよう。草原を駆けてともに匈奴を滅ぼすのだ」

そう約束すると、韓嫣はにこりと眩しく笑う。まるで太陽のようだと思った。

七歳のときだ。なんの因果か、俺は太子となったのだ。その顛末は俺とは全く関係がなかった。

当時、景帝の正妃である薄皇后には子がいなかった。もとより景帝は薄皇后と馬が合わない。子がいないことは当然の帰結だ。そもそも薄皇后が皇后位についたのは薄姫が指名したためである。

薄姫は高祖劉邦の側室であり、景帝の父文帝の母親、そして薄皇后の同族である。ゆえに景帝が即位すると同時に、薄皇后は薄姫の後ろ盾によって皇后に即位した。漢帝国は高祖劉邦のころから女が著しく強い。

政権の安定には太子を定める必要がある。景帝の長子は栗姫の生んだ栄である。それが太子として立った。栄は多少愚鈍ではあったが、問題がある程とも思えない、それが周囲の判断だったそうだ。その内薄姫が没し、代わって漢帝国の最高の権力を持つことになったのは景帝の母、竇太后である。竇太后、というより漢王朝の考えの根本は無為自然。何もなくとも世は治まるというものだ。

けれども問題は斜め上から発生した。景帝の姉の館陶長公主だ。その母である竇太后が権力を持ったことにより、我が物顔で振る舞うようになった。あたかも自らが皇帝であるかのように。そうして自身が母のような権力者となるため、自らの娘阿嬌を次期皇后とすることを画策した。

この長公主は強烈な人間だ。ひどい癇癪持ちで、自らの思い通りにならぬことが許せない。自身が皇帝の一番上の姉であることを笠に着て、すべての者が自分に従うのを当然と認識していた。だから栗姫に阿嬌を栄太子の正妃にするように、つまり次期皇后にと推挙する。ところが栗姫は刀を返すようにきっぱりと断ったのだ。

栗姫というのも強烈な人間である。まさに女を凝縮したような人で、非常に嫉妬深く妬ましい。自分以外が帝の寵愛を受けるなど許せない。自分以外が権力を持つなど許せない。けれども景帝の寵愛は俺の母、王妃に移り、毎日を叫び暮らす有様だった。

そんなところに栄皇子の立太子である。まさに有頂天。すべてを手に収めたような心持ちだったのだろう。これで自分が太子の生母だ。薄皇后は後ろ盾を失い、やがて廃される未来が見えていた。自分は太子の母として、皇后として、いずれは絶大な権力を手にするのだ。そう思った矢先の長公主の申し入れに心底辟易したのだろう。せっかく権力を独り占めできるのに、そこにもう一人、権力欲の権化のような女を加えてたまるものか。そう思ったに違いない。

つまり長公主と栗姫はおそろしく馬が合わなかった。

当然ながら長公主は断られるとは全く思っていなかった。なにせ自分は皇帝に等しいのだ。だからその怒りは怒髪天を衝くようなものだったそうだ。けれどもその一方で、長公主は幼少時から四書五経に学び、孫子や戦国策といった兵法の書にも精通していた。だから非常に頭が良く、執念深く、周到だった。裏でどのような権謀術数が飛び交ったかは論をまたない。

思えば俺が五歳のときから種は蒔かれていた。俺は地方に封ぜられたといっても、年に数度、長安に戻る。そこで久しぶりに父景帝と豪華な晩餐をしていたときだ。

「長安城に住みたいか」

父に突然、そう聞かれた。俺はもともとこの長安城に住んでいた。

「はい」

だから、そう答えた。

「皇帝というものになってみたいか」

「わかりません」

全く考えてもみなかった問いかけだ。俺は九男で、そもそも皇帝位など遥か彼方だ。そのようなことは俺も母の王妃も十分に認識している。考えたこともない。それに次期皇帝たる太子には既に栄皇子がついていた。

俺はただ、どうしてそんなことを聞かれるのだろうかと首をかしげた。

思えばその場には長公主がいた。そして着飾った阿嬌が同席していた。

「ねぇ、徹。私の娘の阿嬌はどうかしら」

「とてもお美しい方だと思います」

「もう少し大きくなったら徹のお嫁さんにしてもらえるかしら」

「お嫁さん？」

「ええ、そうよ。とっても綺麗でしょう？　結婚するわよね」

そのとき、長公主の目が魔物のようにギラついていたのを覚えている。その瞳にこれまで感じたことのなかった恐怖にかられ、逃げるように阿嬌を見た。改めて見た阿嬌はにこにこと笑っていて、確かに美しかった。

「結婚するわよね」

「……はい」

俺は確かに、はい、と頷いた。長公主に臆してしまった。蛇（へび）に睨まれた蛙（かえる）のような心地だった。なにせ五歳のころのことだ。権謀術数渦巻く世界に巣食う妖女に対抗できるはずがない。

けれども年齢など関係なかったのだ。拒否することはできたのだから。皇帝になるのであれば、俺は決して臆してはならなかった。心に疾（やま）しさなど許してはならなかった。俺はこのとき、確かに長公主に屈した。首輪をはめられた。それがずっと俺の奥底にジャラリと残り続けることになる。

それからの二年の間に宮廷内でどのような策謀が張り巡らされたのかは知らない。栄は太子を廃され、栗姫は亡くなった。そして俺は膠東から呼び戻されて太子となり、十六歳年上の従姉妹、阿嬌を正妃とした。俺に改めての問いかけはなかった。何故（なぜ）なら五歳とはいえ俺は了承し、長公主に屈したからだ。その場には父景帝と母王妃がいた。何も欠けることはない。俺が了承した以上、母が断れるはずがない。

　母はおとなしい人だった。自らを景帝に推薦した強烈な長公主に逆らうことはできなかったのだ。要は俺と母は長公主に逆らえなかった。そこで俺は俯いたのだ。俺は臆し、俯いた。だからこそ俺は皇帝になった。なってしまった。本来は他人に阿り俯く者など皇帝になってはならなかったのに。

　このように、俺の立太子は俺の全く預かり知らぬ理由と事情によってもたらされた。


　俺が太子となって、いや、太子となるために最初に必要であったことは、竇太后への拝謁だった。拝謁——そうだ拝謁という言葉こそふさわしい。竇太后は宮廷の奥深くに住んでいた。その祖母の住まう間に入る前、父景帝と母王妃は緊張で俺の手を強く握っていた。汗が流れた。

「徹、ひたすら頭を下げ、名を呼ばれた際にのみ顔を上げるように」

「徹、決して逆らうような真似をしてはなりませんよ」

　厳重な注意があった。何故それ程皆が、皇帝である父ですら、竇太后を恐れているのかわからなかった。竇太后というのはお祖母様ではないのだろうか。

　けれどもその室に一歩足を踏み入れたとき、異常を感じた。一斉に皆が平伏し、慌てて俺もそれに倣う。一種異様な光景だ。籐の椅子の上に分厚く敷かれた羽毛の座布団に埋まるように存在する老女は、人ではなかった。

これが権力だ。権力の塊だ。漢帝国の力の源はここにある。平伏すのが当然に思えた。

父が口上を述べる。

「竇太后に申し上げます。私は劉徹を太子としたく存じます」

「劉徹、顔を上げよ」

その低く太い声はこの部屋の支配者が竇太后であることをありありと示し、俺はその声に弾かれたように顔を上げた。枯れ木のような老女と目が合い、目が離せなくなる。射すくめられるとはこういうことなのだろうか。そして目から呪いが注入されるように言葉がくべられる。

「よく漢帝国を守るように」

気がつくと俺は、はい、と答えて再びひれ伏していた。何がなんだかわからぬ内に、俺は跪いて地を眺めていた。また、屈して俯いたのだ。見れば長公主や阿嬌も跪いていた。

そして同じ流れで、俺と阿嬌の結婚が報告された。そしてこの出来事も、ずっと自分を縛る軛として俺の中に残った。俺の首の二つ目の枷。

俺は一応は恙なく太子となり、宮廷で帝王学を学ぶことになる。発言は許されぬものの、朝議の末席に侍るようになった。首に繋がれた二本の鎖はともかくとして、俺に見える世界は次第に広がっていった。そして漢帝国と匈奴の関係を知った。俺が太子となる前、もっといえば高祖劉邦の時代から漢は定期的に匈奴に阿り貢物を捧げ、俺が膠東王となっていた時代には単于の求めに応じて公主、つまり皇帝の娘を差し出すような有様だった。

俺は漢とは世界に冠たる大帝国だと思っていた。けれどもこれではまるで匈奴の属国ではないか。

蛮族と蔑んでいた匈奴に俯き従っている。漢はその初めから匈奴に臆し、俯いたのだ。だから現在までその関係が固定されている。その関係性は許せなかった。おそらく、本来力を有する父上や俺と、その上に君臨する竇太后と長公主の関係を僅かに重ねていたのだろう。

そして俺が思い浮かべたのは韓嫣のことだ。韓嫣も俺について長安に来た。韓嫣は匈奴を討ち果たしたいと言う。俺も更に強くそう思うようになった。

ある夜、豪奢ながらも暗い部屋で一人、執務を続ける父に俺は尋ねた。

「何故匈奴を討伐せぬのですか」

「徹、無為自然だ。あるがままが良い」

父は諦めたように呟いた。

「無為自然のままでは、漢帝国自体が失われてしまうのではありませんか」

更に聞くと、父は少々困ったように眉を顰める。

「ならぬのだ。竇太后のお考えだ。何事も変えることのなきよう。そうすればすべてがうまくいく」

これは、ありのままを是とする老荘の思想だ。人としての道であれば、それもあり得はしよう。しかし国としての有り様としてはどうなのだ。国とは人々を導き守る責務が在るはずだ。そのように述べたが、父は再び疲れたようにかぶりを振った。父も臆し、俯いている。竇太后に。

竇太后という名を耳にして、俺の心臓はビクリと揺れた。見えない首の枷がジャラリと揺れたように思われる。けれども父は俺と違って現皇帝だ。皇帝がやらねば一体、誰がやるというのだ。そのように呑気なことは言っておれぬと思った。

なにせ匈奴は俺が九歳のときに我が国との和議を断り、我が国北東部の燕に攻め入ったのだ。その後、俺が十三と十五のときにも我が国北部にある雁門（がんもん）に攻め入った。雁門関（がんもんかん）。そこは古来、対匈奴の防衛拠点だ。かつて嫣の曽祖父、韓王信の戦った土地だ。東西の峰が対峙する様があたかも雁が飛び抜ける様子に似ていることから名付けられた地名だが、古くは戦国、趙（ちょう）の李牧（りぼく）がこの地で匈奴を迎え撃ち、熾烈な戦いの上で追い払って以降、激戦が繰り広げられた場所である。

高祖劉邦の時代に入り、匈奴と和議という名の服従をしてからは大規模な侵攻を受けることはなくなった。けれどもその二度の侵攻によって漢の国土は深く荒らされ、甚大な被害を被った。被害甚大ということは、匈奴にとって旨味が強いということだ。定期的な和睦によって得られる収入より。

「ということは、今後もいつ攻め入られるかわからないのですよ」

「匈奴は今、西方へ目を向けているようだ。だから再び和議が結べた。しばらくは安心だろう」

「父上！　貢物を捧げ、相手の都合次第で破られる和議など、こちらから攻め込まぬというだけの奴隷的な約束にすぎません。そのしばらくが過ぎれば、どうされるおつもりですか。匈奴にとって漢帝国は肥え太った豚です。攻めようと思えば再び和議を断り攻めてくるでしょう」

「徹、ではどうすれば良いというのだ！　匈奴の地は広大だ。単于が今どこにいるやもわからぬ。それに我が国のほうが技術が優れ国力は強い。そうそう深くは侵攻しては来ぬだろう。今は長城で守りを固めるべきだ」

苛立ちを隠しきれない父の声に、俺は思わず拳を握り込んだ。

父の言にも一つの理はあるのだ。匈奴は特殊だ。中華の国と異なり、特定の土地を定めず、集団で移動する。だからこちらから攻め入る場合、そもそもどこに攻め入るのか、それを特定すること自体が極めて困難だ。なにせ奴らは広大な草原を風を孕(はら)み馬で駆け巡っている。

けれども、放置できる問題では全くない。漢と匈奴はその接する、いわゆる国境というべきものが広大すぎるのだ。まさに万里という名に値する。匈奴はそのどこからでも我が国に攻め入ることができるのだ。

ただ、今、この国を動かしているのは父景帝であり、それを更に支配するのは竇太后である。俺の一存では如何(いかん)ともしがたい。

ここは、牢獄だ。竇太后が支配する、父のための豪奢な牢獄だ。俺たち親子は押さえつけられ、俯(うつむ)かされている。その意思では何一つなし得ない。

それは、俺が権力を持っていないからでもあった。父は弱い人だが、俺は違う。そう、思い込もうとした。

「韓嫣、今は、力を溜めるときだ。俺は世界を知り、世界を制さねばならぬ」

「ええ。徹の言う通りです。来るべき日には俺を将軍にしてくださいね。匈奴の奥地にどこまでも攻め入り、単于の首を掻き切って参りましょう」

「ああ、約束だ」

韓嫣は俺のその定まらぬ約束を信じ、いつもにこりと微笑んだ。

長安城の欄干(らんかん)からともに、変わらず北の大地を眺めた。その透き通った瞳は風に乗って飛び、どこまでも真っ直ぐに匈奴を見据(みす)えているのだろう。そのころの韓嫣の騎射は神の矢をつがえるがごとくの壮麗さで、その矢は違わず獲物に命中した。光の加減で青にも見えるその瞳は神秘をたたえ、その鍛え上げた体躯はあたかも玉から削り出したかのように素晴らしかった。

匈奴といえば騎馬だ。騎馬に乗って襲ってくる。それに対抗するならば、やはりそれは韓嫣である。他にはいない。俺は強くそう思った。そして俺はその韓嫣にいつしか惚れていたのだ。

一方でそのころ、桑弘羊という得難い学友を得た。もともとは洛陽の商人の子であったが、その年で既に世界を旅し、俺の知り得ぬ広大な世界を目の前のことのごとく俺に語った。頭の回転が尋常ではない。弘羊の手にかかればどのようなことも明らかにできると思われる程の神童ぶりだった。

その弘羊は世の中には自らを超える才があると言う。しかも星の数程埋もれていると。世の中とは広いのだな。俺も世界に思いを馳せた。

俺を縛る二つの鎖からいつか解き放たれ、この二人とともに世界を統べたい。

「徹、狩りに出かけましょう」

「今はだめです、嫣。検討しなければならぬことがある」

「弘羊、お前はそうやって本にばかりかじりついているからそんなに細っちろいのだ。そんなことでどうする。それに狩りは軍事演習だぞ。対匈奴戦に必須だ」

「私は文官です。細くて結構。それに嫣、戦をするには金がいる。兵糧や武器も持たずに敵地に攻め込むつもりですか？　徹様、無視なさってください。嫣と遊びたければ夜になさればいい」

「お前な」

俺と韓嫣の間柄というのは宮廷内に知れ渡っていた。けれども韓嫣は俺の学友だ。だから一緒にいても表立って文句を言うのは難しい。何も言えぬ。苦り切った顔を浮かべるのは長公主くらいだ。

長公主はあたかも俺が長公主の所有物であるかのように文句を言う。それが当然のごとく。そしてそれは長公主の中では当然なのだろう。何故なら五歳の俺は長公主に臆し、その意に従ったからだ。俺の首枷の鎖の一端は長公主が握っている。もう一つの端は竇太后が握っている。その関係が持続していた。

正直なところ、俺と阿嬌はうまくいっていなかった。王族にとって房事は仕事だ。最も大切な仕事は、その血を絶やさぬよう子を作ること。だから俺も当初は頑張った。けれども阿嬌自体がそのようなことに興味がないのだ。閨に入ると最初から寝ていることが多く、いたしたとしても丸太を相手にしているよう、しかも途中で寝てしまうこともしばしばという始末だ。阿嬌も長公主から色々と言われているのだろう、それなりに前向きではあるらしいのだが、決定的に向かぬ。

そして怒りくるう長公主を恐れて、俺の後宮に女は増えなかった。俺も他の女の室を訪れるのを控えた。なにせ子でも産めば子もろとも殺されそうな勢いだ。大事な娘を後宮に入れる意味がない。

淡々と行う房事程つまらぬことはない。それでも父景帝は淡々とそれを行い、両手の指を越える子をなした。けれども俺と阿嬌の間にはそのような兆候は見られなかったし、俺もこの世界の仕組みを理解し、阿嬌との子ができれば、ますます長公主は俺の上に立って威張り散らすだろうことがわかっていた。あの強烈に自我の強い長公主を敬い、今後も付き合っていくことなどできるものか。あれがいる限り俺は自由になれず、一生奴隷のように過ごすはめになる。栗姫の気持ちは痛い程わかる。跳ね除けた栗姫は太子の母、皇太后であったのに、長公主に縊り殺されたに等しい。俺はそのことも含めて長公主を本能的に忌避している。つまりやはり、俯いているのだ。

阿嬌は既に三十一歳だ。疲れると言って夜を拒否されることも多くなってきた。だから阿嬌の眠る寝台近くの長椅子で韓嫣と愛し合った。阿嬌はそのようなことに頓着しない。寧ろ彼女としても俺と同衾しているという建前になり、長公主に怒られづらいのだ。だからとても都合が良かった。俺が抱いているのが阿嬌ではなく韓嫣であるということは薄々バレてはいるのだが、流石に夜間寝所に忍び込んで確認する者などいない。召使いどもはすべて追い出している。

「嗚呼、徹、あなたはどうしてそれ程凛々しいのでしょう」

「お前もだ、嫣。そのしなやかな肢体は他に比ぶるべくもない」

嫣の体は男そのものだ。身長は八尺弱程もあり、女らしさなど欠片もない引き締まった体だ。俺のために匈奴を打ち破り、この漢帝国を盤石とするための信用できる体だ。その体に口付けし、深く挿入すると喜びに打ち震えるようにその内側が痙攣し、喜びの声が上がった。そのたくましい腕が俺の首の後ろに回され引き寄せられる。互いの体は熱く、交わした口付けは先程食べた熟れた桃の香りを垂れ流し、抱きしめ合うと椿の香油に混じった芳しい汗が香りを立てる。腹に嫣の屹立した熱い一物が触れる。嫣の興奮に俺の陽根も更に怒張し、内側をこする度にその体は跳ねた。抽挿にあわせた体液の混じり合う音と、嫣の快楽に震える声。

「ぁ、徹、ん、もう」

いつものあの凛々しい表情も美しいが、情欲に塗れて俺を求める嫣の顔も美しい。再び激しく口をつけ、互いの荒い呼吸を感じながら嫣の最奥に吐精する。すると俺の腹にも熱い液体がぶちまけられる。舌を絡め合いながらそのまま抱き合い、しばらくすれば嫣は起き上がり、用意していた手水とてぬぐいで俺の体を拭き始める。それが終われば自らの身体を拭い、嫣ははらりと服を纏う。

もうすぐ夜が明ける。嫣はいつも一番鶏が鳴く前にこの部屋から出ていかなければならない。

「徹。お慕いしております。徹の命であればなんでもいたしましょう」

「俺もお前だけだ。本当に愛している者は」

嫣はにこりとさわやかに微笑み、次の瞬間には姿を消した。そして俺は阿嬌が軽いいびきをかきながら寝ている寝具に転がる。それが俺の毎日だった。

俺にとって嫣だけが自由になるすべてだったのだ。何者にも縛られず俺と言葉を交わし、俺だけの意を汲み、俺だけのために生きる者は。

だから嫣を俺の半身のように感じていた。どこまでもこの世界を自由に駆け巡ることができる俺の半身。二本の鎖で引き立てられ、自由に身動きがとれぬ俺の代わりに。

一方で、俺が十六歳になったころ、父景帝が崩御した。そして俺が皇帝となった。

竇太后の縁者であり、長年の漢の臣である竇嬰が丞相、母である王皇太后の異父弟田蚡が太尉となった。丞相は臣下の最上位、太尉は軍事を司る大臣である。

儒者である二人をこの立場につけるには、随分と手回しが必要だった。儒教は体系化された倫理規範を中心とし、自らを修養して最高の道徳、仁を果たすのだ。その考えはとても統治に向いているが、竇太后が信奉する老荘の思想には反する。

目立たないように細心の注意を払った。現在の最高権力者は皇帝の俺ではなく、依然、道教びいきの竇太后だ。俺は未だ若輩。竇太后が否といえば僅かな腹心以外のすべての官吏が動かなくなる。そもそも俺の皇帝位など、竇太后の娘の長公主が用意したものだから。

けれども竇太后も高齢だ。いずれ俺の代が来る。それを見据えて俺は耐えることにした。

最も大切なのは、来るべき対匈奴戦だ。今は匈奴の目が西方を向いているが、いずれ漢を侵略しに来るだろう。俺はその前に匈奴を倒す。それが俺が太子となってからずっと考えていたことだ。

そしてそれこそが俺の大切な嫣の望みなのだ。愛しい嫣。

そのためには人が必要だった。密かに改革を進めることにした。これまでの縁故によるものを改め、その能力によって登用する。各地の王に等しく人員を推挙させることにした。

加え匈奴の動向を調べるため、西方の情報を手に入れる必要があった。この漢の西方にも世界は広がり、多くの者が生きる国がある。けれども同時にすべてを死で覆う砂漠や越えられぬ急峻な山々にも満ちている。稀に我が国を訪れる西方の商人より、月氏が国を建てているとの情報が入った。

月氏はもともと黄河上流の甘粛を拠点としていた。ところが単于の統べる匈奴に破れ、天山山脈に逃れて大月氏という国を開いたというのだ。

「徹様、今この大月氏と同盟を結べれば匈奴を挟撃できるのではないでしょうか」

弘羊はそう述べた。

大月氏国は遥か彼方だ。交渉には西方に詳しい人物が必要だ。弘羊がある日、張騫という男を見つけてきた。大柄で傷だらけの異相の男だが、西の言葉を複数操る。その男を西に旅立たせた。

そのようにしてすべてを整えているある日。姉の平陽公主に声を掛けられた。

「徹、顔色が悪そうですね。どうしましたか。最近はますます周りが煩いと聞きます」

「ああ、姉上、本当に辟易します」

そのころは、竇嬰と田蚡が竇太后によって罷免され、政務運営に大きな支障が出ていたのだ。竇太后は既に目も見えず動けもしない状態にあったが、その権力は未だ衰えを知らなかった。

俺は政治で下手を打って、竇太后の機嫌を損ねた。なにせ国の中枢たる二人が突然いなくなったのだ。夜もまともに寝られぬ忙しさ。その上、世継ぎはまだかと長公主に毎日のように言われる。世継ぎと言っても肝心の阿嬌の状態が状態なのだから、どうしようもない。

よくよく考えれば、俺の周りには気位が高いか碌でもない女しかいなかった、この姉以外は。眉を寄せると、平陽公主は優しげに微笑む。

「徹、私は最近、文華懇会というサロンを始めたのです。詩や文、美しいものや芸術を愛でるのです」

「姉上、華美は禁じられておりますでしょう？」

「何が華美なものですか。それに徹、ここは世界に冠たる漢の帝都長安城で、あなたはその皇帝です。そして私は皇帝の姉。何に気兼ねすることがありましょう」

そう述べて、姉上は当然のことであるかのように、にこりと円熟した笑みを浮かべた。

俺は思わずほう、と唸った。似たような文言を散々耳にし、辟易していたところだからだ。

その言葉は主に長公主からネトリと腐った果実がもげ落ちるように発せられる。俺を意のままに動かすための不快な言葉だ。けれども姉の平陽公主から発せられたそれは、爽やかな風とともに俺の首筋をなで、見えない枷を解こうとするように感じた。

俺は皇帝だ。何に気兼ねすることがある。

口の中で小さく唱えた。

俺は初めて、この宮殿の中で自由に息が吸えた気がした。そして改めて姉を見る。木綿の簡素な服を着るべし、刺繍などの装飾はもってのほかと定められていたのに、姉は淡紅色の裾に刺繍が施された長衣を羽織っていた。

俺は正直、疲れ果てていた。皇帝になりたかったかと言われれば、必ずしもそうではない。他に方法がなかったというのが正しいだろう。気がつけば鎖に繋がれ皇帝の椅子に縛り付けられていたのだ。

けれどもなってみてどうだというのだ。即位から数年が経過した。けれども俺の思うがままになることなど、ほとんどないではないか。何を行うにも竇太后に伺いをたて、大丈夫かと慎重に計略を巡らす。そのようなコソコソとした行いはあたかも脛（すね）に傷があるようだ。本来皇帝とは最も尊く、堂々とした存在のはずなのに。

……うまくいったと思っていたことも、最終的には竇太后の鶴（つる）の一声ですべて覆（くつがえ）される。竇太后が俺の頭を押さえつける。

竇嬰と田蚡の罷免など最たるものだ。人臣の最上位、丞相と太尉の罷免だぞ。それなのに俺の意思などまるで無視され、頭の上で命令が飛んだ。俺は人材一人、思うがままに動かせない。

それに加えて何もせずとも横から長公主がしゃしゃり出る。碌（ろく）でもない、どうでもいいようなことばかりをがなり立てて俺の邪魔をする。何か文句の一つでも言えば、お前が帝位につけたのは私のおかげだ、それればかり言う。そしてそれは純然たる事実だ。長公主がいなければ、俺が皇帝の座につくことはなかった。阿嬌と結婚すると言ったからこそ皇帝となったのだ。俺の首枷を長公主は常に引き絞る。

そのように疲れ果てたときに訪れた姉との会合は、久しぶりに俺の心に安らぎというものを与えた。二十畳程の豪奢な室には十人程の人間が集まっていた。いずれも芸術を愛する文士らしい。その中には俺も朝議で見知る顔が複数あったが、姉から予め説明があった通りに振る舞う。ここでは世間での身分や素性といったものは一切触れないという決まりがある。互いに挨拶をしたあとは、確かにそのように振る舞われた。

俺はただの、徹でいられた。

政治といった生臭いことは一切会話に出なかった。それがこれ以上なく心地良かった。ただ、詩や文を語る。自由に。

そうすると改めて俺の心に浮かぶことがある。

俺とは一体何者なのだ。

俺はこの国の最も尊き座に座っている。まさに太陽の象徴と言うべき玉座だ。俺がこの国のすべてを照らし導かねばならぬ。

けれどもそこに座る俺は欠けている。傀儡のようにそれを操る脳がない。何一つ自らの意思を全うできない欠けた人形だ。そのようなものに一体なんの意味があるのか、俺にはそろそろ理解しかねるようになっていた。この国を守るという根源的な機能すら全うできないこの俺に。匈奴は大規模な侵攻はしないものの、小さな略奪を繰り返している。

一方のこの場で、俺はただの劉徹だった。ただ芳しく美味い酒を飲み、山海の珍味というものをつまみながら楽しいこと、美しいものについて語る。このようなことはいつぶりだろうか。

幼いころの膠東ではそのようなことがあったのかもしれない。膠東の記憶はずいぶん遠くに過ぎ去ってしまったが、果てしなくどこまでも広がる広大な海は煌々と陽の光を反射し、そこに魚が時折飛び跳ねるのだ。世の果てではもくもくと白い綿のような雲がどこまでも伸び上がり、限りのない青い空と繋がっていた。この長安で見る空とは少し異なり、風も潮の香りがする。

「ほう。膠東というのは美しいところなのですね」

「ああ、そうなのだ。もう俺が行くことはないのだろうが……」

俺が再びあの地に行くことはできぬだろう。俺は皇帝だ。この長安を動くことはもはやない。鎖に繋がれ、この冷たい玉座に縛られて、朽ちていくだけの傀儡なのだ。

そのような未来しか見えず、目の前が暗くなった。そんな暗澹たる気持ちを払拭するように軽快な音楽が鳴り響く。

「さぁ、皆様。詩は一休憩にいたしまして、余興に我が家の芸妓を見てくださいな」

姉上の明るい声が響いた。いつの間にか場には総勢十名程の若い女が居並び、緩やかに代わる代わる舞い歌い始めた。それはなんだか素朴な踊りだった。宮廷では諸王を招いて宴会をすることがあるが、そのときに披露される格式張った舞いとは違い、芸妓たちは実に楽しそうに舞い踊っている。

楽しそう、か。そういえば楽しみを覚えなくなったのはいつからだろう。膠東で韓嫣と海を眺めながら釣り針を垂らしていたときは確かに楽しかったというのにな。

そうしてぼんやりと眺めていると、ふいに耳に柔らかい声が届き、俺は目を瞬いた。思わずその音がどこから出ているのか左右を探る。それは一人の歌手だった。その小さな口から広がる世界はあたかも冬が崩れるようで、春が訪れ呑み込んでいく。気づくとさんざめくように体が震えていた。もはや目が離せなかった。

そこには韓嫣のような強い信頼で繫がる情熱とはまた異なる、温かさや安らぎというものに満ちているように思われたのだ。俺が失い、失っていることに気がついていなかったもの。

「お気に召しましたか？」

気づくと姉上が隣にいて、目の前にその歌姫が跪いていた。春の若芽のような薄緑色の長衣の上に、所々に小さな宝玉が星のように縫い込まれた薄桃色の上着を羽織り、髪をクルクルと結い上げている。左右を見ると他に人はいなかった。俺はそれ程長い時間呆けていたのだろうか。

「衛、主上は本日随分お酒を召されました、厠にお連れしなさい」

「姉上！」

「かしこまりました」

そこからは早かった。二人きりになったとき、衛の温かさに俺の凍りついた心は溶かされていた。

俺は衛を気に入り、衛は俺の後宮に入った。けれども懸念すべきことがある。あの長公主によって衛が害されないかということだ。

「姉上、衛は大丈夫であろうか」

「大丈夫ですよ。何より竇太后の許しがあります」

「竇太后の？　一体どうやって」

その名前だけで僅(わず)かに慄(おのの)く俺に姉上は優しく、恐るべきことを告げた。

「簡単です。あなたにいつまでも子ができぬのは、妃が足りぬからです。だから私が竇太后に衛を後宮に置く許可を得ました。許可がある以上、衛に危害を加えればそれは竇太后に背く行いです。長公主も安易に手は出せぬでしょう。何故(なぜ)なら彼女の力の源は竇太后なのですから。長公主は竇太后の娘ですが、私やあなたも竇太后の孫なのですよ。長公主に負けるいわれはありません」

孫……孫といっても竇太后は俺に対してはいつもただの兵卒のように命令をする。そしてその命令はいつも俺の意を打ち消し、挫(くじ)くものだった。その怒りを思い出して腸(はらわた)がフツフツと煮えくり返る。

あの長公主と俺は立場が同じだとでもいうのか。いや、絶対的にはそうかもしれぬ。そうするとやはり、俺が自ら枷(かせ)をはめ、屈してしまったから……

ふいに肩に温かい手が置かれた。

「徹、もう少しの辛抱です。まもなく竇太后は亡くなります。そうすればその力に頼り切りの長公主も力を失います。そのときには阿嬌など廃してしまえばいい」

姉上は堂々とそう述べ、俺を見下ろした。その物言いに、ひどく嫌なものを感じた。この、いつの間にやら周りを固められてしまうような気持ち悪さだ。俺が五歳のときに長公主に感じた禍々(まがまが)しさ。

「ふふ。徹。それで良いのです。あなたは皇帝なのですから、何が起きているかは正確に把握する必要があります。そして選択はあなたがすべきです。けれども私は国事には口を出しません。あなたが匈奴を打倒したいのは知っている。後宮のことは私にお任せなさいな。竇太后が亡くなったあとには存分に腕を振るうがいいでしょう。後宮のことは私にお任せなさいな。それから……あなた、気がついてないでしょう？」

その珍しく強い視線に思わず問い返す。

「何を……でしょう」

「あなたの大事な韓嫣が長公主に狙われていますよ」

「何？」

「阿嬌に子ができぬのは、韓嫣があなたの精を吸い取っているからだそうです。だから韓嫣を後宮へ入れるのはおやめなさい」

韓嫣が？　そんな馬鹿なことを考えたことはなかった。阿嬌との間に子ができぬのは、純粋にそのような行為をしないからだ。お互いに求めていない。が、血の気が引く。

「姉上、韓嫣は対匈奴戦のために必要な」

「そんなことはわかっています。けれども後宮でしか存在し得ない類の女にとっては、匈奴など存在しないも同じです。そんなことよりあなたの今晩の精の行方のほうが大切なのです」

「国の大事より？」

その認識の落差に呆然とした。馬鹿馬鹿しい。匈奴に攻め滅ぼされれば後宮も何もないではないか。すべては奪われ、貴妃も奴隷となるだろう。

……だが、これこそが真に現在の漢なのであろう。無為自然。我が国を滅ぼそうとする匈奴をさえ放置しようとするのだ。後宮の奥に住まう竇太后と同じように。韓嫣は現在も対匈奴戦のために、つまり我が国のために騎馬を鍛えているというのに。

このとき俺はこの姉上の言葉をもっと真剣に聞くべきであったのだ。馬鹿馬鹿しいとは思わずに。半信半疑だと考えずに。

衛が後宮に入ったあと、長公主から阿嬌と子を作れと言われる頻度が増えた。けれども衛に直接何かが起こるようなことはなかった。そのことに胸をなで下ろす。

そして衛と韓嫣の仲も良好だった。それにも俺はほっとした。衛と共にする夜が増えるということは韓嫣と共にする夜が減るということだ。けれども韓嫣はいつもと同じように微笑む。

「俺は徹が望むようにするのみです。徹は俺とは別の意味で子夫[※7]が大切なのでしょう？」

「そうだ。お前は俺の力で、衛は俺の安らぎだ」

「ならば俺にとっても子夫は大切な存在です。そのために力になりたい」

変わった奴だと韓嫣の首筋に舌を這わせると、小さな吐息が熱を持つ。

「けれども今日はお前の番だ」

「愛しています、徹」

俺は韓嫣に極力後宮に入らぬように注意はしたが、いつの間にやら勝手知ったるやり口で、風のようにするりと入り込む。いや、本当にやめさせるのであれば、もっと厳しく言うべきだった。そうすればおそらく韓嫣は後宮には立ち入らなかっただろう。今考えると、俺がそれを、ともに過ごすことを望んでいたのを、韓嫣が聡く察したのだろう。俺の寝所は後宮にしかなく、嫣と離れるなど、もはや考えることはできなかった。嫣こそが俺の風で、俺の自由だったのだから。

それに嫣と衛が懇意にすることによって、俺は新たな力を得たのだ。嫣は奴隷のように扱われていた衛の弟衛青を救い出した。衛と衛の母はある男の奴隷であったところを、平陽公主が買い取った。衛青は父である男の手元に残り、行方がわからなくなっていたのだ。

奴隷の子は実子でも奴隷だ。だから衛青は兄弟に激しい折檻を受け、毎日こき使われ、匈奴が時折襲いくる荒野で一人、小さな馬に乗って三百頭の羊(ひつじ)を操る生活をしていた。二度と会えぬと思っていた弟との再会に、衛は韓嫣に泣いて感謝した。

衛青は必ず匈奴戦に役立つ。韓嫣はそう言う。そしてその言は極めて正しかった。

衛青には抜群の才能があった。その過酷な生活の中で培(つちか)ったのか、集団の騎馬での戦闘というものに天賦(てんぷ)の才を見せたのだ。衛青は幼少から指揮官として三百の羊という部下を従え、匈奴という強敵と日々対峙して過ごしていた。俺は匈奴に対する新たな力を得た。そして韓嫣はそれを自分のことのように喜んだ。

韓嫣は純粋で、そんないい奴なのだ。だから……死んだのだ。

俺は気がついていなかった。衛、そして韓嫣は多くの者に目の敵にされていた。それでも衛は姉上が守っていたが、韓嫣は姉上が言う通り、俺が守らなければならなかった。なにせ嫣の後ろ盾になり得る者は俺しかいなかったのだから。

上林苑で狩りをしていたとき、俺が韓嫣を予備の車に乗せて先行させた。その車を見た江都王(こうと)

劉非は俺が乗っていると思い道に平伏したが、韓嫣は気づかずに去る。後にこれが韓嫣であると知り、劉非は王皇太后、つまり俺の母上に苦情を述べたのだ。

「帝に阿り帝のように振る舞えるのであれば、国を返上して私も帝の召使いになりたい」

この苦情だけならなんとかなったのかもしれない。けれども長公主が暗躍していた。栗姫を陥れたときのように。韓嫣が後宮に入り浸っている証言やら証拠を山と積み上げ、宮女と関係を持っていると言ってのけたのだ。そんなことなど、あるはずもないのに。

母上は長公主の言いなりだ。そしてこの国では皇太后は皇帝より強い。王皇太后は俺の頭を飛び越えて韓嫣に死を賜った。

俺はその報を聞き、慌てて母を説得に向かおうと衣服を整えていたところに新たな報が届いた。韓嫣は王皇太后からの書簡が届いてすぐ、自刎したそうだ。

「自刎だと！」

頭を金槌か何かで殴られたような衝撃を受け、呆然とした。そんな馬鹿なと思った。そして同時に、韓嫣らしいとも思った。

取るものもとりあえず韓嫣の邸宅へ急行する。俺には何よりも韓嫣が大切だったのだ。それが漸くわかった。

家の床は未だに血に塗れ、ただ綺麗に血を拭われた韓嫣の頭部と体が布団に並べられていた。その頭にすがりつく。俺の腕は震えていた。まだ温かい。けれどももはや、目を開いたりはしないのだ。

そんな、まさか、馬鹿な。

遺書が一通残されていた。簡単なものだった。

『私は徹のお役に立てないようです。残念です。徹はすべてを成す力をお持ちです。どうかお心のままに匈奴を打倒されますよう』

それだけだ。

急に息が苦しくなった。呼吸の仕方を忘れたように。それを取り戻そうと思わず叫んだ。

「短すぎる！」

「陛下」

「短すぎて意味がわからないではないか！」

けれども俺には韓嫣が考えていたであろうことは痛い程わかった。本当にそれだけなのだ。韓嫣は俺のために自らが汚点になると勝手に考えて、勝手に死んでしまったのだ。

「馬鹿野郎！」

思わず迸（ほとばし）ったのはそんな言葉だった。

俺は韓嫣の頭をまじまじと眺めた。爽やかな顔で薄（うっす）らと微笑んですらいた。俺が匈奴を打ち倒すことを疑ってもいない顔だ。それがまた腹立たしく、見つめているとその表面にぽたぽたと何かがこぼれ落ちていくのに気がついた。雨かと思って見上げたが、当然天井が映るばかりだ。そうして再び首を見るとまたぽたりと水滴が垂れ、そうして漸く俺は泣いているのだと気がついた。それに気がつくと、もう涙は止まらなかった。次から次へと滝のように涙がこぼれ落ちた。

声を上げて泣いた。号泣した。振り返っても、泣くという行為をしたのは初めてかもしれない。

俺は皇帝の子だ。小さいころより不自由という不自由はなかった。だから、本当に大切なものを失ったのはこれが初めてだったのだ。だから俺はそのとき初めて、真の意味で悲しみというものを知った。失うということの痛みを知った。

そして俺の中から嫣は失われた。いや、違う。このどこから現れたのかちっともわからない、怒りとも、悔悟とも、絶望ともつかぬ、ごちゃごちゃとした混沌とでも呼べそうな何かから絞り出された涙は、最後には一粒の煌々(きらきら)とした何かに成り果てて、ぽとり俺の胸に落ちてきた。そして嫣は俺の生きる目的として、俺の最も深いところに根付いた。

つまり、何をおいても成し遂げるべきは匈奴の打倒だ。俺は歯を食い縛った。決して忘れぬ。必ず成し遂げる。俺とお前で。

その翌年、とうとう竇太后が死んだ。漸(ようや)く俺を縛る軛(くびき)の一つが取り払われ、自由に空を見上げられるようになった。初めて見上げた空は薄く青かった。手を伸ばしても、届かなかった。

俺の首には軛が存在した痣が残ってしまっていた。それは魂の記憶なのだろう。俯(うつむ)いてしまった俺の魂に刻まれた、人としての恥ずべき罪なのだ。俺の奥底に嫣が住んだのと同じように、あの女は今でも俺の魂を縛り、それに直面すれば未だに俺の魂を地面に這いつくばらせようとする。だからそちらには目を向けぬようにした。目に入らねば、それで良い。見れば俯いてしまうというなら、見なければ良い。そのようなものは記憶の奥底に封じた。ともあれ、漸く自由になったのだ。

だから俺は満を持して匈奴戦の準備を始めた。俺が二十二のときだ。大きな侵攻はないとはいえ、小さな略奪は和議を結んでいても波状的に続いていた。

結局のところ、この対匈奴の屈辱的な状況は高祖劉邦が白登山で匈奴に包囲され、命からがら逃げ帰ったときからずっと続いている。和議を結べば大規模には攻めてこないが、小規模な略奪はやまない。

その年、初めての反攻に出ることにした。とはいえこちらとしても積極的に打って出るには尚早だ。今の漢にとって匈奴は恐怖でしかない。竇太后が死んでも俺の魂にその影を落としているように、漢帝国というものは目の前にいなくてもその匈奴への恐怖に押しつぶされている。直視ができない。だから匈奴に攻め入るという選択は政治的に、というより心理的に生まれようがなかった。けれども俺は匈奴を倒さねばならない。嫣のためにも。だからまずは搦め手で罠にかけ、あわよくば単于を捕らえるのだ。

作戦は単純だ。交易商の男に雁門にある馬邑の町を囮に立てさせ、単于をおびき寄せる。

「まず雁門外に闇市を立てるのだな」

男は恭しく頭を垂れた。

「はい。匈奴にとって漢の産物は高級品です。必ず訪れるでしょう。定期的に市を建てれば単于も訪れるようになるはずです。市が定着すれば私が単于に面談し、馬邑の官吏を殺して匈奴に降伏するので占領くださいと申し向けます。馬邑までやってきたところを伏せた兵で叩いてください」

「それ程うまくいくだろうか」

「どこにいるかわからぬ匈奴の地に踏み入り単于を探すよりは、よほど」

男は自信がありそうに平伏する。

俺はこの作戦が成功しようが失敗しようが、どちらでも良かった。けれどもやるからには万全を期す。俺の初めての匈奴戦だ。つまり俺の中の嫣にとっても初陣だ。戦争自体が初めてのことだから勝手がわからぬが、ともあれ火蓋は切られた。

途中まではうまくいった。単于を騙して呼び寄せた。単于は十万の騎兵を引き連れ国境を越えて漢に攻め入った。漢は三十万の兵を馬邑近くの谷に伏せ、単于が馬邑城に入るのを待って急襲することになっていた。けれども単于は国境を越えて馬邑まで百里に至ったところで、家畜はいるのに人がいないことに気づく。近くの哨戒塔を攻めて漢軍の罠であることを知り、そのまま退却したのだ。

つまり作戦は失敗した。けれども俺は成功した。単于は以降、漢との和議を断ったのだ。つまり漢としては匈奴との間に和平はなく、匈奴戦をせざるを得ない状況となった。背水の陣だ。

「嫣。いよいよだ。俺たちの代わりに衛青が匈奴を討ち果たす。見ていろ」

『ええ、徹。楽しみです』

長安城の城壁の上から北東の雁門の方角を見ていると、風に乗ってそのような声が聞こえた気がした。

俺が二十八のときだ。俺はすべての軛から解き放たれていた。

竇太后の後ろ盾を失った長公主は、その力を目に見えて失った。結局のところ長公主は虎の威を借る狐なのだ。その力の大本を失っては如何ともし難い。俺は阿嬌を廃后とした。理由は巫蠱だ。阿嬌は衛の弟である衛青を拉致して亡きものにしようとし、それに失敗して衛を呪い殺そうとした。

俺までも。

阿嬌はそんなことをしていない。計画し、実行したのは長公主だ。そして長公主より既に母の王皇太后のほうが強く、その娘である姉上、平陽公主のほうが強かった。竇太后の存命時に竇太后の娘である長公主が権力を誇っていたときと同じように。

俺は長公主が呪詛を吐くのを奇妙な気分で眺め下ろしていた。

「何故だ平陽。徹が皇帝となったのは私の娘、陳皇后と結婚したからだぞ！　お前が今力を持つのは徹の母である王妃が皇太后となったからだ！　恩知らずめ！」

「ええ、全く長公主様のおっしゃる通り。けれども皇后様にはお子がおられませんもの」

阿嬌は既に四十四歳に達していた。これまでできなかったのだ、これからもできる見込みなどない。そして衛は女子とはいえ、三人の子を産んでいた。未だ太子となりうる男子はいない。だから今阿嬌を廃后としなければならない理由はなかったが、ちょうど良く証拠を揃えられたのだ。

俺は最上の笑みを浮かべる。俺は決して忘れてはいなかった。この女が俺の嫣を殺したことを。

「長公主。山奥だが宮を用意した。二人でゆっくりと過ごされるが良い」

奥歯が砕けんばかりの表情を浮かべる長公主を冷静に眺める。このような復讐をしてもきっと嫣は喜びはしないだろう。だからこれは俺のための、俺が自由になるための復讐なのだ。やられたら、やり返さねばならない。そうしなければいつまでも俯いたままなのだ。落とし前をつけて負債を帳消しにするのだ。

実質、これが初めて俺が俺として下せた命令かもしれない。宮から出ていく長公主と阿嬌の後ろ姿を眺め、漸く俺にはめられた最後の首枷がはずれたことを知った。

　俺は改めて俺の足で地を踏み、立ち上がった。けれども俺は一度屈して跪いたのだ。俺の魂にはその首輪の跡が未だ黒く残っている。いや、そんなものは、見なければ良い。首を左右に振り、その軽さを実感して一歩を踏み出す。ともあれ、俺は自由になったのだ。

　情勢も動いていた。翌春、匈奴が上谷から攻め入り、官吏や民を殺し略奪を行った。俺が昔、嫣と暮らした膠東の更に北だ。

　時は来た。もはや匈奴との和議は叶わぬ。殺すか殺されるかだ。だから俺が、漢帝国皇帝たる俺が、匈奴を駆逐し、この漢帝国に平和をもたらすのだ。恒久の平和を。

「車騎将軍衛青に騎兵一万を与える。上谷から攻め上げよ」

「必ず首級を陛下に捧げます」

『嫣は衛青についていけ。必ず俺に勝利を』

『もちろんです、徹。腕がなります』

　俺は小さな声で心の中の嫣の魂に命じた。嫣は風だ。この大陸を自由に駆け抜ける風だ。衛青とともに戦場を駆け、俺のもとに戻ってこい。

　四人の将軍に一万騎ずつ与えて始めた最初の戦果は、衛青が首級と捕虜七百人を得た程度で損失のほうが多かった。二回目の出撃でも捕虜数千人にとどまった。けれども三回目に至り、漸く大勝利を得る。

　衛青は雲中から出兵し包頭、隴西へと兵を進めて、[※9]北の平原から匈奴を一掃した。俺は報告を聞く度に、衛青とともに匈奴の地を駆け蹂躙する嫣の姿を思い浮かべた。そこにいるはずだった嫣を。

匈奴は黄河が大きく北に湾曲する地を版図としている。西北東を川に囲まれ南は長城となっている。草原が広がる風のよく通る地だ。かつて秦の蒙恬将軍がこの地の匈奴を打ち払って秦の直轄地としたが、その滅亡とともに匈奴に奪われたのだ。帝都長安からは真北に近く、強大な騎馬を持つ匈奴にとっては数日で踏破できる距離でしかない。だから漢はずっと喉元に刃を突きつけられたような状態で、その奪還にはまさに漢帝国全体が沸き立った。漸く漢は高祖劉邦以降、安全というものを手に入れたのだ。そしてその地に十万人を入植して拠点とし、第四回の匈奴戦はここから出兵した。衛青は匈奴の有力者右賢王を包囲し、小王十余人と男女一万五千、牛馬百万頭を得る。その褒美として、衛青を大将軍に任命した。

城下はその報に祭りのように湧いていた。俺はその情景を長安城から眺め下ろす。

『嫣。とうとう匈奴を打倒したぞ。ここからだ』

『ええ、流石我が君。俺の徹です。ここから先は徹お一人でも進めるでしょう』

『嫣？』

『俺の役目はここで終わりです。俺は十分に北の大地を駆け巡り、匈奴を打倒しました。徹はそろそろ俺など忘れてきちんと前を向いてください』

俺はその想像もしていなかった返答に狼狽えた。

『嫣、何を言うのだ。俺はいつも嫣とともにある』

『ええ、徹。俺の魂は常に徹とともにあります。けれども俺が徹を縛ってしまっては本末転倒です。

あなたには大事な皇子もできるのですから。さぁ、前を向いて』

爽やかな風がどこかから吹き、唇に触れた。

『嫣?』

いつもと同じように風に問いかける。けれどももう、返事はなかった。いつしか涙が流れていた。その涙はとても静かに訪れた。そして以前とは異なり、俺に何ももたらさなかった。絶望も、焦燥も、悲しみも、何も。

俺は何かを失ったわけではなかったから。ただ、嫣が感じていたであろう世界の広がりと喜びと自由を魂の深いところで感じた。俺の魂の底には嫣がいることを俺は知っていたから。

匈奴侵攻を進める内、俺の生活にも変化が生じていた。

まず、衛が拠を産んだ。俺の初めての皇子だ。俺は衛を皇后とした。そして張騫が帰ってきた。十年もの長きを匈奴に捕らえられていたらしい。しかし役目を忘れず逃亡し、辛苦の旅の末に大月氏国にたどり着いた。残念ながら大月氏は長年の戦に疲れ、また現在の地に既に安定した基盤を築いていた。今更匈奴を挟撃し、故地を回復するつもりはないそうだ。それは残念なことであったが、張騫は様々な話を持ち帰った。

例えば汗血馬(かんけつば)だ。大月氏の国の近くの大宛の地に血の汗を流して走る馬がいるという。その馬はおそろしく強靭だそうだ。

汗血馬を始めとして、張騫の語る世界の広がりに俺も弘羊も嘆息しながら耳を傾けた。ここに嫣がいればどれ程良かっただろう。

張騫も長安の変貌に驚いていた。

「出発したときとは見違えるようです」

「はは、お前から聞いた話でいてもたってもいられなくてな。西方諸国への道を築き、交易の道を開いたのだ。多くの異人が訪れるようになった。この国からは絹がよく運ばれるから、最近は絹の道と呼ばれているようだな」

「この棗などを見れば、わざわざ俺が西方まで行く意味があったのかと思ってしまいますよ」

張騫はポイと棗を放り上げ、自らの口に運ぶ。

「大月氏との間の話のことは気にしなくて良い。外交とは相手方がいてこそだ。お前は本当によくやってくれた」

「そうおっしゃっていただけますれば」

張騫は深く頭を下げた。

張騫の言う通り、長安の都は少し前とは比べ物にならない程栄えている。帝国中から集まった物品がこの長安に集まり、そして西へ旅立っていく。そして西からは新しい人や物が次々と訪れる。この長安は漢の西端近くにあるが、遥か西の国々にとって漢は東の果てだ。漢はまさにこの世界の中心である。その熱気が今も城下でうねりを上げている。

そうして母の王皇太后も亡くなった。つまり俺には太后も太皇太后もなく、頭を押さえつける者など全くいなくなったのだ。母はもともと俺を押さえつけたりはしなかったが。僅かに影響があるとすれば姉の平陽公主だ。衛は姉上のいいなりだ。けれども姉上は以前約した通り、政治には全く口を出さなかった。だからその影響といっても、あってないようなものだ。

阿嬌を廃して長公主が去ってから、後宮も随分と風通しが良くなった。貴妃も次第に増えてきた。衛と過ごすことが最も多いが、そのほかにも何人かの女と褥をともにした。

衛が拠を産んで忙しくなり、その間に王という夫人を愛したが、死んでしまった。突然のことだった。他の貴妃に殺された可能性がある。そのことにひどく混乱した。俺を取り巻く世界は変わっていっているというのに、この後宮は何も変わらぬのか。暗澹とした気持ちに陥ったとき、丁度姉上が俺を訪れた。未央宮の一室でのことだ。

「姉上、俺はどうすれば良かったのか」

「徹、どうしようもありません」

その冷静な、むしろ冷たく聞こえる声に思わず反発した。

「どうしようも？　王夫人は死んでしまった。しかし俺は嬌の二の舞いとなるのはもう嫌なのだ。何故女どもは戦場でもないこの後宮で殺し合いをする」

「徹、あなたは嬌を守ることはできたでしょう。この後宮から追い出しさえすれば。けれども後宮の女というのはここから逃れられぬ者たちです。自ら身を守らざるをえないのです。あなたが守ろうとすればする程、寵愛が深いと見られて危険性は高まっていく。だから実家や、例えば私のような後ろ盾を得るのです。それが嫌であれば後ろ盾のない女は愛さぬことです」

姉上は淡々と、さも当然のことのように述べて白磁の茶碗を置いた。これも絹の道が開いて後に、西方から輸入したもので、桃のような香りのする茶が注がれ温かな湯気が立ち上っている。

「皇帝とはすべての女を等しく愛するべきではないのか？　俺はそのようにはできていないが」

語尾は無意識に小さくなった。確かに等しく巡っているとはとても言えない。俺は皇帝だ。漸く堂々とそう言えるようになった。だから憚らず好きなように女のもとを訪れることにしていた。

「徹、前にもいいましたが、この後宮で最も大切なのはあなたの子を産むことです。その機会を増やすのに一番効果的なのは、寵愛を得る女を消すこと」

「そんなことをしても自分に巡ってくるわけでもなかろうに」

「いなくなれば自分にお鉢が回ってくるかもしれない。その可能性が零のままであれば場を動かすしかないのですよ。衛は既に皇后となり、更に皇帝の姉である私が後ろ盾となっておりますからもはや何かあるとも思われませんが、それ以外の女は常に殺し合う機会を狙っていると思われませ。長公主は特別に強烈でわかりやすい方でしたが、後宮の女など一皮むけば同じようなものです。自分以外の女はすべて死ねばいいと思っているのです」

思わず嘆息した。

「それでは俺はちっとも休まらぬ。誰も愛せぬではないか」

「何をおっしゃるのです。子作りは皇帝の一番の仕事ではありませんか。愛など後宮には必要はありません。政と同じです。女たちも仕事として後宮に入っているのです。ですからお仕事をきちんと振り分けなさいませ。それでも誰かを欲したいなら、きちんと守りなさい」

姉上の言は至極もっともだ。しかしなんと空虚なことか。

「仕事か……確かにそうだな。当面はなるべく均等に回ることにしよう」

「そうですわ。機会がないと思うから強硬手段に及ぶもの。お父様はどの妃とも均等に閨（ねや）に入られておりましたよ」

確かに父はそうだった。ただ、淡々と、仕事として女と褥（しとね）をともにする。

俺の母を愛していたのは確かだろう。俺も衛を愛している。だが、衛のもとで安らぎたくとも最近の衛は拠にかかりきりだ。拠は可愛い。仕方がないともいえる。衛は立派に仕事をなしたのだ。今の衛の仕事の第一位は、まだ幼い拠を守り育てることだろう。ならば俺も仕事をせねばならぬのだな。無味乾燥な仕事を。

阿嬌が去っても俺の後宮で俺を癒せるのは衛だけだった。増えた貴妃はいずれも美しい。だがその美しさを全面に押し出し、有り体に言えば気位が高い。衛のように俺と向き合う者もあまりおらぬ。気が向かぬ。少しも安らがぬ。

それに俺は積み上がる膨大な仕事にも忙しかった。匈奴戦は重要だが、それだけでは国は回らぬ。内政を整え、位階を改める。新たな登用の制度を形作り、租税を整える。誠にやらねばならぬことばかりだ。

嘆息すると、姉上がいたずらっぽく、くすくすと笑った。

「徹、そんな暗い顔をするのではありません。最近、面白いものが城内にあるのですよ」

「面白いもの？」

「ええ、これです」

そう言って姉上は一枚の木の皮を差し出した。

「野獣が鎮まる？」

美しい文字でそのように刻まれていた。

「ええ、謎解きみたいで面白いでしょう？　これはあなたの犬番がしていることだそうですよ」

「犬番が？　何故そのようなことを？」

「さぁて、何故でしょうね。気になるなら調べてみればどう？　あなたの犬番なのですから」

野獣？　犬番？　意味がわからぬ。

姉上は愉快そうに木の皮を置いて去った。なんだこれは。何故、木の皮に？

よくわからぬものの、気まぐれに小姓に調べるように命じた。そうすると最近新しく宦官として入った犬番が木の皮や紙に書付け、時折その辺に忘れていくのだそうだ。記載された文言はバラバラで、やはり詩の一部か何かに思える。てっきりその辺の官女のご機嫌でも取っているのかと思えばそうでもないようで、顔を布で覆って誰とも会わぬらしい。

顔を覆うなぞ、よほどの醜男か顔に醜い傷でもあるのだろうか。けれども小姓が言うにはその所作は妙に美しく色気があるらしい。そうすると身分あるものが腐刑を受けて恥じ、顔を隠しているのだろうか。腐刑というものは人として最低の恥なのだ。ただ身分がある者であれば、宦官の中でも尚書などの内向きの文官に配属されるものなのでは。

漏れ聞く話はどれもこれもあやふやで、よくわからない。それがなんだか妙に面白かった。久しぶりに。面白い。嫣が死んでからそう思うこともなかったな。

「徹、気になるなら呼んでみればいいではないですか」

元々いる犬番は名人ですが、老齢です。遠くまで狩るといえばその新しい犬番も出てくるでしょう」

そういうものか。そういえば嫣が俺の心に現れなくなってから狩りをすることもなかった。良い機会かもしれぬ。

そうして迎えた上林苑の狩りの日。早朝、秋空は気持ち良く晴れ上がり、山嶺から涼しい風が吹き下ろしていた。

俺はその新しい犬番を目にした。遠目だが、小姓の報告の通り、顔に布を垂らしている。思ったより背が高い。八尺弱程はあるだろうか。それなりに引き締まった体格に見える。嫣のほうがたくましかったが、嫣より僅(わず)かに背が高い。あの布の下が嫣であれば良いなと幽(かす)かに思ったが、それは期待すべくもないだろう。嫣はしなやかで弾けそうな筋肉の躍動がその服の外側からも見て取れたが、この男の体はそれとはまた違い、凹凸(おうとつ)は乏しいものの奇妙な均一感とバランスを感じた。狩りの開始を命じてから、そういえばお仕着せの生成(きな)りの服であるのに何故(なぜ)、体型がわかるのだろうかと少し不思議に思う。

ともあれ狩りは始まったのだ。設置された幕舎の中で上林苑の地図を広げる。この狩りには他の貴族も参加している。それぞれに犬番を参加させ、獲物の数を競うのだ。幕舎は次第にざわつき始め、それぞれがどのように獲物を狩るかの指示を伝令を通じて犬番に伝え、犬番が犬を操る。伝令の報告では俺の新しい犬番はなかなかの速度で犬を操るようだ。ともあれ狩りは狩りだ。まずはその獲物の数を競わねばならぬ。

将というのは配下に大まかな指示をするのみで、あとは配下の動きによるところが多い。戦争も同じだ。そして首尾は極めて上々。もともとの犬番とうまく連携をとっているのか、上首尾にも五頭の鹿を仕留めた。久しぶりに心が沸き立った。やはり狩りはいい。

当然ながら俺の獲物が一番多かった。これまでの狩りの最高記録でもあった。素晴らしい成果だ。褒美を取らせるのに十分だ。それにやはりあの木の皮が気になっていた。

侍従に二人の犬番を呼びに行かせた。

すると不思議なことが起こった。ふわりと風雅な風が舞い、どこからともなく、まるで蓮の花のような優しく爽やかな香りが漂ってくる。不思議に思っていると顔を伏せた二人の人間が現れた。

いや、人間だろうか?

一人は昔からいるよく知る犬番だ。けれどももう一人、あれはなんだ。確かに朝に見た男と同じ様子、格好には見える。けれども何かが異なる。何が違う？　よく目を凝らすと、頭頂で一つにまとめられた黒髪が艶やかにたなびき、ゆっくりと風に舞っていた。その者が一歩こちらに足を進めるごとに、何故だか世界が沸き立つように明るくなる。太陽がその犬番を中心に世界を照らしているかのように、その犬番の周りがぼんやりと明るいと感じたのだ。目をこする。

「帝は本日の成果に褒美を取らせるとの仰せである」

廷吏がそのように述べた。何がなんだかよくわからぬが、とにかく二人を労わねばならぬ。けれども俺の口から出たのは異なる言葉だ。

「お前が新しい犬舎番か」

「さようでございます」

その声に俺は狼狽えた。宦官特有の少し高い、そしておそらくその犬番特有の琴の音のような澄み渡った音がさらりと大気に染みて溶けた。その声は甘露のようで、留めおこうとしても不可能に思われた。

そして俺の周囲も等しくざわめいている。つまりこの異常は誰もが感じるものなのだ。

「近頃妙な噂を聞く。犬舎の周りで時折詩の欠片のようなものが見つかるというのだ。お前はこれがどんな意味か知っているのか」

「恐れながら申し上げます」

それは俺を称える詩で、歌舞を捧げたいという。

その言葉の意味のおおよそは理解できていたが、犬番の口から発せられる音はこぼれ落ちるごとにプチプチと弾けて芳香を放ち、様々な色や湿度、甘みまでのせて広がっていく。それが大気を漂い俺に届く。その吸い寄せられるような声に気がそぞろに沸き立つのだ。

音というのはこのような伝わり方をするものなのだろうか。さては魑魅魍魎の類なのか。そして俺はうっかりあることを忘れていた。通常このような場では、まず顔を上げさせるものだ。

「では此度の獲物の褒美としてお前の望みを叶えよう。面を上げよ。……望み通り歌舞を捧げよ」

ゆっくりと袖が下げられ、その下から現れた顔に、俺は目を見開いた。犬番は布をつけていなかった。その顔は美しかった。そう評するしかなかった。俺がこの世でこれまで見た誰よりも、すべての事物よりも美しかった。まるで美というものがこの世界に顕現したかのようだ。

呆然として見つめていると犬番はスラリと立ち上がる。そして気がついた。犬番の周りが明るいのではない。なんの光の加減なのか、犬番に確かに天から一条の光が降り注いでいるのだ。慌てて見上げたが、太陽は確かに中天にある。それであれば俺や周囲にも等しく太陽の光は降り注いでいるはずなのに、なんの不思議な作用か、その犬番に光が明確に集まっている。慄いた。

けれども天を見上げただけで、圧倒はされても俺は俯きはしなかった。

犬番は突然声を響き渡らせた。世界にその音が染みていく。ささやくようなその声は次第に世界の温度を上げ、精霊が舞い踊ってでもいるような浮かれた気が立ち上る。その詩の通り、世界は本当にこの俺を寿ぎ、俺がこの世界を照らしているかのような心持ちになる。

救われた気分だ。俺の魂に深く根を下ろし絡みついていた首枷の影が次第にふわりと消えていく。俺の穢された魂がさらりと浄化されるような清々しさ。その音とともに犬番はふわりと宙に足をかけ、あたかも蓮の葉が世界という湖に浮かぶようにくるくると大きく袖を広げる。大輪を咲かせ、陽の気が満ち、すべてが喜びに溢れ、すべての陰気は下降して地中に去り、あたかもここに天上の世界が顕現するかのように清涼な気で満たされていく。犬番はその中心で一際美しく、その簡素な衣服の裾ですら精霊の羽が空をなでたごとくに見えた。

詩の最後だけ、歌舞を捧げられたことへの感謝の言葉に変わっていた。

再び美丈夫が深く頭を下げたとき、俺の目からは涙がこぼれていた。それ程、その舞は美しく、神性を帯び、その口から迸る言葉は胸を打ち、俺を満たした。まるで夢の中に連れ込まれたかのようだ。そして俺の魂にくっきりと残っていた軛が綺麗に溶けて消え去ったことを知った。

呆けていると背中を叩く感触に気づく。

「平陽公主?」

「心得ておりますわ。それより主上が去らねばあの者らは動けません」

「あ、あぁ。そうだな」

最後にチラリと犬番を見たが、既に神気、そうだ、あれは確かに神気なのだ。その、神気と呼べるものは失せていた。今のはなんだったのだろう。神仙があの犬番に乗り移り、俺に祝福を与えたのだろうか。突拍子もないと思いながらも、そのように思い浮かぶ。

何故、突然そんなことが? 何が起きているのかよくわからぬ。

けれどもこの男と話したい。そう思った。その神のごとき何かが一体なんなのか、それを確かめたいと思った。

その夜はもともと、姉上の邸で文華懇会の予定だった。ということはすべて姉上の仕込みなのだろうか。

しかし屋外だぞ。いつもの懇会であれば姉上の邸の明かりに仕掛けを施し光を集めるようなことができるのかもしれないが、屋外であのような演出をすることは不可能だろう。

懇会の席で俺に侍ったのはやはりあの犬番だった。顔は常に伏せているが、その長い睫毛の下で瞬く瞳は星を映すように艶めかしく光り、高い鼻梁と薄く赤い唇は何やら精巧な人形のように整って美しい。昼間見た様子とはまた異なるものがある。

こいつは一体なんなのだ。名を聞くと李延年という。中山国のあたりの出らしい。

ともあれ人の多いここでは深い話をすることもできぬ。やきもきとした時間が経過し、その内一人、二人と客は帰っていき、漸く姉上と俺と、この李延年という宦官のみとなった。

そういえばこいつは宦官なのだな。宦官ということは強姦の罪を犯したのだろうか。いや、そうだ。確か小姓の報告でもそうだった。妹を強姦して腐刑を受けた。

妹を強姦？　この男からはそのような穢れは一切感じなかった。第一これ程見目の整った男がわざわざ妹を？　色々と腑に落ちぬ。

「姉上、厠に立つ」

そう告げると、案内とともにその犬番もついてきた。厠の中へはその犬番だけが一緒に入る。漸く二人きりになれた。漸く話ができるというものだ。心が自然と高まった。

男は跪き、俺の帯を解こうとする。そのようなことはせずとも良い。なんとはなしに顔を見ようと顎を持ち上げた。僅かに化粧を施されているなと思っていると突然、その姿は予想外に変化した。しなりと体をくねらせ、長く細い眉がその表面で柳のように柔らかく揺れる。それに気を取られていると薄らと赤く染められた口角が上がり、そこから真っ白な白磁のような歯が僅かに見えた。それは得も言われぬ色香を伴っている。至近で幽かに感じ取れる程の熟れきった蟠桃のような甘い香りに誘われて、混乱するまま思わずその口を吸う。細く冷たい舌がぬるりと俺の口腔に滑り込み、歯列の隙間を柔らかくなでる。

その感触に思わず背筋が震えた。このようなザリザリと骨をなでるような快楽は今まで感じたことがない。口中いっぱいに甘い香りが満ち、更に喉の奥まで充満し、それで肺が満たされようとする。気づけば帯紐はすっかり取り払われ、その艶めかしい白い肉体が俺の肌にぴとりと擦り付けられていた。その妙なる感触、肌理の細かさは絹でも比較対象になりはしないだろう。滑らかである以上に押せばふわりと凹んで柔らかく弾き返されるその吸い付くような弾力。突然、この柔らかな肉の奥に自らを突き立てたい。この生き物を蹂躙したいという根源的な欲求が湧き上がる。

なんだこれは。一体何が起こっている。思わずその異常を身から離そうと藻掻き、気づけば反対に馬乗りになっていた。

呆然とした。全身の血の気が引いた。

なんだ、今のは。妖術か何かの類なのか？　俺はこの男と話がしたかっただけなのだ。俺を過去の呪縛から救ってくれたこの男と。

素朴であった子夫とは全く異なるそれは、やはり妖艶としか言いようがない表情で婉然と微笑み、見下ろすだけで再び湧き上がる劣情に頭の中に霞がかかりそうになる。

こちらに伸ばされかけた両腕を慌ててまとめてひねり上げ押さえつけると、それは漸く僅かに苦痛に顔を歪めた。

自らの呼吸が信じられぬ程に荒い。なんだこれは。元凶のようにも思われる目の前の口元を手で塞ぐ。するとその妖しさは漸く僅かに減じ、息がつけた。

妖しさ。こいつは今、明らかに俺を誘っていた。

誘っていた？　そうだ。あれは男を骨抜きにする妖夫の所業だ。あの口付けは手慣れている。手慣れすぎている。あんなことのできるこいつはなんだ。娼夫だ。そう直感した。

「何故(なぜ)娼夫がここにいる」

それは純粋な疑問。けれども男は、目をパチリと瞬かせた。その動作がまた気持ち悪い程艶(つや)めかしく、どくりと俺の中の血流が波打つ。否が応でも俺の意図せぬ興奮が高まっていく。

「お気に召しませんでしたら、いかようにでもお扱いください。わたくしのすべては主上のものでございます」

昼とは全く異なる夜の響き。そうしてそいつは一層うっとりと微笑み俺を誘う。その艶めかしい肢体は確かに男のものだが、女のような滑らかさで俺の目を釘付けにし、そして覗いた秘所にはあるべき男の象徴がなかった。もともと何もなかったかのような、完全ともいうべき不完全さがそこにあった。男でも女でもない。それはあたかも神かあやかしか。

いや……こいつは宦官だ。だからなくても当然だ。俺の所有物……のはずだ。なにせ犬番なのだから。

犬番？　娼夫ではないのか？　わからない。頭の中は激しい混乱でふらついている。

そもそもこいつは何故ここにいる。

そんなことはこの行為から明白だ。俺に抱かれるためだ。俺が抱くために姉上が場を整えた。それならばこいつは俺に抱かれるために今のような行為に至ったのだろう。

誤解だ！

そう叫びたかった。

違うのだ。俺が会いたかったのはあの神仙のごとき人間だ。あの神仙のごとき人間を近くで見て、話をしたかったのだ。感謝を述べたかった。俺を救ってくれた人間に、ただ。それなのにこいつからは神仙の気配など全くせず、陰気で溢れた娼夫の顔で俺を誘う。

俺は誓って快楽を得たいなどとは思っていなかった。房事なんてものは俺にとって、ただの仕事だ。子を作るための日常の些事だ。こいつは俺をそのような目で見たのだな。その辺の下郎と同じように。

その想像は甚だ俺を傷つけた。俺はこいつを特別だと思っていたのに。フツフツと怒りが湧き上がる。

糞。体を交える。そんな行為になんの価値がある。

「お前は俺をその辺の下郎と同じように見ているというのか！」

「違う！」

虚をつかれた。

苛立ちとともに言い放った俺の言葉に対して即座に、そして予想を遥かに上回る激烈な怒りが返ってきた。俺の苛立ちなど比べ物にならない、まるで気塊のようなその言葉には、怒りと拒絶とともに様々な感情が混沌と絡まっていた。

そのようなつもりではなかったとでもいうのか？　あのように俺を誘っておいて？　それなら何故。思い返しても先程までのしなはどう考えても娼夫のそれだ。

けれども改めて眺めると、今は娼夫の顔は欠片もなく、悪鬼のように歯をむき出しにし、その視線は射殺さんとする勢いで俺を圧倒する。その荒々しい唸りは美しい野生の獣を思わせた。美しい仙女ではなく、例えるならば山海経に描かれた崑崙に住まう下半身が虎の姿の原初の西王母のように。

しばらくするとそれも収まり、男はまた新しく姿を変えた。その柳眉は瞳に沿って優しく伸び、眼には悲しみやら憂いやら、そのようなたくさんの感情をパラパラと鏤めながら、それは薄い唇を開く。俺は先程から何を見ているのだ。この目の前の生き物は一時として同じ姿をしていない。

「わたくしは主上にお会いするためにここに参りました。お気に召さねば何とぞ、死を賜れますよう。わたくしには他に生きる意味はありません」

俺に、会いに？

俺に会いに来たのに死を賜われというのか？

その淡い表情は薄らと笑っているようにも泣いているようにも見える。その姿は儚く美しい。闇を束ねたようなぬばたまの黒髪。地上に落ちたばかりの雪のように幽き光すら浮かびそうな肌理の細かいしっとりとした肌。空の中で最も美しい星を閉じ込めたような美しい瞳。吸い込まれそうだ。油断をすれば、その憐れに思わず抱きしめたくなる。それは先程の劣情を伴うものともまた異なっていた。

「お前は何故これ程美しい。……なのに何故、今のお前は先ほどのような穢れた行いをする」

そうするとその瞳は不思議そうに俺を見上げた。

「主上。穢れがないとは、どのようなものでございましょうか」

穢れがない状態？

言われてみて、確かにそれが何かはわからなかった。

この世界の原初は混沌だ。その混沌の中から澄んだ明白な陽の気が立ち昇って天となり、残った濁った暗闇、穢れたる陰気が積もり溜まって地となった。人はその陰陽の狭間で生きている。

昼にこの男が舞っていた姿には穢れなどなかった。あたかも陽の気が寄り集まったかのようにただ眩しく天を舞っていた。しかるに先程のこの男はまさに劣情を搾り取ろうとでもいうかのような地を浸す陰気に満ち溢れていた。

この世のすべてのものは清濁が共存している。陰と陽が混じり合っている。それが通常なのだ。俺でさえ……

胸に鋭い痛みが走った。この男の不思議な瞳は俺の心の底から様々な物事を呼び覚ます。

俺は皇帝だ。この国の陽の象徴として、本来この国を遍く照らさなければならなかった。けれども俺の魂には忌まわしき軛の影が先程まで染み付いていた。その部分だけはどうやったところで綺麗に洗い流すことも追い出すこともできず、陽の光を当てても明るくならなかったのだ。それをこの男が祓ってくれた。すっかり俺は俺を取り戻したのだ。

だから俺が口に出した言葉は、感謝とも言える言葉だった。

「その身や魂に他の何物も受け入れていないということだ」

けれども男は瞳をひどくゆらがせた。

「それでしたらわたくしは主上のお目に敵いません。死をお命じください。その前に最後に、お情けを賜れば(たまわ)と存じます」

情け？　覗き込むと、男はこれまで見た表情のどれよりも艶(あで)やかに微笑んだ。けれども、その瞳の内側には残酷なまでの悲しみと絶望が浮かんでいる。その瞳は鏡のように俺の胸を抉(えぐ)った。

俺はまた、ありありと思い出してしまった。嫣を失ったときの悲しみと絶望を。

記憶は魂とは別のところにしまわれていたようだ。あのとき感じた、世界から俺の大切なものが無理やり引き剥(ひ)(は)がされて失われた悲しみと絶望の記憶が呼び起こされ、思わず叫び出したくなる。

この男は今、俺の目の前で確かに何かを失った。そう感じた。あのときの俺と同じように。

一体何を失ったというのだ。訳がわからぬ。

俺は嫣の陽の魂とともに前に進むことができた。あのどこまでも底なしに明るい嫣の魂とともに。

そう思って目の前の男の瞳を覗き込んだけれども、反対にじわじわと再び暗きに沈み始めた。陰の気が満ちていく。口から溢れる陰気で今にも溺れそうだ。

咄嗟に思った。このままではこの男の魂は地に溶けて失われてしまうのではないか。

それでも男はゆるゆると俺の下着を解(ほど)き、現れた俺の一物を当然のようになで擦る。途端にこれまで得たこともない快楽が俺を襲う。これはおそらくただの娼夫という程度の手管ではない。改めて男を眺める。

俺も散々嫣と互いのこの部分を愛し合った。だからその楽しみというものを知ってはいる。けれどもこの男の手技は、麻薬にでも浸されるかのような背徳的なしびれを魂に与えるのだ。俺は急に男が哀れになった。

まだ二十歳は超えていまい。この手技を体得するまで一体どれ程の数の男に組み敷かれてきたというのだ。どれ程の男がこの男の体を通ったというのだ。あの神仙をその身に下ろせる程の美しき男を誰がここまで穢(けが)した。

この男はやはり穢れているのか?

いや、違う。反対だ。この男の中では陰と陽は完全に分離しているのだ。そうとしか思えない。この男には天に舞うか地に溶けるかいずれかしかない。そんなことが人の身であり得るのか? それこそ人ならざるもの。

……そういえば古(いにしえ)の巫女というものは神をその身に下ろし、その体を人々に与えると聞いたことがある。そうするとこの男にとってはこの行為こそが人との交わりなのだろうか。

嗚呼(ああ)。駄目だ。そのことが腹立たしい。

脳裏でこの男が見知らぬ男に組み敷かれ、あられもない嬌声(きょうせい)を上げる姿が再現された。

確かにこの場所に連れ込んだのは俺だ。性交が目的と思われても仕方がなかった。反省はしよう。けれども先程の言葉が思い浮かぶ。気に入らなければ死を? 何故(なぜ)それ程極端なのだ。まるでそれ以外価値がないような。この男の頭の中には、話をするとか酒を酌み交わすといった選択肢はないのか? 通常の天と地の間に生きる人のように。そのような人としての営みを、他人との繋がり方を知らぬとでもいうのか? この性具のような生き方しか。

男の指の一本一本が俺の表面を這う度にこれまで想像をしたこともなかった快楽が押し寄せてくる。

馬鹿な。しかし。けれども。

俺が拒絶すれば、目の前の男は今にも砕け散ってなくなってしまいそうに思える。

本当にそのように扱われるのが望みなのか？　それであればそのように扱うべきなのか？

男を後ろに向かせ、貫いた。これ以上その、泣き叫んでいるようにしか思えない微笑みを見続けるのは耐えきれなかった。瞬間、もっと丁寧にすべきだったかと思ったが、そのようなことを考える必要がない程男の中は潤い、熱を持って俺を締め付ける。手技とは比べ物にならない断続的な快感が俺を襲う。掴んだ腰のひやりと冷たい弾力も相まり、腰を打ち付けるのが止まらない。搾り取られるようにあっという間に果ててしまう。

そのことに呆然とした。胸の内には何も残っていなかった。なんだ、この作業のような、まるで動物みたいな営みは。意識が飛びそうな程の快楽。けれどもその先には、何もない。

俺は話がしたいのだ。そのためにこいつを呼んだ。そのはずだった。なんとかその白い背中に意識を向け、話しかけようとする。けれども頭は重だるく、うまく働かぬ。だから尋ねたのは、馬鹿げたことだった。

「おい。お前はいつから体を売っている」

「いつから……？　もう半生程になりましょうか」

「半生だと⁉　何故だ⁉」

まだ、それ程の年ではないはずだ。

「何故……？　そうしなければ食べては――」

「お前程の美貌なら体を売らなくとも良かったのではないか⁉」

「他に方法を知りませんでした」

じとりと手に嫌な汗が流れる。少し悩みながらも淡々と返ってくるその言葉は、結局のところこの男の生活というものがこうやって体をひさぐものであったことを改めて思い知らされるものばかりだった。日が落ちれば見知らぬ男に抱かれ、媚び、夜を過ごす。休みなく、時には激しく打擲され、複数人に犯される。その返答に俺は打ちひしがれた。聞きたくなかった。それ以上。何故なら俺も、この男をそのように扱ったからだ。抉れるような後悔が浮き上がる。

「何故正直に、述べる?」

「何故?」

「黙っておれば良いではないか！　お前は俺に気に入られたいのだろう?」

そうだ。そのはずなのだ。後宮の女は俺の寵愛を求める。そのために殺し合いさえするのだ。この男が俺に抱かれようとしたのであれば、俺の寵愛を得たいのではないのか?　こいつは男だろうから子を成して次の帝位を狙いたいとかそういったことはないだろうが、それでも目的があるはずだ。

ふいに男は俺を振り返る。けれどもその瞳には僅かな困惑が浮かび上がっていた。しばし、奇妙な沈黙が流れる。何かを逡巡するような。

けれども男は幽かに頷く。再び、意識を保たねばすぐに気をやってしまいそうな快楽の奔流が訪れる。これがこの男の人生。

「わたくしは主上のものです。わたくしがお好みでなければ致し方……」

「他にも何かあるだろう。話をするとか、他にも俺に気に入られる方法はあるだろう」

「けれどもわたくしには、それしか」

「それはお前の本心なのか、延年。このように俺がお前を抱けば満足なのか?」

「満足……?」

白い肩がびくりと揺れた。思わず名を呼ぶ。顔を見なくても、しくしくと泣いているとしか思えなかった。

「満足……わたくしはもう疲れたのです。……俺だってこんなこと、本当はしたくはない。けれども、それでも……最後が主上で良かった、本当に」

俺だって?

最後が?

最後とはどういうことだ。寵を得て、たとえば贅沢な暮らしがしたいとか、そういったわけではないのか? 権力を握りたいとか、この世の豪奢を極めたいとか、そういったものは?

肩を掴んで恐る恐る顔を上げさせる。そうすると、男はまた、姿を変えていた。今まで見たことのない子どもが弱々しく微笑んでいる。ひどく傷ついていて、弱っているように見えた。

誰だ、これは。

昼に見た神がかった姿でも、先程までの妖艶な姿でも、牙を剥いた獣の姿でもなかった。それらは人間離れしていたが、今俺の目の前にいるのはただの人間のように思われた。

「お前は延年なのか？」

「……はい」

「お前は……望んでここにいるわけではないのか？　正直に述べよ」

もともと二十歳はいっていないと思っていたが、今はもっと幼く見える。その顔が僅かに逡巡する。

「望んで……。いえ、わたくしが望んでここにいるのは間違いないことでございます。けれども俺は男です。男に抱かれることなど望むはずがない」

「全く？」

目の前の延年は静かに頷いた。その顔元に手を伸ばすと、困惑げに俺の指先を見る。

美しい顔。柔らかくみずみずしい唇。男にしては細く長い首筋。そこから滑らかに腕に接続する筋肉には、薄らと張り付く脂肪によって柔らかな繋ぎ目ができている。引き締まっているが細い腰。胸の淡い突起を弄ってもただ困惑げに俺を見上げ、耳元や腰の敏感な部分をなで上げても、俺を見ながらこそばゆそうにしている。そうしてその細い指先にいざなわれ、先程から再び最も敏感な内側を突き上げているつもりなのだが、そこは俺の一物を締め上げているのに、喜んでいる様子も快楽を得ている様子も艶めいた声を上げそうになる様子もまるでない。嫣であればとうの昔に喘ぎ声を上げているはずの部分。

「それなら何故お前はここにいる。何故お前はこのようなことをする」

「俺は他に何もできません」

「俺の寵を得たいのではないのか？　お前は何故俺に抱かれる」

「わたくしは主上のものです。ご随意にお使いください」

使う？　先程からのその言葉からはひどい拒絶を感じるのだ。何を言っている。使う。使われる。それは一方的な響きを感じさせた。ひどく一方的な。まさか。

「お前はこれまで誰かを抱いたことはあるか」

「……ありません」

「男が好きだというわけではないのだな」

「まさか、そのようなこと」

「これ程美しく淫らなのに未だ誰とも魂を交えたことがないというのか？　誰とも愛し合ったことも、愛されたこともないのか？」

「魂？　でしょうか」

信じられぬ。どうしてそれでこれまで、生きてこられた。誰にも愛されず、大切にされることもなく、ただ犯され、日々の糧を得るだけの暮らし。なのにこれ程澄んだ瞳を保って生きていられたというのか。その星のような瞳を。

今僅かに聞いた範囲でもこの生き物の人生は過酷にすぎる。とても心が保つとは思えぬ。

「お前はどうやってその苦痛を乗り越えたのだ。お前の生にとって、目に入れたいものなど何一つなかったはずだ」

「……月を眺めました」

「月を？」

「はい。俺は悲しくなったら空を眺めました。地面を見てしまったら、そこから動けなくなる。だから下を見ずに空だけを見て、月を見て、ずっと月を探して歩いてきました。そして主上にお会いできました」

なんと、いうことだ。この生き物の魂は生まれて一度も俯（うつむ）いていないというのか。俺ですら、この人生で二度俯き、その度に枷（かせ）がはめられたというのに。

俺はそれがいかに難しいことなのか十分に知っている。だからこそ未だその魂になんの影響も受けず、神のように舞えるというのだろうか。

静かに感動が押し寄せる。

「最後に主上にお目にかかれて良かったです。もう悔いはありません」

そう言って延年は儚（はかな）く微笑んだ。その笑みはひどく孤独だったけれども、澄んでいる。

何故（なぜ）そのようなことを言う。あたかももう、死んでしまうようなことを。何故すべてを諦めてしまうのだ。これまで空を向いて歩いてきたのだろう？　歩いてこられたのだろう？　何故そこで俯こうとする。何を諦めようとする。

俺が俯かせてしまったとでも言うのか？　俺がこの魂を手折ってしまったのか？　誰にも愛されず、幸せなどこれまでなかったであろう魂を。

「馬鹿な！　そんな馬鹿なことがあってたまるか。延年、お前は宦官だ。だから俺のものだ。もうこの城から出ることは叶わぬ」

「はい」

「お前は既に男ではない。女も抱けぬ。この城に男は俺しかいない。だからお前を愛せるのは俺だけだ」

延年は不思議そうに俺の目を見た。駄目だ。既に何かが断線している。既に延年は何かに絶望して、諦めてしまった。

「俺がお前を幸せにしてやろう。愛してやる。けれどもそれには条件がある。俺を愛するか、俺に愛されることを受け入れろ」

「……俺は既に主上のものです」

「そういうことではないのだ」

その腰を掴み、再度その奥深くに侵入する。結局のところ、延年は体を繋げることしか人との繋がり方を知らないのだろう。少なくともこれまでは。

「俺に愛されて喜ぶのであれば傍に置いてやってもいい。或いはどのような方法でも俺に愛されるというのなら俺の傍に置いてやってもいい。心か体を俺によこせ。俺も嘘は嫌いだ。阿られるのも嫌いだ。お前の本心を聞かせろ」

そろそろ限界だった。無意識なのか意図的なのかはわからぬが、先程から俺が動かずとも延年はその体内を緩やかに動かし、入り口を締め上げるのだ。すべてを終わらせようとするように。

「男に抱かれるのは屈辱か」

俺に抱かれることが延年にとってそもそも不愉快なことなのかも知れぬ。それであれば俺にはどうしようもない。抽挿に合わせて延年の呼気が上がっている。この行為に喜びを見出せないなら、そこにあるのは苦痛だけなのだろう。

「俺が男なのは変わらぬ。お前にとって俺とはなんだ。他の男とは違うのか。無駄な苦痛を与えているだけなのか」

「違い……ます。主上は俺の、夢です。叶わないなら、どうか、死を、賜れますよう」

夢？　夢とはなんだ。駄目だ。目に生気がない。既に生きる気力がないのか。先程からやけに死ぬ死ぬと言う。

本当に男に体を開くことが苦痛でしかないのなら。そしてこの方法でしか関係性が保てないのなら。死ぬことこそが救いだとでも言うのか。本当に死にたいのか？　そもそも宦官というのは恥なのだ。腐刑を言い渡されたら自害する者のほうが多い。

恐る恐るその首に手をかけた。通常あり得る抵抗というものが皆無だ。普通、首を絞められたらその腕を引き剥がそうとするものだ。なのにその両腕を少しも上げることなく、ただ、苦しそうに体を痙攣させるだけだ。

「延年。本当に死ぬぞ。抵抗せぬのか？」

そう尋ねても淡く微笑むだけだ。何故だ？　それなら何故俺のところに来た。俺に何かを求めてきたのではないのか？　何かなしたいことがあったのではないのか？　それとも死にに来たのか？

わからない。さっぱりわからない。

「おい、本当にそれでいいのか。月を見続けなくていいのか。俺はお前のおかげで自由になれたのだ。俺もお前のように空を見上げて生きていたい。お前は何者にも屈しないのだろう？　お前は欠けていない月だ。俺を照らせ。俺と一緒に歩いても良いというのなら、笑え、延年」

延年は僅かに口角を引き上げた。そうして生まれた笑みはゾッとする程清く昏い。

ぎゅうと内側が締め付けられて痙攣し、俺は思わず吐精した。気づけば延年は半分目を開けたまま、くたりと意識を失っていた。あわてて口元に手を当てると、薄く呼吸が確認できた。ほっと胸をなで下ろす。その姿からは先程感じた幼さはなく、年相応の美丈夫に見えた。

何がなんだかわからない。一体何が真実なのだ。本当に神がかっている。

そっと頭をなでると、くぅと寝息を立てた。

「……妙な奴だな。俺はお前を傍に置く。せめて恩を返させろ。いつかすべてを俺によこせ。そうすれば少しは、お前に幸せをやれるだろうか」


そうして俺は延年を傍に置くことにした。

目覚めた延年に欲しいものはないかと聞くと、給金が欲しいと言われる。

給金？　よく考えればこいつは金のために男に体を開いていたのだなと思い、金を払うことにした。そもそも後宮に入る女にも給金が支払われている。彼女たちは仕事でここにいるのだから。

昼は細々とした用事を申し渡した。なんでも小器用に動くのだ。これであれば仕事などいくらでもあろうにと思うのだが、解せぬ。

そして時折舞わせ、詩を吟じさせた。その内に、こいつにはやはり天賦の才があると知る。初めて耳にする詩や音曲であってもすぐに我がものとした。これはこいつの内に潜む神仙がなしているのかもしれない。
俺はゆくゆくは楽府（がくふ）とでもいうものを作ろうと思っている。この国は今、大きく世界に開いている。俺はもとより詩や歌舞というものが好きなのだ。だからそれをまとめ、記録する部署を作りたい。姉上の言う通り、好むものを好むように為すのが良いのだ。俺は皇帝なのだから。楽しいことは楽しい。嬉しいことは嬉しい。それが正しい人のありようだ。

なのにこいつはその身に神や音曲を下ろしながら、その内側に楽しいという感情を受け入れない。世の中にはたくさん楽しいものがある。そうだよな、嫣。

そう思って延年の頬をなでるとニコリと微笑み、俺に口付けた。

こいつにとって、やはり俺との房事は仕事なのだ。それによって給金をもらう。そのような形でおそらくこいつの中でうまく回っているのだろう。今のところは。

三章　満ちたる後宮の夜と星

俺は手に入れた。桃源郷での居所を。

帝の侍従として傍に侍り、給金を得られることになった。その金額は、俺にとっては破格だ。これだけで当面、少なくとも弟妹は何もせずとも生きていけるようになる。武官に給金を払った上で、食べたいものをいつでも食べられる暮らしだ。そのことに深く安堵する。

けれども新しい生活は少し、俺の予定とは異なるものだった。

夜に侍り、寵愛を得る。そのようにして金を得ようと思っていた。けれども俺の生活はもっと真っ当なものだった。

帝は後宮に室を持っているが、あまり使用されていなかった。夜は大抵、貴妃のもとで過ごすからだ。

俺はその室に併設された侍従用の六畳程の部屋を与えられ、そこで日々、帝の用を仰せつかるのが第一の仕事となった。朝、帝の身支度を整え帝が宮廷に向かう。俺はその後、後宮内で任された仕事を済ませてから、平陽公主を訪れ歌舞の練習や研究を行う。

これはとても都合が良かった。俺と平陽公主に縁があることを公にする結果となる。俺はもともと宦官だが、平陽公主の手によって帝に推薦されたという形に落ち着いた。つまり平陽公主は俺の後ろ盾になったのだ。

　とはいえ平陽公主の望みは衛皇后の生んだ拠皇子が太子となり、その地位を盤石とすることだ。俺にできることといえば帝に他の男子が生まれぬようその夜を独占し、寵愛を独り占めにすることだろう。

　寵愛。

　平陽公主は現在の状況に満足しているようだが、俺には成功しているとはとても思えなかった。帝はこの広大な漢帝国を統べられている。その仕事は俺には到底理解し得ないものではあるが、宮廷から戻られる時間の遅さを見ても、ことのほか、お忙しいことはわかる。それでも時間に余裕があれば第一に衛皇后のもとに向かい、それ以外の相手は貴妃から不規則に選ばれた。他の貴妃の室で過ごす十分な時間がない場合、手近な俺を揶揄うのだ。

　揶揄う。それがおそらく、俺と帝の関係を正しく表したものだろう。

　浴室で侍従が帝を清める間、俺は簡単な酒食を用意させ、酌をし、舞い、歌う。帝が酔われた際にその褥に侍ることはあったが、せいぜいその程度だ。帝は俺が手管を使うのを好まれない。他の男の影を感じさせるからだろう。

　そもそも宦官というものは穢れた罪人がなるものだが、俺は殊更穢れている。本来、俺は帝に侍れる立場ではなかったのだ。

　けれども俺は他にしようがない。だからたまに帝に侍っても、さほど喜ばれているようには思われなかった。俺の役目は結局のところ、帝の隙間時間を埋めることで、だから寵愛を得ていると言われても困惑を禁じ得ない。

帝の言うように俺は結局、娼夫なのだ。もっとも、その用にも立たない俺に給金を払う価値があるようには思われない。今は俺が珍しいから構っているだけだ。今の立場は間もなく失われるだろう、そう思われた。

しかしそれは想定内ではある。体だけではいずれ飽きられる。当初の予定通り、俺は美しさという以外の価値を示すしかない。俺の価値を示し、この桃源郷に居座り続けなければならない。弟妹の幸せのために。

新しい場所で見上げる月は皓々と明るい。天上に近いからだろうか。

嗚呼、二人は今、どのような生活をしているのだろう。あの武官は真面目な男だ。きっと二人の面倒を見てくれているだろう。弟はちゃんと働いているだろうか。妹はちゃんと舞の稽古をしているだろうか。

兄ちゃんの地位は未だ盤石じゃない。でもきっとなんとかしてみせる。けれどもうまくいかなかったときのために、ちゃんと自らの足で立てるよう研鑽を続けるんだぞ。兄ちゃんも頑張るから。

ぽかりと浮かぶ月を見ながら心のなかでそう祈った。

「延年、今日は何を見せてくれるんだ？」

「最近、平陽公主様のところで耳にいたしました遥か西の高地の歌でございます」

「面白ければ褒美をとらせよう」

帝は俺を試すように告げる。

俺が価値を示せるもの、それはつまり詩と歌舞だ。だから俺は必死で詩を作り、歌を詠んで踊る。夜が来る度、これまで旅先で舞っていた多くの歌や舞を披露した。新しくも紡いだ。これまで耳にしたたくさんの神話の世界や目にした夜の星空、そんなことから想起される様々な詩を口ずさむ。俺はこの桃源郷で新たなものに多く触れた。

これまで空しか見てこなかった。けれどもこの桃源郷にいる限り、地面を見続ける必要もない。そのことに気づき、その目線を少し平行に下ろして長安城の城壁から遥かを見渡すと、そこにはたくさんの世界が広がっていた。

世界は薄く青くどこまでも広がる空と清涼な山々で繋がり、それを越えれば、永遠にも続きそうな青い野や荒れくるう海原、すべての時を凍りつかせる白い峰や砕けた貝殻で埋め尽くされたような砂漠、しっとりと冷たい針葉の深い樹林。そのような景色がこの世界に広がり、そこで膨大な数の人々が生活を営んでいる。初めて真っ当に世界の姿を見つめた。

この漢の帝都、長安の長安城にはそのような世界の果てから様々な伝説や生き様が歌や風に乗って運ばれてくる。俺が暮らすのは後宮という狭い世界だけれど、限りのない世界から詩情を取り出せた。

浮かぶ景色を眺めていると、ふいにすべてが軽くなることがある。あの上林苑で帝の前で舞ったときのように。そのようなときは靴を脱いで大地に触れ、その風に体のすべてを晒して目を閉じる。風に乗って世界を駆け巡り、火のように猛り、水のように流れて土とともに時の流れを感じる。

「おい。あんまり城壁の端っこで踊っていると転がり落ちるぞ」

「主上。はしたないところをお見せいたしました」

「良い。踊れ。気が済むまで」

気づけばいつしか陽は西の山々に落ちかけ、世界は朱と闇に染まっていた。俺の長い影が城壁の上で尾をひいている。足首に夜を告げる小さな風が逆巻いていた。

「なんだ、踊らぬのか。つまらぬな」

「ご所望とあれば」

「いや、いい。俺は踊っているお前を見るのが好きなのだ。踊らせたいわけではない」

「では」

「よい。踊らぬならこちらに来い」

帝は俺の手を取り、引き寄せた。その腕は力強く俺を抱きしめる。耳の傍で聞こえる低い声。

「お前からは世界の匂いがする。皇帝というものは存外不自由でな。行きたいところに行くことも叶わぬのだ。だからお前が俺に運んでこい。世界の姿を」

「世界」

そう呟くと、どこからともなく強い風が吹いた。このどこまでも繋がる世界の果てから訪れる風。

「今日は衛のところへ行く。お前はゆっくり休んでおれ」

「畏まりました」

最後の陽光が、立ち去る帝の広い背に赤黒くのしかかっている。帝こそが俺の属する世界を統べる王なのだ。その姿を見送っている内に、すっかり陽は落ちていた。

その偉大な王に、俺ではやはりそぐわない。俺では後宮の美姫には敵わない。それは美しさというだけではなく清らかさの問題だ。貴妃は帝しか知らない。それに比べて俺は多くの男に抱かれた娼夫だ。穢れている。

これまで俺はその行為を心の底では唾棄してきた。そしてやはり唾棄すべきものだったのだ。この桃源郷では俺の穢れというものは特に目立つのだろう。既にどうにもならない、取り返しのつかないものなのだ。

陽が落ちるように俺の心に僅かな悲しみが漂う。これもきっと世界のどこかから風に乗ってもたらされたものだろう。既に世界は昏く、天上には星が煌めき月とともに瞬いていた。

最近、後宮に新しい女が訪れた。西姫という。波斯の小国の姫だそうだ。本名はイェワンというが、この後宮の習いに従い、西から来た姫、西姫と呼ばれることになった。

しっとりとした黒髪に白磁のように透き通る肌。大きく僅かに緑を帯びる瞳とすっと通った鼻筋に石榴の色のこぶりな唇。身長は六尺半程で華奢だ。未だ十八歳らしい。けれども踊りの名手で、その肢体は月が煌めくように舞うそうだ。それはさぞ清く美しいことだろう。それに男の俺にはとても倣えない儚さと嫋やかさというものに満ちていると聞く。あたかも夜を体現するような美しさという評判だ。

西姫を後宮へ入れたのは帝の異母兄、劉勝だ。劉勝は中山王に封じられていたが、女好きで知られ、子が五十人もいる。何かの席で帝の子が少なすぎるのだという話になり、以降もっと子をなせと時折美姫を後宮に送りこむようになった。そのような貴妃は既に後宮に何人かいるが、寵愛を得るには至っていない。今回は帝の命で西方に旅立った張騫という男が、その旅先で美しい美姫を見たという話を小耳に挟み、物好きにも劉勝はその美姫を探し出したのだ。

俺は後宮内でなるべく敵を作らぬよう、いらぬ嫉妬など受けぬよう、他の貴妃の前では顔に布を垂らして下働きのように振る舞っている。平陽公主の後ろ盾もあり、後宮での暮らしは比較的安定していたようには思う。けれども今、俺が帝に侍っていることを快く思わぬ者も多くいる。

何故わざわざ男なのだ。女であればせめて子も増えよう。

劉勝の考えとはそのように単純なものだろう。だから西姫の噂を聞き、俺と同じく歌舞に優れるのであれば寵を得られるかと考え西姫を奴隷商から買取り、後宮に送り込んだ。

その入内は盛大に行われた。芳しき西方の花が惜しげもなく道に撒かれ、ふわりと膨らむ半透明な布で体を覆う珍しい格好をした楽団が西方の珍しい曲を華々しく奏で、陽気に笛や太鼓を打ち鳴らす。西姫はその中心で精緻な木彫りの細工がなされた籠に乗って入内し、帝に踊りを披露したそうだ。

その翌日、俺が平陽公主のもとに参じた際、エスフィアが大慌てで必死の面持ちをし、俺のもとに飛び込んできた。

「ペリ！　新しく来た西姫は多分僕の姉さんだ！　どうしよう！　会いたい！」

「姉？　姉がいたのか？」

「うん、僕と姉さんは小さいころに奴隷になって、別々のところに売られたんだ。だからもう二度と会えないと思ってた！」

なんの運命のめぐり合わせか、西姫はエスフィアの姉だった。国が滅びて囚われ、姉弟で奴隷として売られたそうだ。公主に買い取られたのはエスフィアが七歳で、西姫が九歳のときだそうだ。

それ以降、なんの音沙汰もなかった。けれども今はすぐ近くにいる。

エスフィアは公主の奴隷で、公主の命に従い長安城周辺を自由にうろついている。けれども唯一自由には入れない場所がある。それが帝の後宮だ。

後宮は閉じた世界だ。その入退出は厳しく制限されている。公主がエスフィアに使いでも命じなければ立ち入れない。

そう思って公主を見たが、その目は冷たく透き通っていた。

「エスフィア、あなたは私の奴隷です。許しません」

「はい……」

奴隷の主従関係は絶対だ。主の言には逆らえない。けれども姉か。

俺にも大切な妹と弟がいる。今ごろ何をしているのだろう。毎晩月を眺めながら願っている。幸せでありますように。あの空高く昇る月はきっとこの世界のどこでも変わらない。弟妹が月を眺めれば、きっと同じ光景を見られるのだろう。そうやって世界は繋がっているのではないかと思いながら、夜に月を眺めることが日課となっていた。

俺が宦官になってからもうすぐ二年が経つ。それでも弟妹への思いは強まるばかりで、少しも薄まることはない。エスフィアがここに来たのが七歳ならば、もう九年近く会っていないことになる。

思いが未だあせていないのであれば、それはどれ程の時間と思いなのだろう。会いたいことだろうな。

「公主様。西姫様は西方の踊りの名手です。わたくしもその舞踊を学びたいと思っております。その折、手紙程度であれば差し入れてもよろしいでしょうか」

「延年。あなたは私の奴隷ではありません。ですからあなたの行動について私は何も言うことはありませんが、それが良い結果をもたらすとは思えません」

「公主様、もしよろしければ、理由をお聞かせ願えますでしょうか」

公主は厭わしそうに目を細めた。

「……会えないならば会わないほうが良いからです。それならば、互いに接触を持たぬほうが幸せというものです。手紙のやりとりなどしてしまえば、より寂しさが募るだけでしょう」

会えない。公主の言はその意味では正しい。

後宮の壁というものは大きい。世界を隔てる程に。だから姉弟とはいえ自由に会えるものではない。それに公主の奴隷であるエスフィアと劉勝を後ろ盾とする西姫はそもそも立場が対立する。繋がりなど作りようがない。けれども七歳と九歳のときに生き別れたのだ。せめて生きていることだけでも知られるのならば、どれ程心の支えとなることだろう。俺も弟妹のためと思うからこそ生きていける。

「ペリ、もういいよ。諦める。僕もイェワン姉さんが元気でいれば……それだけでいいんだ」

そのエスフィアの笑顔はいつもの太陽のようなものと異なり、儚さが滲んでいた。その表情が心の隅に棘のように刺さったまま、西姫に拝謁の機会を得る。

俺は帝より後宮の管理を預かっていて、主だった貴妃に不便がないか、時折伺いを立てていた。

「初めてお目にかかります。ご不自由がありましたらなんでもお申し付けください」

「あなたはなんだかお化けみたい。どうして顔に布をつけているの」

初めて聞く西姫の言葉は不思議な音律を奏で、そしてどこか妙に子どもじみており、全体的に投げやりだった。西姫の室は、あの華やかな行進からは想像できない程簡素だ。壁に布が垂らされ毛足の長い絨毯が敷かれているが、物自体は少なく、侍女も劉勝が付けたと思える漢の者二人しかいない。

西姫は髪を後ろに束ね、飾り気のない短衣を纏っている。他の貴妃と随分違うものだなと感じた。衛皇后もさほど華美なものは好まれないが、他の貴妃といえば普段からいかに煌びやかに着飾るか、ということばかりを競い合っているように思える。

「何とぞお許しくださいますよう。お気に召さねば別の者をよこします」

「いいわ。少し懐かしかっただけだから。私の生まれた国ではそんなふうに布をかぶるお祭りがあったのよ。……ところであなた、お名前は？」

「李延年と申します」

「え、あなたが？」

声に僅かに驚きと警戒が滲む。俺が聞いた噂がその通りであるのなら、劉勝は俺から帝の寵愛を奪うために西姫を送り込んできたのだ。だから俺について何かを聞いているのかもしれない。けれども彼女の警戒は持続しなかった。

「そう、まあどうでもいいわ」

そう言って西姫は興味を失ったようにふいと窓の外を眺め、細くため息をついた。窓の外からの淡い日の光に照らされたその横顔は、エスフィアにとても似ていた。明るさに溢（あふ）れたエスフィアと異なり、その瞳は憂いに満ちている。その様子が妙に気にかかった。

　西姫が後宮に来てしばらく経ち、彼女が倒れたと聞いた。体調が優れないそうだ。様子を見に行くと、西姫は少し前に見たときより確かに痩せ細り、その肌は乾燥して生気が失せていた。侍女が言うには食事をほとんどとらないらしい。水分すらも。

「西姫様、何かお召し上がりください。この国の食事はお口に合いませんでしたでしょうか」

西姫は簡素な寝台に横たわったまま物憂げに俺を眺め、僅かに首を横に振った。相変わらず、西姫の室は最低限といった形で整えられ、物寂しい。

「あなたにとってはそのほうがいいでしょう？　李延年。寵愛を争う女が減るわ」

「わたくしは宦官です。主上にお仕えするのみです。西姫様や他の貴妃様と同様に」

「……私はもうどうでもいいの。こんなに遠くまで流れてきてしまった。私の夢は、もう叶わない」

　夢、と呟いた西姫の目は少し優しさを映し、そして直後に溢れるような悲しみに満ちた。

「夢、でしょうか。何かお力になれればと存じますが」

「私の生まれた国はここことは全然違うわ。山と砂漠の狭間にある湖のほとりの国。それ程大きくはなかったけれど、たくさんの人が訪れ賑わっていた。雨がほとんど降らないの。だからこの国の雨の多さにとても驚いたわ。空気の匂いも食べ物も全然違う」

砂漠。それは西方の、たくさんの旅人の噂の先にある地。すべてが微細な砂で覆われ、昼は灼熱で夜は極寒。想像することも難しい。それ程遠い先の国で、西姫は第三王女として生まれた。そして戦争が起き、国はあっさりと滅んだ。両親は殺され、西姫は奴隷となった。その後、各地を転々としてその所有者を変えた。あるときは海のごとき川を運ばれ、天の頂にも届くかのような山を越えてこの後宮に至ったのだという。

「西姫様は大変な冒険の末に漢に来られたのですね」

「ええ。だからここでおしまい」

「おしまい？」

「ええ。私、もう疲れちゃったの」

その、寝台からこぼれ落ちた『疲れちゃったの』という諦念に満ちた言葉は、ひどく俺の胸を打った。少し前の、蓋をした記憶を揺り動かす。

俺もこの後宮に上がるまで、生きることに疲れ切っていた。唾棄すべき日々。それを目に入れないようにしていても、魂の底に澱のように堆積し、こびりつく。それが穢れというものなのだろう。けれどもここは桃源郷だ。ここであれば落ち着いた生活を送れる。過去に蓋をして生きることができる。

「西姫様、長旅ではさぞご苦労をなされたことでしょう。けれどもここは漢の後宮です。ゆっくり体を休められては」

「休んでどうするというの。結局のところ私は奴隷のまま。主人の気まぐれでポイと売られてしまうのよ。どこの誰ともわからぬところに」

「主上はそのような無体はなさいません」

「そう。それであれば、まさにおしまい」

「西姫様？」

西姫から漏れたため息はどこか遠く、遥か先の何かに繋がっているように思われた。

「ねぇ、あなた。私がどんな気持ちで売られてきたかわかるかしら？　踊りたくもないのに踊れと命じられ、歌いたくもないのに歌えと命じられる。命じられた方向に歩き、失敗しても機嫌を損ねても殴られる。ときには遊び半分で折檻を受ける。そんな生活。何度死のうと思ったか。それでも私はこれまでなんとか耐えてきたの。夢がいつか叶うと信じて。星に手が届くと信じて。でももう私の夢は叶わない。こんな遠くに来てしまったのだから」

西姫の瞳は天井を真っ直ぐに見つめていた。そしてその瞳はすべての映るものを、運命という名の世界を、拒絶しているように思われた。

俺にはわかる。その瞳を俺は知っている。鎬の上を歩くがごとく、ギリギリの暮らしの上で正気を保つ。そのためには空を見続けるしかないのだ。

「私には弟が一人いるの。いえ、いたの。エスフィア。二つ下の大切な私の星。七歳のときに別々に売られて離れ離れになったわ。いつか巡り会えるかもしれない。そう思ってずっと耐えてきた。けれども私の国からはどんどん離れていくばかり。多分もう、歩き続けても年を跨がなければたどり着けない程遠くに隔たってしまった。生きていれば十六。けれどもあの子は七歳だった。だからきっともう生きてはいないでしょう。ねぇ、だから私にとってもここは終点なの。本当に疲れたわ。そろそろ目を閉じてもいいんじゃないかしら」

そう言って西姫は瞼(まぶた)を閉じた。思わずその全身をまじまじと眺めた。その細い腕を。細い足を。エスフィアを思いながら俺より遥(はる)かに長い距離を歩いてこの長安までたどり着いたのだ。妹が俺と別れたときより更に小さいころから弟と巡り合うことだけを信じて歩き続けてきた。

それはどれ程の思いだろう。もう会えないと確信を持ってしまったら、関与できない程人生が隔(へだ)たってしまったと感じたのなら、俺でもその先を歩き続けていく自信はない。この先生きる意味が見いだせないだろう。西姫にとって大切なものが弟、エスフィアしかないというのであれば、その気持ちは痛い程わかる。俺が弟妹を思って生きているのと同じだ。

けれどもエスフィアはここ漢帝国の、しかも同じ長安城内にいる。距離だけ考えればいつでも会える距離だ。これこそ運命の導きというものだ。

西姫はそれに気づかず、命の火を閉じようとしている。同じ思いを抱く俺にとっては、安易に目を瞑れる話ではなかった。

「公主様、このような顚末なのです。このままでは西姫様は死んでしまうでしょう」

公主は冷たく俺を見下ろす。その瞳の中では何かが蠢(うごめ)き、計算をしているようだ。

「延年、西姫が死ねば新たな皇子が生まれる可能性が減ります」

「……そう……ですね。わかりました。エスフィアにはこのことは内密に願いたく」

心の底に重りが溜まるような心苦しさを感じる。けれどもそれが公主の決定であれば、俺は逆らうつもりはなかった。

西姫に同情するところは大きい。できれば助けになりたい。けれども俺が最も優先すべきは俺の事情だ。俺もなんとしても弟妹を幸せにしなければならない。西姫にとって最も大切なものがエスフィアであるのと同じように、俺にとって最も大切なものは弟妹だ。弟妹の幸福のためには公主の後ろ盾が絶対条件だ。西姫のためにその後ろ盾を失うわけにはいけない。

「それで良いのですか？　延年」

「わたくしは公主様に従います。わたくしにとって最も尊崇申し上げるのは主上、続きまして公主様でございます。それ以外に慮るものはございません」

「満足です。では一つだけ提案いたしましょう」

「ご提案、でしょうか」

公主は変わらない冷たい目で、俺に言い渡す。このように公主が意見を変えることは珍しい。公主はご自身をその価値の中心に置き、それを合理的に遂行なされる方だ。揺らぐことはない。

「以前にもお話ししましたし、徹もあなたに話しているとは思いますが、楽府というものを作る計画があります。この世に遍く詩や歌舞を集め、漢帝国の文化的威光を示す部署となります。あなたの話では西姫は亡国の王女ということですね。そして大変な名手であると。そしてその歌舞は西姫が死ねば失われるものなのでしょう。それであれば延年、あなたはそのすべてを習得しなさい。それであればエスフィアとの間に文の仲介を許しましょう」

「ありがとうございます！」

西姫にも光が差したのだ。暗闇に沈みかけたその生を繋ぐ光が。幸せへと至る木漏れ日が。

「そして一つ忠告をしましょう。延年、女というものはおそろしいものです。特にこの後宮に住まう女というものは。そして私は後宮には手出しができません。だからあなたの行為の帰結がどのようなところに繋がったとしても、私にはどうしようもありません。そしてあなたの善意は最終的には、あなたの思うところと全く異なる結果をもたらす可能性があります。そのとき、あなたは大きな後悔をするかもしれません。そのことをよく考えることです」

その公主の予言じみた言葉に深く頭を下げ、けれども俺はエスフィアのもとに走った。

俺の意図と異なる結果。公主の言葉の意味はわからない。けれども西姫は今、その意思の力を失い死に向かおうとしている。まずは生きることだ。生きているということが重大だ。大切なエスフィアはここにいる。死んでしまえば何もできない。望みは叶わない。それも俺はまた、知っていた。嫌という程。

「エスフィア！　喜べ！　公主様に西姫様との間の文のやりとりを許していただけた！」

「えっまさか。本当に？」

その瞬間、太陽が差したかのようにエスフィアの表情が明るくなった。

「本当だ。けれども手紙の宛先は後宮だ。万一にも密使内通や謀略を窺(うかが)わせるものは駄目だ。だからお前の素性を詳しく手紙に書くことはできない。できるか？　伝えたいことは俺が可能な範囲で口頭で伝えよう。本当に必要なことのみ書け」

「ありがとうペリ！　ペリは本当にペリだ！　どんな魔法を使ったの？」

エスフィアは大輪の花が咲くように笑い、少しも悩むことなく紙に暗号を書き付けた。

『夜を照らす星。星を導く夜。遥かに万里を越え、変わらぬ定め星を眺めます』

「なんだこれは？」

「僕と姉さんの名前だ。イェワンは夜。エスフィアは星という意味なんだ。姉さんに今晩、僕は北極星を眺めると伝えて。どこにあってもわかる星を。僕はここにいる」

胸を張ってそう告げるエスフィアの微笑みは、これまでで一番輝いて見えた。

俺は早速後宮に取って返し、西姫にエスフィアがこの漠にいることを伝えた。半信半疑な西姫にエスフィアからの手紙を渡す。開いた瞬間、その手紙を握る手が僅かに震え、西姫は手紙を抱きしめるように体を小さく折り曲げた。

「エスフィア……生きて……いたのね……ああ！」

その大きな瞳から透明な涙が止めどなくこぼれ落ちていた。大声でひとしきり泣き、真っ赤になった瞳で俺に感謝を述べる。

「西姫様。このようにエスフィアは元気にしております。どこにいるかをお伝えすることはできませんが、これからもこのように簡単な文のやりとりならお手伝いすることもできましょう。ただし一つ、先方からの条件を申しつかっております」

「条件、でしょうか。私はエスフィアの便りを得られるのであれば、なんでもいたしましょう」

その言葉の通り、表情には強い決意が浮かんでいる。

「では西姫様がご存じの歌や踊りをわたくしにお教えください」

「歌や踊りを……？　そんなもので良いのですか？　エスフィアと親しいのであればエスフィアから習えるでしょう？」

　西姫は意外そうに小首をかしげる。

「エスフィアは七歳のときに故国を離れ、すぐにこの漢に来たのです。西方の踊りについては西姫様のほうがよくご存じではないかとのことです。けれどもまずは西姫様に元気になっていただかなければ」

「……わかりました。本当にありがとうございます、李延年。エスフィアに毎晩空を眺めますと伝えてください」

　そう言って俺を見上げた西姫の目は力強く、これまでと異なり生きる気力というものが確かに漲(みなぎ)っていた。良かった。本当に。俺はそのような西姫を見て、妹を思い浮かべた。妹は今、元気に過ごしているだろうか。ひょっとすると俺と同じように月を眺めているかもしれない。

　その後、俺は西姫の室に足繁(あししげ)く通い、歌舞を習った。歌については言葉の問題があり、いくつかの可能性を書き留めてエスフィアも交えて解釈を検討した。その過程で、エスフィアと西姫はその僅(わず)かな仕草からもやはり姉弟で、その絆というものは魂の底というべき場所で深く結び付いているのだと感じた。どれ程離れてもやはり姉弟は姉弟なのだろう。俺がいつでも弟妹の姿を思い浮かべることができるように。

「延年、エスフィアを西姫に取られてしまいました」

「どういうことでしょう。公主様」

「言葉の通りですよ。徹より申し入れがありました。うちのエスフィアは本当に西姫の弟なのだそうです。西姫が閨で主上に弟を探してほしいとお願いしたそうです」

「申し訳ありません!! 考えが至りませんでした」

思わず平伏した。

なんということだ。そこまで考えが及ばなかった。これが公主がおっしゃっていた俺の意図しない結果というものだろうか。俺に公主に損をさせるつもりなどなかったのだ。

けれどもよく考えれば、それは当然の帰結だった。俺は自身が宦官となり後宮に上がった以上、弟妹にはもはや生きては会えぬものと思っていた。けれども西姫は貴妃だ。後宮からは出られぬという決まりはあるものの、商人を呼ぶことや財物を持ち込むことはできる。実際に後ろ盾のある多くの貴妃は実家から信用できる侍女を呼び寄せ、室を飾り立てていた。西姫はエスフィアが奴隷であることを知っている。漢にいる奴隷であれば、探し出して買っても問題は何もない。それに西姫とエスフィアはよく似ていた。帝にエスフィアという弟がいると言えば、帝はすぐに姉の平陽公主のところにいるエスフィアを思い浮かべるだろう。

「構いません、延年。私はあなたに許可を与えました。ですから気にする必要はありません。それに西姫が徹にねだれば、いずれ素性は明らかになっていたでしょう」

「しかし西姫様は気力を失っておりました。わたくしが手紙を渡していなければ願うことも」

「私はそれを信じておりません。奴隷の身から十八になるまで貞操を守り、後宮に上がるような女が強かでないとは到底思えません。後宮に入ったばかりの女が身を細らせていると知れば、徹であれば一度は訪れるものでしょう」

そういう……ものなのだろうか。確かに帝は二度程西姫を訪ねたが、西姫のあの弱った姿が演技のようには思われなかった。その瞳は確かにエスフィアを求めていた。嘘とは思えない、決して。

俺にはそれがわかるのだ。痛い程に。

「それにね、延年。収支としてはさほどマイナスではない」

「収支、でしょうか」

「ええ。エスフィアを失うのは痛手ですが、エスフィアが有する技術は既に記録しています。こちらは更に、既に西姫の技術を得ています。だからただ失うよりはプラスです。私では後宮内に手出しはできませんし、取られたあとに西姫にただ教えるようにと求めても教えたりしないでしょう。詩や歌舞は皇帝の寵を得るための技術なのでしょうから」

それは……そうかも知れない。俺も帝と平陽公主に命じられたとき以外は踊ったりしないし、顔を見せたりもしないのだ。しかし、それにしても。

「いいのですよ、延年。あなたはこれからも忠誠を尽くしなさい」

しばらくして、エスフィアが後宮に移ってきた。西姫の室は少し賑やかになり、珍しい異国の音曲と楽しそうな声が溢れるようになる。俺は変わらず、というより寧ろ歓迎されるようになり、西姫が旅先で聞いた歌や風景、生活を聞き、それを詩にして歌をのせた。エスフィアや西姫がそれに合わせて踊る。本当に仲のいい姉弟だ。二人が揃っていればそれだけで楽しそうな光が溢れる。二人のこれまでの人生を取り戻そうとするかのような姿に一抹の寂しさを覚えた。

その姿を眺めるにつれ、俺の妹は元気でいるだろうかという思いが募る。平陽公主には申し訳ないと思いつつ、やはり一緒にいられるということは二人に幸せをもたらしているんだと実感する。

俺はその詩を書き留め、集積し、公主に届けた。

だが、俺はそのころ、踊れなくなっていた。

きっかけはやはり西姫なのだろう。

西姫は確かに帝の寵愛を受けていた。エスフィアが後宮に移ってから、帝は衛皇后と同じ程度の頻度で西姫の室を訪れるようになった。戻りの遅い日に俺が酒食を用意するのは変わらなかったが、その頻度は減った。西姫に寵愛が移ったのは誰の目からも明らかだ。

そんなある日、複数の室の水や食事に毒が混ぜられる。俺が意識を取り戻したのは見慣れた後宮ではなく、宮城の医務所だった。

「久しぶりだな、延年」

「先生……」

目を開けたとき、傍にいたのは、俺の腐刑を担当した医師だった。平陽公主が信頼できる医師として送り込んでくれたそうだ。

「先生、わたくしは一体どうしたのでしょう」

「三日三晩、高熱を出していたよ。毒にやられたね。誰ぞの恨みでも買ったかね？」

毒。体も動かず熱に浮かされていた俺は、宦官になった際の苦しみを思い出していた。あのときも死ぬかもしれない不安に苛まれ、けれども生きなければという強い意志でなんとか生き残った。今回も回復することができたのだ。その幸運に胸をなで下ろす。

「恨み……心当たりが全くないとは言い切れませんが、直接思い当たるものはありません」

「はは。まぁ寵姫ならそんなもんだろう。それにお前さんだけじゃない。そうさな、後宮の十人程の貴妃がなんらかの毒の影響下にある。宦官じゃお前さんくらいだが」

被害にあったのは、現在帝の通いがある貴妃の内、身分が低い貴妃のほぼすべてだそうだ。高位の貴妃にとっては防げる毒だった。例えば衛皇后は拠皇子と暮らしている。その侍女はすべて平陽公主が身元のしっかりした者を用意し、毒見を置き、食事には毒で黒ずむ銀器を使用している。けれども従僕である俺やまともな後ろ盾を持たない貴妃は、毒を飲んで倒れたそうだ。

「中には半身が動かなくなった者もおる。そう考えればお前は動けそうだね。ましなほうか」

「半身……？　ではわたくしは」

あわてて寝台の上に身を起こす。体は重いが取り立てて異常はなさそうだ。そう思って立ち上がろうとしてよろけた。右足首に違和感がある。

なんだこれは。右足の膝あたりから薬指にかけてが変だ。まるで見えない蜘蛛の糸に絡まってしまったような気持ち悪さ。なんだ、これは。

「ふむ。見せてみろ」

医師は俺の太ももからつま先までをなで擦る。どこなら感覚があり、どこはないか。そういったことを一つ一つ調べていった。医師が触れることによって改めて体の感覚の喪失に気づく。その度に動揺し、息が重く苦しくなる。そうして医師は頭を振った。

「わからんな」

「わからない？」

「触診した限りでは異常はないな。冷えているわけでも熱を持っているわけでもない。なのに動かない。お前の言う通りであれば、どうやら膝から足首にかけての肉に僅かな麻痺があり、そして足首からおそらく中指と薬指までの肉が麻痺している」

「そんな……。どの程度で治るのでしょうか」

「それも実はわからん。毒の特定ができていない。お前、食事の際に水を一口飲んで昏倒したと聞いたが合っているかな？」

「そう言われれば、そのような気はいたします。特におかしな味や香りなどは感じませんでしたが」

「ふむ……それであればやはり鴆毒という可能性があるが、わからんなぁ」

そう言って医師は髭をなでた。鴆毒は鴆という極めて稀な鳥の羽から生成される毒らしい。無味無臭で毒に気づくことは難しく、毒性が極めて高い。希釈されたのか飲んだ量によるのかはわからないが、致死程の量には至らず体に麻痺を生ずる結果となったのではないかという。医師はとりあえず歩くこと自体にはそれ程支障はないが、しばらく安静にしておくようにと言って、俺の肩を叩いた。

歩くことに？

歩くことなどどうでもいい。問題は舞えるかどうかだ。

くらくらと震える頭に不安がじわりと訪れた。足。もしこの足が動かないままになれば、どうすればいい。踊れなくなるのか。目の前がずしりと昏くなる。そんなことになれば、ただでさえ乏しい俺の価値がなくなる。けれども、いや、大丈夫だ。大丈夫なはずだ。そんなことがあってたまるか。

その日一日は医務所に留まり、翌昼、後宮に戻ることになった。医師の言うようにゆっくりであれば歩けないことはない。

けれども踏み込んで飛ぶことはできなくなっていた。薬指が地面に縫い留められてしまったようだ。つまり舞えない？

その未来に歯の根が震える。

いや、安静だ。ともあれ安静にするんだ。そう念じ、与えられた室に戻る。俺の室。舞えなくなれば、ここにはもういられなくなる。そうなれば弟妹の生活は……

帝からは数日休むようにとの伝言が残されていた。

部屋で一人、静かにしているとだんだんと震えが襲ってくる。俺がもし舞えなくなったら。この桃源郷にいる資格を失ってしまうんじゃないか。俺は上林宛での踊りでここの居場所を確保した。踊れなくなったらここにいる理由がない。当初考えていた手管で武帝を籠絡する方法は使えなかった。どうしたらいい。どうしたら。俺には他に何もない。

そうだ、足。揉んでみれば良くなるだろうか。温めてみれば治るだろうか。けれども医師は、わからない毒だから、下手なことはしないほうがいいかもしれないと言っていた。血流を良くすれば毒が全身を回る可能性があるとも。では、一体。

「ペリ。良かった。治ったの？」

その声に顔を上げると、窓から心配そうなエスフィアの顔が覗いていた。ほっとため息をつく。

良かった。一人でいると頭の中は悪いほう悪いほうに考えが転がっていく。考えても仕方がないことなのに。

「熱はすっかり下がったよ。心配かけたかな。お前は大丈夫だったのか？」

「その……僕は大丈夫だったんだけど姉さんが」

「西姫様も毒が？」

「ええと、左耳があんまり聞こえなくなっちゃったんだ。とりあえず安静にしてる」

耳が聞こえなければ舞うのに支障が出るだろう。平衡感覚というものは耳で得ている。それに音が拾いにくいと、音に合わせにくくなるはずだ。

「気の毒に……俺も右足がうまく動かないんだ。歩くには支障がないけれど」

「そう……なんだ……」

心配してくれているのだろう。エスフィアは口を僅かに開けて眉を顰め、ひどく動揺した顔をした。その表情にかえって冷静になる。

気にしていても治るものではない。それに西姫も毒を受けたという。エスフィアも心配で仕方がないだろう。なのに見舞いに来てくれた。そのことが嬉しい。

「大丈夫だよ。その内治るさ。それより西姫様も心細いだろう。一緒にいたほうがいい」

「ペリ……ありがとう。そうだね、ご免なさい。ペリもお大事にね」

西姫も俺と同じ立場だ。普通の貴妃と異なり俺たちは技芸でここにいる。良くなればいいのだが。とりあえず様子を見よう。それしかない。気にしても仕方がない。しばらく様子を見て、それで考えよう。きっとなんとかなるはずだ。とはいっても頭の中は悪い想像ばかり流れる。

……西姫から聞き取った詩をまとめようか。倒れてそのままだったから。この間の詩は春の景色。蝶が舞うような楽しそうな歌だった。

平陽公主にも医師の礼を言いにいかねばならない。そうだな。予定を詰めよう。やることを詰めれば妙なことを考える余裕もなくなる。そう思ってひたすら腕を動かしていた。

「俺のペリ。具合はどうだ」

「主上！　お迎えもせずに申し訳ありません」

気づけば帝が戸口から俺を眺めていた。慌てて床に跪く。あたりは薄暗くなっている。

普段、帝が侍従の室に来ることなどない。このような狭く何もないところになど。けれども響いたのは気遣うような声。頬に大きな手が触れる。

「よい。座れ延年。医師に聞いたぞ。足がうまく動かぬようだな」

「申し訳ありません」

「だから謝るな。俺の不備だ。俺が後宮に毒を持ち込むのを許したのだ」

「しかし」

「延年。相変わらず聞かぬ奴だな。まあ座れ」

帝は平伏する俺の腕を無理やり引っ張り上げて寝台に座らせ、隣に座って俺の足を持ち上げなでさする。

「なるほど、普段と変わらぬようには見えるな」

「医師も外見からはわからないそうなのです。けれどもきっと」

「早く治るといい。けれども治らなくても良い。それを言いに来た」

「治らなくても？」

戸惑っていると、侍従が室に酒食を運び込み、止める間もなく小さな机いっぱいに並べられた。上質な白酒の香りが鼻をくすぐり、干し炙った魚と乾燥させた果物、それに瑞々しい茘枝が溢れる。

「気落ちしているだろうと思ってな。今日は俺が用意したぞ」

「そんな、わたくしなどのために。それにこのように狭い場所では美食も味気なくなりましょう。せめて主上のお部屋に」

「よい。場所などどこでも良かろう。さあ飲め。それとも俺の酒は飲めぬとでもいうのか？」

帝は恐縮する俺に無理やり盃を押し付け、徳利を傾けた。途端に淡い桃のような香りが満ちる。この酒の香りは覚えている。少し前に飲み比べるから意見を言えと言われ、好みだと答えた酒だ。戸惑いながらも一口いただき、帝の盃に注ぎ返す。

「延年、俺はな、人生というものは楽しくなければならんと思う」

「楽しく……」

「俺はお前が楽しそうにしている姿をついぞ見たことがない。お前は俺に美しい世界を見せてはくれるが、お前自身は何を見ているのだ？」

「何を……？」

その言葉に困惑した。

俺は世界を見て歌にしている。楽しみ。これまでそんなふうに考えたことはなかったな。

この桃源郷での暮らしは地上での暮らしと比べるべくもない。ただ詩や歌舞を紡ぐ生活。千里の道を歩き続けることもその日の寝食に困ることもない。俺はおそらく詩というもの自体は好きなんだ。だからこの桃源郷での暮らしは天国のようなもの。

けれどももう舞えないとしたら、俺はここにいられない。落ち萎む気持ちを知ってか知らずか、帝は俺の目をじっと見つめた。

「お前が舞えなくても俺はお前をここに置くぞ、延年」

「わたくしは主上のお役に立つことができるのでしょうか」

「役などと、つまらぬことは考えるな。俺は皇帝だ。宦官一人の差配などどうとでもなる。ずっとここにいれば良いのだ」

ここに、いれば。

帝は俺の髪をかき上げながら言う。

そうできるのであればそうしたい。だが、そううまくはいかないものだ。これまでも飼ってやると言われたことは何度もあった。それもしばらくすれば新しい者が現れて追い出される。ただ美しいだけには意味がない。結局は飽きられる。しかもこの後宮は美しく、かつ清いものばかりなのだから。

帝は一つため息をつきながらごろりと寝転がり、狭い寝台を揺らした。俺の髪を結っていた緇撮の端を引っ張って解き、はたりと垂れた髪を更に引っぱる。ふいに体を清めていないことに気づく。

「おやめください。穢れてしまいます」

「この後宮にあるものはすべて俺のものだろう？　お前は俺のものだ。俺がどうしたって構わないはずだ。延年。違うか」

その通りだ。帝が気に入らねばすぐに追い出されてしまうだろう。そう思って見下ろした帝の大きな瞳は、思いのほか強い感情が揺れていた。

これは怒り？

戸惑いながら平伏しようとすると、強く手首を握られ押し止められる。その手のひらは極めて熱かった。

「延年、俺は怒っている。お前は俺のものだ。なのにどこの誰ともわからぬ輩が毒を仕込み、傷つけたのだ。到底許せぬ」

「申し訳ありません」

「お前が謝ることではないと言っておろう。ああ、腸が煮え繰り返る。だからこそ、お前はここにいなければならない。その輩はお前を追い出して後釜にでも座ろうかと思ったのだろうな。けれどもお前の価値はそんな毒ではなんら減じておらぬ」

「減じて……主上、わたくしは舞えなくなるかもしれないのです」

「構わぬ。お前の舞は美しいが、その天上を思わせる美しさというものはお前の魂より生じているのだろう？　舞いのうまい者などいくらでもいるのに、お前だけが世界を運んでくるのだ。世界を呼ぶのはお前のその魂だ」

髪を引っ張られて思わず帝のほうに倒れ込む。帝は俺の胸元をトンと指さした。

世界。魂？

「踊れなくとも、声が出なくとも、年老いたとしても、お前はここにいればいい。俺が許す。お前も飲め。お前のために運ばせたのに甲斐がないではないか」

帝は俺の口に干した葡萄を突っ込んだ。そして自ら寝台にいくつかの皿と徳利を運び、肘を立てて寝転びながら手酌で盃に酒を注ぎ、干魚を摘んでいる。いつも威風堂々としているのに、寝台の上で妙に寛ぐその姿は唐突に弟を思いおこさせた。小さいころはだらしなく寝ながら食べて、よく母に怒られていた。

会いたい。二人に。今はどうしているだろう。西姫とエスフィアの姿を見ているからよけいそう思うのかもしれない。

けれども俺には二人に会うことより、二人が健やかに生活することのほうが大切だ。

「主上、行儀が悪くいらっしゃいます」

「やっと笑ったな。お前といるときくらい良いではないか。咎めるならば酌をせよ」

「仰せの通りに」

酌をすると、帝は満足そうに次々と杯を干した。

俺の魂。それは世界に繋がっているのだろうか。弟妹の下にも。そこに価値を見出していただけるのなら、俺はここに居続けられるのだろうか。

徳利はいつしか空になり、帝は寝息を立てていた。部屋にお運びしようと思って途方に暮れる。俺の腕では大柄な帝を運ぶことなどできやしない。たくましい帝の腕に触れ、自らの貧弱な腕にため息をつく。

侍従を呼ぶと、その体格のいい宦官は軽々と帝を運び上げた。俺にはあのような力はない。やはり詩や歌舞でしか役にたたない。そんなことを実感する。

俺はなんとしてもここに居続けなければならない。この桃源郷に。

当面は様子を見ながらできることをしよう。西姫から聞いた歌舞の編纂、それからこれまで聞き集めたものの整理。それで……俺のできることをすべて終え、それでも俺の価値が足らなければ。


「延年、最近、徹は西姫の寝所へ向かうことが多いそうね」

「はい、公主様」

「何故かしら」

「西姫様も毒で左耳を失われましたのでお見舞いに行かれていると伺っております。けして衛皇后への寵愛が失われたわけでは」

「ええ、もちろんそうでしょう。けれども毒を得てもう随分時間が経ちます。それにあなたも聞いているでしょうけれど、西姫はエスフィアとともに徹に侍っているという噂もあるのよ。あなたももっと頑張りなさいな」

「誠に力及ばず申し訳ありません」

やはりその噂は公主にまで届いていたんだな。噂は少し前から後宮で聞かれるようになっていた。それに帝から聞く話も西姫についてよりエスフィアのものが多かったのだ。だから寵愛を得ているのは西姫ではなくエスフィアのほうではないかと実しやかに語られていた。それには頷けるところがある。

エスフィアは芸妓奴隷だ。娼夫ではないので、その経験はないだろう。あの大輪の咲くような明るさは穢れた俺には持ち得ないものだ。

帝が以前に寵愛された韓嫣という者も底抜けに明るい者であったと聞く。穢れた俺とは遠く隔たる清い魂。

それに足が動かなくなった俺は帝の前で詩や歌を捧げることはあっても舞うことはできなくなった。帝は舞を好まれる。二人はその名手だ。だから二人のもとに通うのだろう。

やはり、俺が帝を繋ぎ止めていたものの内、舞は大きな要素を占めていたのだ。舞がなければ俺にここにいる価値はない。

「衛も年を取れば容色が衰えます。寵愛を得ることが叶わないのは致し方ないことではありますが、私以外の手の貴妃に男子が生まれては面倒です。そろそろ次の女を用意する必要があるわね。あなたや西姫以上の女を。頭が痛いわ」

平陽公主の冷たい目は、お前に価値があるのかと問いかけているようだった。結局のところ、穢れた俺ではそもそも寵愛という意味で帝を繋ぎ止めることは適わない。そして舞という武器も失われた。

俺はこの桃源郷から放逐されれば生きてはいけない。多くの貴妃が後宮から出されても下賜先やその実家があるのとは異なり、後宮を出れば俺には生きる術がない。宦官というものはそれだけでも穢れだ。人から外れたところにいる。この桃源郷だからこそ、特別に生きていくことが許される。この不完全な気持ちの悪い体では働くところなどみつからない。足に不具合があれば尚更だ。そうして死んでしまえば弟妹に金を運べなくなってしまう。そうすればまた、弟妹に呪いが降りかかる。不幸が訪れる。そのようにしか思えなかった。

じわりと心が重くなる。俺では足りなかった。そうだ。足りなかった。

一方で、俺はこの桃源郷というものの定めを理解していた。

結局のところ、この後宮で恒久的に力を得るには帝の子を産むしかない。寵愛の有無などそのための手段にすぎない。肉体的な寵愛を失った衛皇后でも、子がいれば帝は足繁(あししげ)く訪れる。帝は情に厚い方だ。それに子が男子であれば諸侯に封じられる。女子であれば諸侯や貴族に嫁げる。その子は何はせずとも生活ができる。そうなってやっと、俺たちは一族の呪いから抜け出すことができるのだ。そう思う。

けれども俺は子が産めない。そもそも俺にはできないことだ。それができるのは妹だけ。

後宮の貴妃はすべて帝の奴隷だ。けれども俺たちは今も運命の奴隷となっている。俺が死んでしまえば、弟妹は自身で生きていかざるを得なくなる。たとえ今、妹が踊りで体を売らずに生計を立てられたとしても、それはずっと続けられるものではない。俺のように体を壊せば踊れなくなる。

美しさが失われれば、踊ってもそれだけでは生きていかれなくなる。つまり体を売ることになる。一族の呪いは引き継がれ、野垂れ死ぬ。

どうせ買われる暮らしが待っているなら、買い主が帝であれば願うべくもないだろう。どこの馬の骨かわからぬ者に身を売るよりはよほど。そもそも帝の後宮は桃源郷にある。選ばれた地であるはずだ。もともと考えていたではないか。俺の手が足りないときには、妹を最も高く売れる場所に売る。

それはここだ。ここしかない。

妹。もう随分会っていない。ちゃんと暮らしていけているだろうか。未だに幸せをその魂に持ち続けられているだろうか。妹は強い子だ。自らの先に待ち受ける非情な運命を認識してなお、それでも美しく前を向いて幸せを夢見られていた。きっと大丈夫だ。

「公主様……わたくしには妹がおります。私の歌舞はきちんと仕込んでありますので、お使いいただければと存じます。私によく似ています。密かに仕送りをしておりますので、体を売ることもありません。私とともに公主様によくお仕えするでしょう」

「あら。あなたに妹がいたなんて初めて聞いたわ。それはさぞ美しいことでしょうね」

平陽公主はにこりと俺を見下ろした。帝に美しい妹を推挙する。どんなに卑賤の身であっても、妹が帝の子を産むことができれば李家は帝の外戚となる。今、権勢を振るう衛皇后も、もとは奴隷の子で平陽公主の芸妓だった。それが男子を産んで皇后となった。そうなればもう誰にも阿る必要はない。

俺はこれまで弟妹の存在をこの長安城の誰にも言わなかった。万一俺が不興を被ったり俺を害そうとする輩(やから)が現れたりすれば、類が及びかねないからだ。けれどもそろそろ限界だ。俺では力が足りない。

だから呼び寄せよう。当面は俺のいる後宮に置くことはできないが、公主のところになら置いてもらえる。

しばらくして、弟妹が公主の館に到着したとの知らせがあった。取るものもとりあえず向かう。走ることはできなかったけれど、最大限の速さで。

すべてが沸き立つような春だった。公主の庭には桃源郷以外では見られないような美しい花々が芳(かんば)しく咲き誇り、瑠璃(るり)色の鳥がチチチと歌を奏でている。二人は慣れない場所に落ち着かなそうにきょろきょろとあたりを眺めていた。

けれども目が合った瞬間、互いにすぐにわかる。

「ああ、二人とも。元気だったか」

「兄さん」

「兄ちゃん！」

万感というものがあるのなら、今俺の口から漏れたそれだろう。俺の胸に駆け込んできた二人を思わず抱きしめる。二人は既に俺の腕の中には収まらなかった。最後に抱きしめたあの日と比べても随分大きくなった。本当に。

言葉は何も出ない。何年隔(へだ)たっていただろうか。けれども少しも懐かしくはなかった。俺はいつも二人のことを思い浮かべていたからだ。記憶の中の二人と比べてその姿は変化していたけれど、何も変わらない。変わっていなかった。

ただ涙が流れた。二人を忘れたことなどなかったが、二度と会えるとも思っていなかったから。

弟は身長は俺には至らないものの、既に俺などより体格が良い。全身に筋肉がつき、黒く焼けている。声も俺と違って太い男の声だ。妹はさほど身長は変わらないが、花のような艶やかさがその全身から滲み出ている。西姫より少し大きいくらいだろうか。そのスラリとした肢体はやはり俺に似て、けれども全体的に俺より丸みを帯びている。美しくなった、本当に。若さのもたらす瑞々しさと輝きに満ちている。俺はこの後宮の中の貴妃をすべて知っているが、その誰よりも美しい。そして磨けば更に光り輝くだろう。

俺はこの妹を帝に売るのだ。心に一抹の痛みを感じる。

本当は誰かに売るなんて、そんなことをしたくはなかった。その手に、自らなしたいことをなせる幸せを掴ませたかった。

「不自由はなかったか」

「ええ。とても良くしていただいてました。私はきちんと踊りの稽古を続けましたし、広利兄さんは毎日人足として働いています。だからきっと……兄さんが頑張らなくても、もう私たちは生きていけるわ」

「あぁ……そうだな。俺も不自由な生活はしていない。とても良くしていただいている。けれどもお前に頼みたいことがある。俺はお前を帝に推挙したい」

二人が息を呑む。

帝、それはこの巨大な漢帝国の頂。通常であればその名前を聞くことすら恐れ多いものだ。

「俺は今、帝の後宮に侍っている」

「侍っているって、兄ちゃんはやっぱりその、宦官、てのになったのか」

「ああ。蔑んでもらって構わない」

「そんなこと、するはずがないでしょう⁉　兄さんが何をしたのか、私たちは知ってるわ。兄さんの送ってくれたお金で私たちは不自由のない暮らしができたの。だから次は私の番、なのね」

妹の瞳からは強い意思の光が見てとれた。

「すまないな。俺はもう、舞えないのだ」

「舞えない？　どうして？」

「毒を受けた。俺の足はもう自由には動かない。ここはそういう場所だ。本当はお前を巻き込みたくはなかった」

妹は僅かに息を呑み、俺を抱きしめた。懐かしい日向の香りがする。まだ人だったときの生活の記憶が俺の中に雪崩れ込む。俺の魂。碌でもない毎日の中で唯一の救いがこの弟妹だった。

妹は頭を振り、決意を込めた瞳で俺を見つめた。

「兄さん。私は兄さんの妹です。もう兄さんは一人じゃない」

広利は平陽公主の伝手で兵士の職につき、妹は平陽公主の下で厳しい稽古の日々が始まった。

俺は俺の知るすべてを妹に教えた。平陽公主もその持ちうる技術のすべてを惜しみなく妹に与えた。

長安は帝都であり百万に近い人が住む。絹の道の終点で、様々な事物が去来する。そこで生まれる新しい楽の潮流。最新の歌舞。世界の果てで聞こえる音。そういったものを徹底して教え込む。俺はもう舞うことはできない。だから俺の代わりに舞ってくれ、妹よ。

ある日の文華懇会で、俺は帝に侍った。帝の作った詩に即興で歌を付ける。けれどもその日の公主の芸妓の歌は優れない。喉を痛めたということになっている。

「延年、お前が歌え」

興ざめしているような帝の声に応えて立ち、平陽公主と目配せをする。

北方有佳人——北方に美しい人がおります
絶世而独立——その美しさはこの世界で唯一のもの
一顧傾人城——その美しさは一目見やれば城が傾き
再顧傾人国——再度見やれば国が傾く程
寧不知傾城与傾国——その美人は城や国を危うくするけれど
佳人難再得——今を逃せばこんな美人はもう二度と手に入りません

「ふぅん。本当にそんな美人というのはいるものなのかね」

「あら、延年には北方に妹がおりますのよ」

「妹が？　聞いたことがないぞ」

「主上、ご興味をお持ちいただけましたなら、呼び寄せましょう」

「何故だ」

　その夜、俺は帝に召された。最近はそのような機会は少し減っていた。いつもの通り帝の膝下で酌をする。いつもと違って妹に少し似るように化粧を施した。その紅を少し朱に寄せ、髪はふわりと結い上げる。帝が妹に興味を持つように。

　けれども帝の視線はひどくつまらなそうだった。

「延年、どういうつもりだ」

「主上。主上に妹を推挙したく存じます。誠に僭越とは存じますが」

　帝は俺の顎を持ち上げ、感情の乗らない瞳で俺を見下ろす。

「お前に似ているのであれば、さぞ美しいのだろうな。けれどもお前の口から妹という言葉はついぞ聞いたことがない。本当にそのような者がおるのか」

「おります。お耳に入れなかったのはわたくしが――」

「よい。咎めようというつもりはないのだ。けれども何故今、妹を推挙する。お前は一体何をしたいのだ」

「ありがたく存じます。妹にもご寵愛を賜れば、これ以上の幸せはございません」

　帝は小さく息を吐き、俺を抱き寄せ、隣に座らせた。俺の瞳をつまらなそうにまじまじと眺める。

　不興を被っただろうか。

　既に帝の後宮に女は多い。そこに俺の妹をねじ込む。もともと宦官が口を出すべきことではない。不快かもしれない。いや、妹は平陽公主のもとから後宮に入ることになっている。衛皇后と同様に。

「ここに来るということは、お前の妹は生娘なのだろう？　お前もここがどのようなところかは十分知っておるはずだ。お前も毒を受けた。一旦ここに入れば容易に出ることは叶わぬぞ？」

「主上に侍る光栄に浴することができれば本望にございます」

帝の目に苛立ちが宿る。

「お前は本当に何がしたいのだ」

俺の頬にその熱い手が触れ、引き寄せられた。唇が触れる。

俺はもう舞えない。妹なら舞える。桃源郷に居所を確保できる。

そう思っていると、帝は俺の右足をなで擦った。

「お前の価値は減じていないと言ったはずだが？　何故俺の言葉はいつもお前に通じぬ。何故なのだ」

思いの外、その言葉は強く発せられた。

「勿体ないことでございます」

けれども俺に他に何ができるだろう。西姫のもとに向かわれる夜が増えたのだ。俺がこの後宮にいられる半分は、平陽公主の後ろ盾があるからだ。それがなければ、毒を受けたときに速やかに医師にかかることもできなかっただろう。それから帝に捧げるための新しい詩や歌を作ることもできなかっただろうから。

妹は穢れた俺の妹だ。だからそもそも不興を被っているのかもしれない。妹が帝に好まれるにはどうすれば良いのだろう。

妹には舞だけではなく物言い、歩き方、それから俺が知る限りの帝の好みのすべてを伝えた。少しでも好かれるように。

帝は権謀術数渦巻く高貴な女性の振る舞いを倦んでいる。生命の煌めきと率直な繋がりが好きなのだ。

だから妓女を愛するのだろう。衛皇后ももともとは妓女だ。多くの貴妃が盆には郷里に帰る中、当時はまだ子をなしておらず、後宮で低い身分だった衛皇后は帝に寂しいと泣きついて更なる寵を得たと聞く。高貴な女性はそんな子どもじみた姿を帝に見せることはない。おそらくこれも、そのままであれという平陽公主の指示なのだろう。

西姫も小さいころから奴隷として暮らした外国の者だ。その自由で珍しい言動が好みに合うのだろう。

俺も妹には貴妃のように取り繕う必要はないと教えた。

舞についても俺以上でなければ駄目だ。価値は見出してはいただけないだろう。稽古はより厳しくなった。指先の震え一つ、不要な傾き一つ許さない。妹は血の滲む稽古で磨き抜かれ、平陽公主の用意した化粧を施し、洗練された衣装を纏い、見たこともないような光り輝く宝玉をその身に鏤める。

大丈夫だ。妹は誰よりも美しい。穢れた俺には持ち得ない純粋さと明るい微笑みを持っている。俺から見ても清く眩しい。

きっとこれが、穢れがないということなのだろう。俺には持ち得ない光のもとに進める清浄さ。

ともに文華懇会に向かう途中、美しく朱に塗られた廊下の端からふと空を見上げる。天が俺たちを覗き見るように、見事な満月が昇っていた。ここが運命の分岐点だ。

「妹よ。主上の後宮には何千という美姫がいる。多くは美貌に優れる者、そして少ないが美しい舞を舞う者や美しい歌を口ずさむ者がいる。けれどもそのすべてを兼ね備え、あの月のように欠けていない者はお前だけだ。なんとしても主上の寵愛（ちょうあい）を得るんだ。そして一緒に変えよう。俺たちの運命を」

「わかりました、兄さん。必ず成し遂げます」

妹は力強く頷いた。俺たちと同じ血をひく子が永劫に不幸から遠ざかるように。自らの求めた未来を手中に収めるために。二度と地に押し付けられることのないように。空を見て、世界を見て、好きなものを見聞きして、どこへなりとも歩いていけるように。

俺の歌と琴で妹が舞う。この歌は俺が書き、音を付けた歌だ。この舞は、俺が作った舞だ。世界を渡る風の中から最も美しい一片を糸のように繰り出し、それを丁寧に編み上げたものだ。その歌舞はきっと世界の祝福に満ちている。それを示すように広間の明かりはすべて妹に集まり反射して、煌々（きらきら）と光を撒き散らした。

今、妹は俺より美しい。そうでなければならない。あたかも天女が乗り移ったかのような優雅さを内包しつつ、その荒々しい世界を表す激しい躍動。冴えわたる風の煌めきと移り変わる水の美しさ。どれ程鼓動が揺らめいたとしてもその顔には美しい笑みを保ち続けるのだ、妹よ。帝が好む笑みを。

やがて夜が更け、帝は妹を召した。良かった。妹は美しかった。そして誰の影響も受けない穢（けが）れのない体を有している。俺と違って。

だからきっと帝から本当の寵愛を得られるだろう。そうに違いない。

先に後宮に戻る俺が見上げた月は雲がかかり、表情はよくわからなかった。

その後、帝は妹に後宮で小さな室を用意した。良かった。

俺は諸所の用事がない日中は妹のもとに向かい、最近の帝の動向と好みそうな話題を伝えた。妹がより帝に好まれるように。帝が俺を召そうとすると、妹の寝所をすすめる。

「もしご不興でなければ妹をご寵愛ください」

「今日はもう時間も遅い。それに連絡していない。今から行っても迷惑だろう」

「妹はいつでも主上のお越しをお待ちしております」

通常、帝の御幸がある場合は予め告げて化粧や衣装の用意をさせるものだ。けれども妹にはいつでも迎えられるようにさせている。他の貴妃のように着飾ったり派手な化粧をしたりはしないから、毎日であっても、どれ程遅くても、帝のお越しをお待ちできた。

それなのに、大抵の場合、強い苛立ちの言葉が投げかけられ、強く抱きしめられる。俺を包む玉体全体が熱く熱を放つ。

「それがお前自身の望みなのか、延年。何をそれ程焦っている。以前から言っている通り、俺はお前を手放すつもりはない。俺が愛しているのはお前なのだ」

「妹も同じように可愛がってくださいませ」

そう続ければ、吐き捨てるように馬鹿なと呟き、けれども帝は妹のもとに向かってくださった。

そうして朝お戻りになった際、すまなかったと一言だけ俺におっしゃるのだ。妹がとりなしてくれたのだろう。

さりげなく妹を思わせるような詩を献上し、妹を思わせるような仕草で妹が来訪を喜んでいると告げ、妹の室を帝の好みで彩った。古今東西の様々な楽曲の中で帝の好みに合いそうな話や曲を、郷里で知ったという体に仕立てて妹に仕込んだ。

「兄さん、私、子どもができたかもしれない」

ある日。妹の室を訪れたとき、その言葉は突然降ってきた。その天啓を聞くのと同時に、俺に訪れたものは一体なんだったのだろう。最初に体がざわりと震えた。その動悸はいつまでもおさまらなかった。

この手の中にある感情は、きっと喜びというものなのだろうか。これが幸福というものなのだろうか。思わず妹を抱きしめた。

「よくやった。本当に……よくやった」

「ええ。とても幸せです。ありがとうございます。ですから兄さんも幸せを掴んでください」

「ああ。幸せだ。なんという幸せだ。これが本当の幸せというものだろう。ありがとう」

幸せ。

そう発音したその瞬間、世界が何段階も明るくなったように感じた。

妹のおなかの子は、生まれながらの皇子か皇女だ。呪われた俺たちとは生まれからして違うのだ。

自然と、そう思った。この子は最初から桃源郷の中に住む資格を持っている。そう何度も心の中で噛みしめる。その振動は、じわじわと俺の体の中に染み渡り、飛べない足が再び空を舞えるのではないかと思う程高揚した。

長安で守護兵の仕事をしていた弟の広利にも、すぐに手紙を飛ばした。広利は後宮の中に入ることができないが、その入り口で抱き合って喜んだ。

「延年。おめでとう。折角子が生まれるのです。希望はありますか。極力望みを叶えましょう」

「平陽公主様におかれましては、これからもわたくしと妹をお守りくださいますようお願い申し上げます。わたくしと妹が現在ここにおりますのは、公主様のお力によるものです。今後も妹ともども、劉拠太子と衛皇后のお力となるべく、忠誠を尽くします」

公主はその邸の最も豪華な間で平伏する俺を眺め下ろしていた。今、俺は試されている。

衛皇后の皇子、劉拠は既に太子となり、成人している。俺たちはこれ以上は何も望まない。俺たちはただ、妹が産む子が恙なく生きていければそれで良い。これからも衛皇后と拠太子に仕えたい。

そう述べると、平陽公主は満足げに微笑む。

「よく自身の立場を弁えていますね。大変満足です。とはいえ、今は体が何よりも大事でしょう。侍女を増やし、その食事もすべてこちらで衛と同じものを用意します。くれぐれもその身と子を大事にするのですよ」

俺は平陽公主が十分に合理的な方であると理解している。平陽公主は衛皇后の弟の衛青を夫とし、劉拠は二重の意味で甥であった。つまり平陽公主自身が皇帝である帝の姉にあたるが、拠が次期皇帝となればその叔母とも伯母ともなるのだ。帝の血を継ぐ妹の子が男子であれば、次世を争う劉拠の潜在的な敵となる。けれども同時に、劉拠に何かあった場合の保険、平陽公主の予備の手駒ともなり得る。だから平陽公主としても支配下に置きたいはずなのだ。

俺たちはどうあっても、そしてこれからはますます後ろ盾が必要だ。庇護を得たい俺と妹と、平陽公主の利害は一致している。平陽公主にお守りいただければ妹が毒に侵される心配もないだろう。衛皇后が毒から守られたのと同じように。

「──ペリ。妹さんに子どもができたんだってね。おめでとう」

翌日、わざわざ俺の室を訪れたエスフィアは複雑な表情で祝いを述べた。

帝は西姫のもとに今も通っていたが、未だ子は成していなかった。おそらく俺の妹が入内しなければ、帝の一番の寵は今も西姫とエスフィアにあったのだ。複雑な思いがあるのだろう。

けれどもエスフィアは未だに、俺を変わらずペリと呼んでくれている。飛べなくなった俺を。エスフィアと西姫の室には今も時折訪れる。それが俺の後宮内での役目でもある。けれども俺が妹を後宮に入れてから、その関係性は僅かに冷えていた。

西姫とエスフィアを引き合わせたことと、同じ後宮内で帝の寵愛を争うことは全く異なる問題だ。結局のところ、この後宮内での唯一の重要事は誰が帝の子種を得るか、要は誰が子を産むかということだけで、それ以外にない。

もともと西姫は、俺から帝の寵愛を奪うために入内したのだ。妹は西姫と直接帝の寵を争う関係にある。西姫は寵愛を得るためにエスフィアを使い、俺も寵愛を得るために妹を入内させた。そもそも敵対している。それでもエスフィアは祝いに来てくれた。西姫の室に植えてある西方の花だという、白く細い花弁の花が紫陽花（あじさい）のようにより集まった鉢植えを携（たずさ）えて。
まるで清らかな家族のような花。そのように細やかな贈り物をしてくれた。そのことがたまらなく嬉しかった。

妹にはどこの誰ともしれない者どもから山のように豪華な祝いが送られていたが、そのどれよりもエスフィアがもたらした花が嬉しかった。

妹が帝の閨（ねや）に侍（はべ）れない間、代わりに俺が侍った。妹のことを忘れられないよう妹の話をする。その寵愛が失せないよう、妹を思い出していただけるように。

「延年、お前は妹に似ておるな」

「ええ、妹でございますから」

「お前は妹の代わりのように扱われて楽しいのか？」

「ご不興でしょうか」

俺は六博（りくはく）の駒を動かす。六博とは双六（すごろく）に似た遊戯で、妹に男子が生まれれば一緒に興じるのだと言って帝が盤を作らせたのだ。そのまだ明るいピカピカの四角い盤の上に駒を滑らせる。

妹とその子は確かに帝に愛されている。俺はそれを盤石にしたい。カタリと六本の竹棒が投げられる。その出目で駒を進める。

「お前はお前で、お前の妹は妹だ。似ているが、その魂は異なる。俺はお前を妹の代わりにするなどという馬鹿馬鹿しいことは考えておらぬぞ」

「……ありがとうございます」

「延年、俺には昔、韓嫣という者がいた。韓嫣は男だったがその営みは、まあ多少は異なる部分もありはするが、後宮の女と代わりはない。韓嫣は俺を愛していたし、俺は韓嫣を愛していたのだ。魂の深いところに触れていたと俺は思っている。なのに俺は何故お前とは愛しあえぬのだ？」

それは……帝が俺を拒否しているからだ。

俺は閨に侍るのには手練手管を用いる方法しか知らない。それはまさに、俺の魂が穢れているということなのだろう。手管を許してもらえればやりようはあるのかもしれない。俺もせっかく侍る以上、満足してもらいたい。そうでなければ甲斐がない。手管を封じられた俺は何もできない。

結局、やはり俺が穢れているからうまくいかない。どのようにすれば喜ばれるかと考えると、他の男ならどうだっただろうかという思いが浮かび上がってしまう。妹や西姫、エスフィアと俺は根本的に違う。

パチリと駒を進める。

「最近、体は気持ち良くはあるのだろう？　やはり嫌なのか？」

「嫌だなど、とんでもございません。ただ、誠に申し訳なく」

「酌や遊戯のほうが楽しいか？　お前の甥が生まれたとき、伯父がつまらなそうにしていたら面白くなかろう」

「楽しく思っておりますが、どのようにすれば楽しそうに見えるのでしょう」

「見えればいいというものではないのだがな」

また、ジャラリと竹棒が撒かれる。この六博は楽しいといえば楽しい。だからつまらなそうにしているつもりはなかった。笑顔を心がけているが、それが本心と異なることはない。

俺が子どもだったときは生きるのに精一杯で、このような遊戯に興じたことなどなかった。だからこのような遊戯というものができる妹の子は、やはり桃源郷に住む特別な子なのだと思う。

「お、驕の目が出たな、罰符だ。歌え。そうだな。東の海の歌がいい」

驕の目が出れば、通常は罰として一杯飲んだり酒を奢ったりするそうだ。俺と帝の間では俺が罰符を出せば新しい歌を作り、帝が罰符を出せば俺に酌をするという決まりになっている。結局飲まされるのは俺なわけだから帝の罰にはならないわけだが、そのように段々と酒が回ると頭がぼんやりとしてくる。

「嫣ともよくこの六博をした。あいつはこういう運のいる遊戯がやたらと強くてな。罰符は酒一杯だったが、負けた者は勝った者の言うことを聞く定めにしていたのだ。あいつは実に馬鹿馬鹿しいことを俺に命じたものよ。蛙の真似をして飛び跳ねろだとかな。けれどもお前はどうせ妹に寵を賜れとしか言わぬのだろう？」

「わたくしの望みは……」

「聞き飽きた。俺はお前の言う通りにするし、お前の妹も好きだがな……俺が一番愛しているのは——」

なんだか頭がフラフラとする。もう五、六杯は飲んでいる気がする。普段酒など飲まない分、回りが早いのだろう。目の前が揺れている。

「おい、聞いているのか、延年」

「主上、誠に申し訳なく」

「仕方のない奴だな。ではお前の負けだ。何を命じるかは考えておこう」

翌年の年明け、妹は男児を産んだ。それは暗い冬の朝だった。けれども盛んに火が焚かれ、夏の強い光が雲間から現れるように赤子は唐突に世界に現れ、産湯というものにつけられた。

恐る恐る触れると、火がついたかのように世界に音を発する。

堂々たる新たな生命の輝き。なんと尊いのだろう。すべてが光り輝き、後ろ暗いものなど何もない。

俺たちの呪いから解き放たれた、俺たちの後胤。それが確かにここにいる。

自分の中に訪れた新しい感情に、僅かに困惑した。これが愛しいという感情なのだろうか。

少し細くはあるようだけれど、赤子は柔らかな髪を揺らし紅い頬を膨らませてよく泣いた。その小さな手の隙間に指を差し入れればギュッと小さく握られる。その綻ぶような笑顔を見るだけで、心が激しく揺さぶられる。これが幸福というものだろうか。李家の期待の星。この深い沼から抜け出すための輝かしい子ども。

妹は男子をなしたことから夫人の地位と新しく広い室を賜り、李夫人と呼ばれるようになった。夫人は皇后に次ぐ位だ。給金も格段に増えた。俺は帝の外戚となった。それを笠に着る者も多いと聞くが、俺は変わらず敵を作らぬよう下手に出た。俺はただの宦官だ。権力など望むべくもない。

俺はこれ以上を望んでいない。ただひたすら穏当に生活を営むこと、妹とその子が健やかに過ごすこと。望みはそれだけだ。思わずその頬に頬をつける。未だ小さく柔らかい。

妹の子は帝から劉髆という名を賜った。髆は帝にとって五番目の男子、末子だ。衛皇后の室を訪れる代わりに、帝が妹の室を訪れることが増えた。衛皇后は既に四十近く、拠太子も成人されている。衛皇后と帝との関係は穏やかに良好で、だから平陽公主も妹のもとに帝が通うことについて何も言わない。

それにもかかわらず、俺の危機感は増していた。何故だか嫌な気配を感じる。俺たちのすぐ背中で、いや、この皮の内側で、呪いが押しやられまいと抵抗をしている。

そうだ、俺は妹と髆を守らなければならない。二人は帝に愛されている。けれどもそう言えるのは、後宮の中だけだ。それは十分に承知していた。綺麗事だけでは成り立たない。

後宮の内側の出来事は、何が起こっても記憶には残らず闇に葬られるのが常だ。拠太子を生んだ衛皇后でさえ、前皇后の陳皇后に呪術によって呪われ、弟の衛青を監禁されて殺されかけたと聞く。俺と妹の地位はそれより更に危うい。どこの馬の骨とも知れぬ宦官と妓女にすぎない。

髆が帝に可愛がられていることは後宮内では知れ渡っている。確かな力がなければあっという間に葬られてしまう。今、妹は平陽公主の用意した五人の侍女に守られ、毒見もつけている。この後宮は出入りが厳しく制限され、怪しい者は立ち入れない。だから毒の危険はないとは考えている。

その上、俺も妹も注意していた。注意してしすぎることはない。俺は基本的に帝か妹のもとにおり、何も起こらないよう目を光らせている。妹は与えられた室に閉じこもって生活し、そこに立ち入れるのは平陽公主が厳しくその素性を調査した侍女と商人くらいだ。外に一歩も出ることのない籠の鳥のような暮らしだが、髆が小さい間は致し方がない。

けれども足りなかった。それでは足りなかったのだ。

この後宮では、帝以外は敵だけだ。俺は確かにそう認識していたはずだった。なのに。いつの間にやら、妹が帝の寵愛を受けて髆が生まれたという幸せに、どこか油断をしていたのかもしれない。

その日、俺が二歳となった髆とともに宮廷に参内していた際、後宮から危急の知らせがあった。髆を平陽公主の侍従に預け、足をもつれさせながら妹の室に走る。口に布を当てて室に飛び込むと、妹は虫の息で横たわっていた。

「一体！　一体何があったのだ！」

奥歯が砕ける音がした。慌てて周りの従僕が布を運んできたことで、爪が手のひらに食い込んでいると気がつく。頬を伝う感触に涙が出ているのにも気がついて目元を拭うと、布が赤く染まった。

確かにここに、この場所に幸せが見えていた。妹と髆の幸せ。けれども――

「嗚呼！」

妹は俺と同じように毒に倒れたのだ。

今も清潔に保たれた寝台の上に横たわり、荒い呼吸を吐いている。

「命に別状は……ない」

「これは治るものなのですか、先生」

信頼できる者をと、平陽公主が無理を言って後宮内に立ち入らせた馴染みの医師だ。医師の顔からは、俺が宦官になったときにも毒を受けたときにも浮かべていた柔和な笑みは失せ、その青い額にしっとりと汗をかいていた。

「絶望的だろう。延年、お前が受けた毒は体を麻痺させる毒だ。その体の働きを失わせ、それが心の臓に至れば死に至るという毒だ。だが李夫人の受けた毒は肉に作用する毒だ。蛇などの持つ毒で、筋肉、つまり皮膚を溶かすのだ。その毒が触れたところの皮膚が溶け落ちる。壊れた組織が治る可能性は極めて低い。治ったとしてもその跡が深く残るだろう」

医師は窺うように俺を見る。

つまり、その意味は――

それが浸透するにつれて目の前が昏くなっていく。

それでも医師は数時間にわたって妹を治療してくれた。その体に付着したと思われる毒を丁寧に水で洗って布で拭い、痛んだ表皮に軟膏を塗布して包帯を巻く。

「毒自体は取りきれたとは思う。だからこれ以上、毒により症状が悪化することはない。李夫人は若い。だから……回復されるだろうな。お気の毒に。……皇子は大丈夫だったのかね？」

「はい。幸いにもここにはおりませんでした」

帝の言葉が記憶の底からあぶくのように浮かび上がる。

この後宮に一度入れば容易には出られぬ。

毒を受けて倒れても、出ていくのは臣下に下賜されるか死ぬときだけだ。妹のこの状態では下賜されることなどないだろう。つまりここから死ぬまで出られない。

手が震える。口の中に血の味がする。ガリガリと背骨を上るこの悪寒と言うにはあまりに具体的な感情は、怒りと名をつけるべきなのか。

妹に用いられたのは死毒ではなかった。なんと惨いことをする。これでは死のほうがまだマシではないか。まだ。

「それより延年、あれを処分しろ」

「あれ、でしょうか」

医師が指すものに困惑する。随分前からここにあるものだ。

「あんなもの、どこから手に入れた。俺はな、お前が毒に倒れてから二度と同じことが起こらぬよう、毒というものを研究したのだ。この世には一見毒に見えずとも毒を含むものが多くある。あれはそのままではさほど毒性はないが、使用方法によっては死にかねない程の毒を有する。早く処分するがいい」

その言葉に愕然とした。あまりにも、全く予想もしていなかった。

何故だ。何故それが毒なのだ。ひょっとしたら何かの間違いではないか。そうであってほしい。

今はまだ、何が起きたのかもわからない。だからすべてが検証されればきっとそれが誤解であることがわかるだろう。そう願った。

けれども願いは叶わなかった。

おのれ。

おのれ。

おのれ。

運命よ。

呪われた運命よ。
何故そこまで李に仇をなす。
俺たちが何をしたというのだ。
俺たちは不幸であり続けねばならないのか。
そういうものだとでも言うのか。巫山戯(ふざけ)るな。
畜生、畜生、畜生め。
いや、まだだ。
俺はそれを覆(くつがえ)す。
何があっても、何をしても。
必ずそれを成し遂げる。
必ずだ。
見ていろ、必ずだ。
俺はまだこの桃源郷にある。ここに未だ居座っている。
この国の最も尊きこの場所に。
見ていろ。運命よ。
俺は必ずこの地位を守り抜く。
妹のためにも。
必ずだ。

そう叫んで見上げた空には、やはり満月が冷たく浮かんでいた。

数日後。

妹は意識を取り戻した。口の中まで爛れ、熱い息を吐きながら、苦しそうに水を飲む。その姿はひどく痛々しい。

「兄、さん、髆、は」

「大丈夫だ。今は平陽公主様に預かっていただいている。あそこなら安全だ」

「よか、た」

俺はきちんと、笑えているだろうか。今も俺の中から噴き出す感情を、皮膚の下一枚でなんとか食い止めている。

牛の腸から作られた手袋で包帯の隙間からはみ出た妹の髪の毛をなでると、ぱらぱらと房で抜け落ちた。毒は取り切れたはずだが、それが何かは未だわかっていない。だから万一を考えて、妹に直接触れることも叶わない。俺に万一毒が付着すれば、帝のもとまで毒が運ばれる可能性がある。本来は俺がここにいることすら、特別な措置なのだ。

妹は今、全身を包帯で巻かれている。その内側は医師の指示で急いで洗い流されたとはいえ、毒によって腐り落ちていた。じゅくじゅくと膿んだまま。うまく皮膚が再生されたとしても、元の美しい姿には戻らないだろう。寧ろ化け物のように全身が引き攣ることになる、そうだ。

「兄、さん、申し訳、ありません」

「お前のせいではない。俺が甘かったのだ。申し訳なかった。辛いとは思うが、何があったか教えてほしい。髆はなんとしても守らねばならない」

「もちろん、です」

苦しげな妹の口から漏れる言葉は、俺が予想していたものとそれ程違わなかった。官吏がこの部屋を調査した結果とも。

妹はその瞬間を覚えていた。

そのとき、妹の室に訪れていたのは平陽公主が派遣した商人だ。俺に服を仕立てたあの朗らかな商人だ。後宮への出入りが許された数少ない者で、定期的に化粧や衣服、その他の細々したものを売りに来る。

今回もいつも通り何枚かの服をすすめられ、新しく入荷した香料だと言われてその香に火が灯された。すると商人が突然咳き込み始めてその場に崩れ落ちたのだ。侍女が慌てて妹を奥の部屋に避難させたが、間もなく燃えるような痛みを全身に感じて気を失った。部屋にいた侍女や商人はすべて息が絶えており、その後、後宮内を哨戒していた警備の宦官によって事態が発覚する。それまで妹は長時間、毒が付着したまま放置されたのだ。その間に煙と化した毒が皮膚から浸透したのだろう。今のようにじわじわと体が溶け崩れていった。

妹以外の関係者のすべてが死んでいた。だから何が起こったのかは、はっきりとはわからない。今の妹の話を聞くまでは、何者かが毒を持ち込み妹以外の全員を殺して逃げ去った可能性もあった。けれども今、その可能性はなくなった。毒は商人の道具から生じたのだ。

「兄さん、商人はいつも、公主様が手配くださる方、でした。あの方が私に、毒を仕掛けるとは、とても思えません」

「ああ。俺もあの商人が毒を盛るとは思えない。それにその商人も死んだんだ。その香を焚く前後もいつも通りだったというんだな」

「ええ。みんな、可哀想に。でも兄さん、私も死ぬの、ですね」

思わず言葉に詰まる。

妹のその問いになんと答えるべきか逡巡する。けれども、その包帯の隙間から真っ直ぐ俺を見る瞳には、既に覚悟が見て取れた。それは自らの死に対する覚悟なのだろう。

だが現実はより残酷だ。俺はそれを妹に告げねばならない。いずれわかることだ。もう治らないというのなら、尚更。

「お前は死なない、これはそういう毒だ」

「死なないの、ですか？」

妹から意外そうな声が漏れた。

この毒は死なない毒だ。至近で浴びれば、その毒が喉や肺を直接焼いて死に至ることもある。

妹は火が焚かれたとき、部屋の奥にいて火の至近にはいなかった。貴妃というものは通常、直接商人とやりとりをすることはない。その仲介は侍女が行う。侍女が商人から商品を受け取り、貴妃のもとに運ぶ。つまり妹はその発生源から高濃度の毒を直接浴びることはない。ただ、それが乗った煙を浴びる。

死なないということは、最初から計算し尽くされた結果なのだろう。

ここは後宮だ。後宮で最も重要なのは命ではない。ここでは命なんて紙のように軽い。死んでしまっても何事もなかったかのようにすぐに忘れ去られ、新しい女がやってくる。

「お前は死なない。けれども李夫人は死んでしまった。俺が踊れなくなったのと同じように」

妹は最初、なんのことかわからないというような顔で俺を見た。けれどもその目が突然見開かれる。その意味を理解したのだ。全身に巻かれた包帯を見て、その美しいガラスのような瞳から一滴だけ雫が滴った。そして平伏しようとしたのを、押し止める。

「兄さん、本当に申し訳なく」

「俺が甘かった。俺こそ申し訳ない」

思わず妹の手を握る。けれども包帯の下でずるりと皮膚が動いたのを感じ、慌てて手を離した。

後宮は死ぬまで出られない。妹はずっとこのまま生き続けることになる。崩れた姿など帝に見られればそのお越しはなくなり、寵愛(ちょうあい)も失せるだろう。それは仕方がないことだ。

どうしようもない、この後宮の定め。

この後宮では命より大切なのは寵愛で、それを得るための手段である美貌や技術なのだから。そしてお越しがなくなれば、その内その子である髆も忘れ去られる。

夕暮れの橙の光が窓から柔らかく差し込んでいる。それに照らされた寝台の上で横たわる妹の瞳には、やはり穢(けが)れなど何も見えなかった。包帯に塗(まみ)れても、その存在は美しい。

何故(なぜ)妹がこのような目にあうのだ。毒を受けたのが俺であれば良かったのに。穢れた俺であれば何も惜しくはなかったのに。嗚呼(ああ)！

俺の中に渦巻いていたものは、まさしく怒りだ。話で聞いた火山の内に燃え盛る溶岩というものは、このようなものではないのだろうか。

行き場のないその怒りは、俺の中でずっととぐろを巻いている。

何故(なぜ)妹がこのような目にあう。何故、俺たちばかりがこのような目にあう。ここは桃源郷ではなかったのか。幸せが約束された桃源郷では。

ふと、室の入り口ががやがやと騒がしくなり、帝の玉声が聞こえた。

「お前が意識を取り戻したと聞いてお越しになられたのだろう。お前は本当に愛されているね」

「ええ、兄さん」

「少し待っていろ。ここは俺と医師以外、誰も入れないように手配している。だから少し休め。夜半には戻る。俺は確かめなければならないことがある。さっきも言ったが、髆は事態が落ち着くまで公主様に預かっていただいている。まだ小さい。万一ここに毒が残っていれば危険だから」

頷く妹の室を出て、帝には妹は再び眠りについたと告げた。帝は心配げに眉を顰(ひそ)める。本来、このようにお断りするのは恐れ多いことだ。

「何故李に会えぬのだ。せめて一言だけでも見舞いたいのだ。お前の大切な妹だからな。命に別状はないのだろう？」

「その通りでございます。けれどお許しいただけましたら、妹に安静をお与えください。命に別状がないのであれば、そのほうが早くお目通りできるでしょう。医師も安静が一番と申しておりました」

妹は確かに今、帝に愛されている。

けれどもそれは、帝の頭の中にある妹の姿が毒を受ける前のものであるからだ。妹はもはや、外形的に美しくもなく、歌舞も披露できなくなった。

俺が考えるべきはなんなのだろう。俺たちがこの運命から逃れるために必要なことは何か。

それを考えると、帝を妹に会わせることはできなかった。

「李の容態はどうなのだ」

「現在は小康状態を保っております。まだお会いできる状態にはありません」

「そうか……。李も心配であるが、お前も幽鬼のような顔をしておるぞ。延年、李にとっても身寄りはお前しかおらぬ。お前も体を労(いたわ)れよ。お前に何かあれば李も悲しむ。李は何か言っておったか」

「……主上に早くお会いしたいと」

俺は言葉を濁した。

今回のことは結局、平陽公主が用意した商人が持ち込んだ毒が原因なのだろう。とすれば、このことを帝に告げれば平陽公主の立場がなくなる。俺たちにとって平陽公主は失うわけにはいかない人だ。公主がこの件で咎(とが)めを受けるようなことになれば、それこそ俺たちはここで生き残れなくなる。もちろん、毒を仕込んだのは公主ではない。

俺は誰がこの毒を用意したのか、既に当たりがついていた。考えられるのは一人しかいない。そしてやはりこの事態を招いたのは俺なのだ。

公主は俺にきちんと警告を与えていた。それを無視したのは俺なのだ。けれども、どうすれば良かったというのだ。

　空を見上げると、その夜の月もやはり満月だった。朧のかかった満月だ。

　この時間はいつも水汲みをしているはずだ。夜に体を清めるための水を汲む、そのために井戸端にいるはずだ。井戸は後宮の入り口から少し離れた場所にある。そこに城外から渭水の水を引き込んでいる。

　ここからも程近い。涼しい夜風に吹かれながら、井戸に向かう。俺の足は泥沼で藻掻くように遅々として進まない。

　第一、会ってどうしたらいい。この渦巻く怒りをぶつける？　妹の復讐を遂げたいのか？　俺にそんなことができるのか。

　いっそのこと、井戸にいなければいい。そう思いながらもやはり、足が止まることはなかった。俺には他に、選択肢などなかったのだから。

　ばしゃりと桶に水を汲む音がした。やはり、いる。

　なんといって声を掛ければいい。妹が嫌いだったのか、けれども嫌いというわけではないだろう。一体何故こんなことをした、けれどもその理由はわかっている。妹に子どもが生まれたからだ。妹が帝の寵愛を受けていたからだ。

　だが、どうすれば良かったというのだ。俺たちには他に方法がなかった。それは目の前にいるエスフィアにとっても――

「エスフィア」

「やあペリ。この時間にここにいるなんて珍しいね」

満月に照らされながらゆっくりと振り返るその見慣れた姿は、不思議そうに俺を見て、そして一度目を細め、諦めたように静かに微笑んだ。その微笑みから、やはりこの姉弟が妹に毒を仕掛けたのだと確信する。

その瞬間、頭の中で燃えるような怒りが再燃する。握る拳に力が入る。そんな俺を落ち着かせたのは、エスフィアの涼しげな声だった。

「ペリ、どうしてわかったの」

「……公主様の商人の道具に毒を混ぜられるのは、お前か衛皇后しかいない」

「そっか……。あの商人も死んでしまった。ううん、僕が殺したんだ。本当にいい人だったんだ。いつも面白い話をしてくれて、僕たちに西のほうのものだからって干し葡萄とか色々持ってきてくれた。ご免なさい」

その中空に向けられた謝罪は、するりと言霊を乗せて空を飛び去ったように思われた。

俺が毒を受けたとき、あのときもエスフィアにご免なさいと言われたのを思い出す。

あのときからか。俺が舞えなくなったのはエスフィアのせいなのか。本当に、そうなんだな。本当にこのエスフィアが毒を撒いたのだな。

ということは、西姫の耳が聞こえなくなったというのは嘘なのだろう。医師は俺を触診しても、足の異常を発見できなかった。耳の中など調べようもない。

思い返せば、俺は毒を受けて以後も西姫から舞を習っていた。その際に片耳が聞こえない素振りなどなかったように思う。

何故だ。何故なんだ。

「ペリ。どうして僕だとわかったの？　商人だけじゃわからないでしょう？　商人が独自にやったことかも知れないし、何かの間違いで混入したのかもしれない」

「お前が妹に贈った花からだ。貝加爾花独活というんだそうだな」

エスフィアは数度瞬き、月を見上げた。

医師が言うには、貝加爾花独活の樹液は光を帯びると毒になる。その樹液が付着したまま光に当たると皮膚が赤くなって痒みを得、水疱ができる。その後は黒や紫に変色し、数年残るのだそうだ。幸いにも妹は、懐妊してから部屋から出ることなど、庭に出ることなど一度もなかった。庭に植えられたままだったそれを、侍女が折って妹に渡せば侍女もろとも毒の害にあったかもしれない。小さな髑が触れれば一たまりもないだろう。それがこの二人から髑への贈り物だった。

「……そっか。このあたりにはない花で珍しい毒なのに。よくわかったね。本当にご免なさい、ペリ。僕を告発する、よね」

告発すれば、エスフィアは処刑されるだろう。きっと西姫も。これらの毒は特殊なものだ。おそらく西姫の室で作られた。官吏や医師が調べればすぐにわかる。

それ程、殺したい程、この二人にとって俺たちは邪魔だったのか。確かに妹が入内してから帝が西姫を訪れる回数は減っていた。けれども俺はてっきり仲良くやれていると思っていた。

俺の怒りは気を許していた俺自身をも強く苛んでいた。公主様の言う通りだ。

「何故今なんだ。妹が子を成したとしても西姫様はまだ若い。これからも可能性は――」

「なかったんだ。ペリ、あのね。姉さんは本当はあんまり寵愛を賜っていなかったの。主上は姉さんじゃなくて僕に会いに来ていたの。本当は僕にペリのことを聞くためにお越しになっていたんだ」

その言葉の意味はよくわからなかった。

「俺の？　お前が寵愛を受けていたのではないのか？」

「ううん、主上はそんなことをなさる方じゃない。本当にペリのことばかり」

「何故、主上が俺のことを」

エスフィアが近づき俺の頬に触れようとしたのを、跳ね除ける。

「ペリは本当にわからないんだね。主上はペリのことが好きなんだ。だからペリがどうやったら喜ぶのかって僕に聞くんだよ。姉さんのことも、もう少し聞いてくれたら良かったのに」

エスフィアの浮かべた表情は複雑で、諦めと、やるせなさと、悔しさと、そんなものが綯い交ぜになっていた。

帝が俺のことを？　一体何を聞くというんだ。俺の頭の中は困惑で占められる。

「……そうだとしても」

「この後宮では子どもができないと、最低限のお給金しか出ないでしょう？　今までは劉勝様に援助いただいていたけれど、姉さんに子どもができなかったし、寵愛が李夫人に移ったから、僕らへの支援を打ち切って新しい人を後宮に推挙するんだって」

「それが」

「ペリはペリの給金をいただいているでしょう？　李夫人も給金と、公主様に援助をいただいている。いいな。それに李夫人はあまり着飾らないんだよね。でも姉さんは西方の装具を揃えないといけないんだ。主上のお越しの度に同じ格好というわけにいかないじゃない」

「主上はそんなことを気にされる方では」

「とてもお金がかかるんだ」

金。

久しぶりに直面する言葉。俺たちはそこから逃れたと思っていた。けれども……

この姉弟は未だにそれに直面していた。平陽公主に頼れば、と言いそうになって口を噤む。

西姫は公主からエスフィアを奪った。公主に援助をいただける立場にない。それに西姫は劉勝の手の者で、それを助けたとしても公主になんの得もない。

「僕は奴隷で姉さんの財産だからさ、その生活費も全部姉さんが出さないといけない。侍女も最低限は必要なんだ。そうするとお金が足りないんだ。だから姉さんは僕を手放さないといけない」

「……平陽公主様であれば買い戻してもらえるだろう」

「きっとね。でもそうすると姉さんはどうなるの？　主上にお願いして僕を賜ったのに、お金のためにまた僕を売るんだよ」

それは……立場がないだろうな。帝が西姫ではなくエスフィアに会いにきていたというのが本当であれば尚更。

「結局のところは金か」

「そう。お金。でもペリは僕らを馬鹿にしないでしょう？」

「馬鹿になんてできるわけがない！　けれども俺はお前たちを許せない。何故その道を選んだ。たとえ別々になって、たとえ会えなかったとしても、生きていれさえすればそれで良いじゃないか！　結果をちゃんと考えたのか⁉　失敗すれば二人とも死ぬことになるんだ。死んでしまえばそこで終わりだ。なんにもならない」

エスフィアは俺をじっと見つめて、寂しそうにフッと笑った。その瞳は俺たちが最初に会ったころから何も変わらず綺麗だ。

「ペリは強いね。ペリはきっと、それができるんだね。だから自分から宦官になったんでしょう？　二度と妹さんと会えないかもしれないのに。でも、僕も姉さんももう会えないなんて耐えられない。だって会っちゃったんだもの」

会っちゃった。

会えないのなら手紙のやりとりもしないほうが良い。ふいに公主の言葉が浮かぶ。

西姫はエスフィアが近くにいるとは思っていなかった。だからエスフィアからの手紙を届けなければ、会おうとすることもなかったのかもしれない。やはり、すべては俺が招いたことなんだ。胸が貫かれるように痛む。

「……俺が悪かったのか？」

平陽公主が言っていたように。

俺が二人を会わせたから毒で舞えなくなり、妹は全身を爛れさせたとでもいうのか。

俺の全身を巡っていた怒りはいつしか胃の腑に沸々と留まり、焼け爛れた岩のように凝り固まる。けれどもそれが……真実なのだろう。

「ううん。ペリにはとっても感謝してる。二度と会えないと思っていた姉さんに会うことができたんだもの。ただ、僕たちにはその先がないんだ。僕らはそれで終わりなんだ。奴隷として何一つ思うようにできないまま、もう二度と姉さんに会えないまま、生きていかなくちゃいけないの？　姉さんもずっとここで、一人で生きていくの？　僕らにはお互いしかいないんだ。星は夜にしかいられない。お兄さんみたいな、明け方や夕方でも瞬ける月や明星にはなれなかった。だから少しでも夜が長く続くことを期待したんだ。妹さんから主上の寵愛がなくなれば、次にお越しが多いのは姉さんだから。少しでも一緒にいられたらと思って。……馬鹿みたいだね」

馬鹿みたいだ。本当に。そんなことをしても西姫に子が生まれるかはわからないし、生まれなければいずれお越しもなくなる。

けれども、そのほんの少しの時間を僅かでも延ばしたいという気持ちは痛い程わかる。命をかけるという気持ちもわかってしまう。俺もそのために死を覚悟して宦官になった。たまたまうまくいっただけで、俺だって死んでいた可能性は十分にあった。そもそも弟妹がいなければ、既に俺もこの世にはいなかっただろう。

だが考えが理解できることと俺の胸の内を揺蕩う怒りは別だ。こいつらは俺の大切な妹を不幸にした。決して許せるわけがない。

いや、俺でも同じことをしたかもしれない。

そんな煩悶が頭の中でぐるぐると回る。

「ペリ。僕はペリが大好きだ。羽を折ってしまってご免なさい。本当にひどいことをしたと思ってる。でも僕は後悔はしていない。けど、僕がペリの羽を折らなければ妹さんはここにはいなくて、きっと……」

エスフィアの拳も固く握られていた。

「言うな。それを言うのであれば、そもそも俺が文の仲介をしたのが間違いだった」

堂々巡りだ。俺たちはどうしたら良かったのだろう。ぐるぐると渦巻くこの不幸から、逃れる術はあったのだろうか。

「……僕はとっても嬉しかった。それに姉さんはペリが手紙を届けてくれなければ、もっと早く死んでいたかもしれない。ペリは僕たちの恩人だ。夜の時間を延ばしてくれた。ありがとう。これを姉さんに渡して」

エスフィアは懐から小さな瓶を二つ出した。透き通った薄い黄色の液体の入った瓶だ。

それが何かはすぐにわかる。止めるつもりは俺にはなかった。この二人は本当に、どのみちここで終点だ。

エスフィアは一本を開けて飲み干し、もう一本を俺に渡す。そして俺に抱きついた。

もう振り払おうとは思わなかった。この二人も、俺たちと同じだ。エスフィアの体はまだ小さく軽かった。長安の町で別れたときの広利よりもずっと。

「ペリ、僕はペリも公主様も主上も大好きだ。僕を姉さんに引き合わせてくれた。一番大切なのは姉さんだけど。ペリ。僕らの分も幸せになって。きっとペリなら幸せになれるから。みんなペリが大好きなんだよ」

俺の首筋にすがりついたエスフィアを、俺はどうすることもできなかった。突き返すことも、抱きしめることも。溢れる怒りと、やるせなさと、そして、どこにぶつけていいのかわからないたくさんの後悔。

気がつけばエスフィアの体から力が失われ、ずるりと地面に崩れ落ちそうになるのを慌てて抱き止め、その瞬間慄く。

これは運命なのか。運命というのは抗えないものなのか。

この二人に、そして俺たちには、幸せに続く道は、そもそも存在しなかったのか。

エスフィアの体は更に軽くなっている、気がした。満月に照らされたその表情はなんだか妙に、ホッとしているように感じる。そのことに更に怒りを感じた。

何故だ。何故エスフィアは死ななければならなかった。

手元の煌めく小瓶を眺める。俺は結局、エスフィアから姉とそのすべてを奪ったんだろうか。そして妹を失ったのは、俺が招いたことなんだろうか。けれども俺の手元には妹が髑を残してくれた。

エスフィアは俺の細腕でも担ぎ上げられる程軽かった。西姫の室に向かう途中も、その体はすべての楔から解き放たれたごとく風のように軽かった。手を離せば風に乗って飛んでいってしまいそうな程。

「エスフィア？　遅かったわね」

そのように出迎えた西姫は、一瞬俺の姿を見て固まり、そして肩に担いだエスフィアに目を向けた。左右を見渡しても、侍女はいない。劉勝が新しい女のために既に引き上げさせたのかもしれない。西姫は自ら俺を室内に招き、花の香りのする茶を淹れて先に口をつけた。

「どうぞ、毒は入っていないわ。……延年、あなたは私たちのことをさぞ恨んでいるでしょうね」

「恨んでいる。憎んでいる。手紙など届けなければ良かった」

思わず吐き捨てるように呟き、エスフィアから受け取った薬を西姫に投げ渡す。西姫はそっとその小瓶をなで、代わりに傍らの箪笥から白い軟膏の入った瓶と、青い液体の入った瓶を出して俺に渡した。

「これを李夫人に。軟膏は痛みを和らげます。青いほうは眠るように息を引き取ります。心の臓の病のように見えるでしょう」

「何故」

「私たちは運命に負けました。けれど、私たちはあなたが嫌いだったわけじゃない。寧ろあなたのことはとても好きだったわ。ペリ。私もあなたに深い恩義を感じています。私はエスフィアをすっかり諦めていました。あなたが手紙を届けてくれなければエスフィアに会うことなく、一人で死んでいたでしょう。だから本当に感謝をしているの。けれども他に方法はなかった。だから私はあなたに謝りません」

西姫の瞳はやはり澄んでいた。エスフィアと同じように真っ直ぐに俺を見つめたる。その瞳の中にはただ、感謝しか見えなかった。

「お前も死ぬのか」

「ええ。星のない夜になんの救いがありましょう」

そう言って西姫は淡い笑みを浮かべた。まるで重い荷を下ろしたかのように。

「これはあなたに贈ります。あなたに伝えていなかった歌や詩、それから私が見た世界の姿をまとめたものです。思い出せた限りのものを書き留めました。これまでの感謝の印です」

棚から引き出された綴じ本は、十冊にも及んだ。これはきっと、俺に引き渡すためにわざわざまとめたものなのだろう。引き渡す。つまり、失敗を予想していたのだ。

それから西姫は俺の前で舞った。青い砂漠、赤い山々、たくさんの旅路の果ての国々。西姫とエスフィアの魂、それが映す世界の姿、文字にはならないたくさんの宇宙。これは西姫が秘匿していた秘技と言うべきもので、他人に見せるものではない。

やはりこの二人はうまくいくとは思っていなかったのだ。それでも他に方法がなかったのだろう。宙に舞う度にシャナリと鳴り響くたくさんの鈴。その姿を悠然と包んで、あたかも精霊が舞うように姿を変える半透明な布。確かにそれは特殊なもので、維持に金がかかるのだろう。

俺たちはたまたま、この桃源郷で金の工面の必要がなくなっただけなのだ。俺も妹のためなら同じことをしないとは言い切れない。俺がこの桃源郷に未だ留まっていられるのはただの偶然で、妹は守れなかった。幸せにできなかった。

何故(なぜ)だか西姫の姿が妹と重なる。世界は残酷なままで、俺が荒野で踊っていたときと何も変わらず、その奈落はどこに転がっているかわからない。

踊り終わった西姫は優雅に礼をして、そのまま黄色い瓶の中身を呷った。

「どうか、ペリはお幸せに。主上はいつもペリのことばかり。本当に憎たらしい」

そう微笑んで、西姫は静かに寝台に横たわり目を閉じる。その姿はやはり妹より少し小柄だった。

俺はこの二人が許せない。俺の大切なものを奪った。

けれども俺にはこの姉弟の気持ちが痛い程わかる。

何故、死ななければならなかった。

この二人はただ、一緒にいられるだけで良かったのに。

俺の体を駆け巡る煮えたつ炎のような怒りに、ふわりと冷たい夜の形をした悲しみが降りてくる。

それはグラリと俺の中で混じり合い、決意という形に落ち着いた。

俺は髒を守らなければならない。なんとしても、何を犠牲にしても髒だけは。俺たちの呪いを断ち切り、この桃源郷に生まれ落ちたのだから。

西姫の隣にエスフィアを寝かせる。二十歳と十八歳。きっと明日、誰かが二人を見つけるだろう。

そうして、西姫とエスフィアは元々存在しなかったかのように後宮から運び出され、身寄りのない者として合同墓地に葬られる。子を産まなければ誰にも顧みられることはない。後宮とはそのような場所だ。

それでも二人は同じところに葬られる。それがきっと、バラバラになって生きることより二人が求めたもの。それが何かの救いになるのだろうか。

西姫の室を出ると、満月はいつの間にか訪れた雲間に隠れていた。暗い夜。星が見えない夜。俺も弟妹がいなければ、きっと生きてはいなかっただろう。けれども妹は髀を残してくれた。だから俺はそれを守る。俺ができうるすべてで。

妹の室に戻る。既に夜も更けていたのに妹はまだ起きていた。静かに窓の外を眺めている。西姫から受け取った軟膏を塗ると、痛みがひいたようだ。良かった。けれども傷自体はやはり回復しないのだろう。包帯を巻いてすぐにじくじくとその膿が染みていく。

横たわる妹の頭をなでた。このようになでるのはいつぶりだろう。草原にいたころ以来だろうか。俺は妹を幸せにしてみせると誓った。なのに、その誓いは果たせなかった。そのことが俺の胸を締め付ける。俺とあの姉弟の違いは髀の存在だ。髀がいなければ、俺も妹とともに死んでいたかもしれない。

「兄さん、私は死にます」

「すまないな」

妹の目には昼間見たのとは異なる覚悟が浮かんでいた。

嗚呼(ああ)、また俺は妹に決意をさせてしまった。小さいころに体を売る未来を覚悟させたのと同じように。

「兄さん、私はしばらく顔を伏して主上に会おうと思います。顔を見せぬままであれば、美しい私がずっと帝の心に残るでしょう。私が死んだあとにも。そうしてその間、あとのことを主上にお願いします」

「そうだね、それであれば体も見せぬほうが良い。いい布を用意しよう」

「ありがとうございます」

「それから美しい絵を描かせよう。その美しさがずっと主上のお心に残るように」

妹は幽かに微笑んだ。

画家を呼び、俺の姿に似せて妹を描かせた。それは僅かに俺と妹が混じり合っているように見えた。その運命が交差しているように。

帝は足繁く妹のもとにお越しになった。体を包帯で巻いた上で袖と首の長い服ですっかり体を覆い隠し、顔も包帯の上からすっぽりと袋を被った。帝は一瞬、困惑を表情に浮かべ、それでも妹と親しく話をされる。

しばらくして妹はすっかり元気になった。けれども肌はちっとも良くはならず、爛れたところが固定し、所々から妙な汁を噴き出すようになった。頻繁に包帯を換えて清潔に保ち続けなければ、すぐに膿の匂いが室を漂う。

「兄さん、そろそろお別れです」

「そうだね、いい薬がある。苦しまずに逝けるだろう」

「ありがとうございます。主上と広利兄さんに手紙を書きました」

「俺が必ず届ける。約束する。俺はお前も幸せにしたかったんだ」

妹の体には、もう抱きしめることすら害になる。代わりにその手に僅かに触れた。温かい。

「いいえ。私は望外の幸せをいただきました。兄さんがいなければ私の人生は悲惨なものだったでしょう、とても。私は苦しみを得ることもなく美しく着飾って、主上の寵愛を賜りました。髆はきっと主上に守っていただけます。広利兄さんも立派な職を得ました。だから兄さん、私が死んでしまったあとは、兄さんは兄さんの人生を生きてください」

「……俺の？」

「兄さん。もう私を心配する必要はなくなります。だから兄さんも幸せになって」

俺の……幸せ？　お前がいなくて俺の幸せがどこにあるというんだ。

いや、髆がいる。必ず髆は守り通す。頷くと、妹はゆるりと微笑んだ。

まずはお前の子だ。俺はお前の子を李家の呪縛から解き放つ。お前の子や孫がきちんとした身分を得て生きていかれるように。体を売ることもなく、末永く過ごしていけるように。

そう言うと妹は僅かに微笑み、俺の手の上にもう一方の手を重ねる。

「その幸せの中に兄さんも含まれますよう。さようなら、大好きな兄さん」

そうして妹は青い薬を飲み、ゆっくりと目を閉じた。包帯に覆われた口元は幽かに微笑んでいた。

触れる手のひらからだんだんと失われていく力、そして柔らかさ、温度。それを感じている内に、西姫やエスフィアと同じように。

静かに涙が流れた。

あの焼けるような怒りや悲しみは訪れない。俺も妹も、それを運命として受け入れたからだ。けれども問いは俺の魂から発せられ続けている。

何故みんな、死ななければならない。他に方法はなかったのか。

なかったな。妹を守ろうと思って俺は身を売り、宦官になった。それでも守れなかったのだ。

俺たちは呪われている。

けれども髀だけは俺たちとは違う。生まれたときから皇子なのだ。健やかに育てば、その子や孫は身を売ることもなく、生きていける。それだけが希望だ。

翌朝。帝に妹の死を報告した。

「な、なんだと？　もう一度述べよ」

「主上、昨晩、李夫人は息を引き取りました」

まさに寝耳に水のことだろう。何せ前日まで順調に回復していたのだから。帝がこれ程慌てる姿というのを俺は見たことがない。それ程妹を愛してくださっていたのだ。どうかその愛が、これからも変わらず髀に注がれますように。

「な、何を言う、もうすぐ包帯も取れると言っていたではないか」

「誠に残念です。どのような毒の作用か、突然に心の臓が止まり」

「そんな馬鹿な。そんな馬鹿なことがあってたまるか！」

帝は声を荒らげ、目の前の机を叩く。その反応を観察しながら静かに機を待つ。

「せめて、せめて李に合わせろ。最後に一目、一目だけでも」

「なりません。毒の影響が残っているかもしれません」

「何故だ。俺は李と約束をしたのだ。なのに何故！」

「約束、でしょうか」

予想外の言葉に帝を見上げると、帝は僅かに目を伏せ、人を払った。沈痛と、怒りと、様々なものが綯い交ぜになった痛みがその表情からは溢れていた。

「何故俺の愛するものたちは皆いなくなってしまうのだ。嫣も、李も、それから西姫やエスフィアもだ。延年。お前はどこにもいかないよな？」

帝は力のこもった目で俺を見つめ、口を引き結ぶ。

「主上。わたくしはここにおります。わたくしは主上のものですから」

「俺はお前をものだなどと思ったことは一度もない！」

その声は、これまで聞いたどの声よりも大きかった。帝はこちらに近寄り、跪く俺を抱きしめる。

その力はこれまで感じた何よりも強く、その炎のような体はふるふると震えていた。

「何故、李は死んだ、答えよ」

「……なんの後ろ盾もないわたくしと妹がおすがりすることができるのは帝だけです。至らぬ妹も不相応に帝のご寵愛をいただきました。だから恨みを買ったのでしょう」

「やはり俺が愛すれば命を落とすというのか？　それでは俺はどうすれば良かったのだ」

どうすれば良かったのか。それは俺にだってわからない。既に命は過ぎてしまった。だから俺は言葉を差し出す。妹の願いとともに。俺の願いとともに。未だ生きている髆を一族の呪いから解き放つために。

「主上、問題はこれからです」

「これから？　どういうことだ」

「妹は髆皇子のことを心配しておりました。誠に僭越ながら、髆皇子をどこかに封じていただけませんでしょうか。小さな村一つでも構いません」

「何故だ！　髆は俺が守る！　必ずだ！」

その声は広間に響きわたる。けれどもその外までは伝わらない。つまりはそういうことなのだ。

「主上のお気持ちは重々承知しております。けれども主上は日中、宮殿におられます。髆皇子がこの後宮にいる限り、危険に晒されます。わたくしでは守ることが叶いません。今回の毒も誰が仕掛けたのか、結局わかりませんでした」

「では、では、どうすればいいというのだ。髆は俺の子だ。大切な子だ」

背を掴む帝の力が更に増す。熱い。最も尊き皇帝。髆を守るには、おすがりするより他にない。

「太子が立てばその他の皇子は身分を明らかとするため封じられるのが習い。せめて辺境にでも封じていただければ、髆皇子が太子の位を望んでいるなどという誤解が生じることも防げます。主上から特別な寵愛を受けているとの誤解も。他の皇子と同様に遇していただけますよう。そしてもうお呼びになりませぬよう」

帝は弾かれたように俺の顎を持ち上げ、目をまじまじと覗き込む。

「辺境だと!?　……延年、お前は髆が大切なのではないのか？　お前は宦官だ。この長安城からは出られぬ。髆を封じてしまえば、もう二度と会えぬかもしれぬのだぞ。あれ程可愛がっていたではないか」

「力なきわたくしをお許しください。わたくしは李夫人を守れませんでした。この上、髆皇子の御身を考えますれば、わたくしの気持ちなどなんの意味がございましょう」

「しかし、まだ髆は二歳だ！　お前はあれ程！」

「なればこそです。わたくしはたとえ会えなくとも、無事でさえあればそれが一番なのです」

俺は恵まれている。妹の子が幸せに生きられるのだとしたら、李家の呪いから解き放たれるのだとしたら、会えないことくらいなんの否やがあるだろう。そもそも俺は弟妹と二度と会えぬつもりで宦官となったのだ。

帝はあらゆる意味で髆を贔屓できない。帝が殊更に庇えば、権力を求める有象無象が髆に未来を見て祭り上げ、消費し、すり潰す。髆はそれに潰されて死ぬだけだ。そんなことは帝も自身の経験からよくご存じのはずだ。帝も本来は帝となる立場にはなかったのだから。

帝はやがて、苦渋に満ちた声で告げた。

「そのように取り計らおう」

数日後。髆を昌邑王に封じるという下知をいただいた。昌邑は武帝が封じられていた膠東にも程近い。海の近くの明媚な地のようだ。長安からなるべく遠く。その願いは叶えられた。

それから間もなくのことだ。俺は後宮の門の前に立っていた。涼やかな風が吹いていた。

「髆皇子、健やかにお育ちください。延年はそれをお祈り申し上げますね」

「えんねん、またね」

いつも妹の室に戻るときと同じ挨拶に、同じ小さな微笑みが帰ってくる。これが髆皇子をこの目にする最後だ。俺は楽しそうに笑えているだろうか。目の端から何もこぼれていませんように。

平陽公主より紹介された信頼できる者を供として、事情もわからぬ小さな髆を送り出す。帝から贈られたものは細々とした日常のものと金子、そして六博だけだった。

俺は後宮からは出られない。だからもう会うこともないのだろう。

髆が馬車で去ったその轍（わだち）を俺はその日、日が暮れるまで眺めた。どうか、髆が幸せに過ごせますよう。

俺はこれで李家の呪いのなかから漸（ようや）く一人、解き放つことができたのだろうか。顔を上げ、ゆったりと暗闇から俺を眺め下ろす満月を眺める。

昌邑王というのは髆のために作られた地位だ。新しく作られたのだ。つまり吹けば飛ぶ。髆の地位はまだ盤石ではない。俺は李家の足場を固めなければならない。どこの馬の骨かわからない宦官の俺では、未だ後ろ盾にはなれないから。

妹と帝の約束。その内容は定かではないが、俺と広利のことを頼んだのだろう。

その後、俺は拝命した協律都尉（きょうりつとい）としての公（おおやけ）の仕事が増えていった。学者とともに古い楽を研究する。帝は数十人の楽者に詩賦（しふ）を作ることを命じ、俺は音律を議論して調をあわせ、十九の楽章を作った。正月の辛の日には天の神を甘泉宮（かんせんきゅう）で祀り、七十人の童男童女に歌わせた。天は応え、夜を通して流星が流れ、光で満ちた。

漢の前途は洋々としている。春には青陽（せいよう）、夏には朱明（しゅめい）、秋には西暤（せいこう）、冬には玄冥（げんめい）を歌う。武帝が祖霊に捧げるための詩を読み、それに曲をつけた。

「延年。お前の望みは叶ったのか」

「はい。わたくしは幸せでございます」

「俺にはそのようには見えぬのだがな」

俺と妹の悲願は李家の呪縛を解き放つことだ。妹の子、髆は既に旅芸人ではなくなった。あとは広利とその子らに長くの幸せが訪れることだ。広利と直接会うことはないが、時折手紙のやりとりをしている。このまま幸せが続けばいい。

「延年、今日はお前も飲め。さて、何に捧げて飲むべきか」

「主上のご健康と幸福をお祈りいたします」

四章　揺蕩う幻、朧の月影

奇妙な男を側仕えに置くことになった。名を李延年という。

元犬番だが、宦官となる前は旅芸人をしていたそうだ。俺がこれまで見た誰よりも美しい人間で、歌わせるとその声は聖霊を呼び、舞わせると精霊を身におろしたかのように幽玄に舞う。この男自体が瑞祥に思える程、神がかっている。

けれども、とても妙なのだ。そこにいるのにそこにいない。というよりは、この男自体がどのような人間なのかさっぱりわからなかった。金や宝石の類を与えてもその表面に喜びを浮かべはするが、それで高価なものを買い求めるわけでもなく着飾るでもない。

「何か望みはないのか」

「主上にお仕えさせていただきたく」

そう述べるので細々と用を命じると、小器用になんでもする。日常の用には既にそれ用の宦官がいる。姉上が歌舞の研究に使いたいというので許した。姉上とともに歌舞を研究し、新しい詩や歌舞を作っているそうで、日々の仕事を終えて後宮に戻ればそれを披露してくれる。

その舞はあたかも世界というものの化身かと思う程美しく、様々な光景を俺の眼前に広げた。そしてその言葉は世界の姿をありありと浮かび上がらせるのだ。

褒美を取らすといえば寵愛(ちょうあい)を賜(たまわ)りたいという。けれども俺は気が向かない。その行為をこいつがちっとも喜んでいない。それがわかるからだ。

延年を抱いていると嫣のことが思い浮かぶ。俺と嫣は愛し合った。確かに互いを求め合った。嫣とはいつも体を交わす以上にその魂を乞うた。けれども延年を抱こうとすれば最初にその魂が全く見えなくなる。舞を舞うときのようにこの男はその身に何かを降ろすのだ。この世のものとは思われぬその手練手管は、舞の静謐(せいひつ)さと同じ程にこの世にこれ程の悦楽が存在するのかと慄(おのの)くくらいのもので、溺れそうになる。

この男を買うとすれば確かに値千金なのだろう。けれどもこの男はこの行為を唾棄(だき)しているはずなのだ。俺は確かにそう聞いた。

だからそのような真似はしなくて良いと告げた。

そうすると漸(よう)やくこの男の姿が見えてくる。口付けを交わし、その美しく均整のとれた肢体を愛でる。もとより細身ではあるのだろう。薄くついた筋肉の上にのる僅(わず)かに冷ややかな脂肪。白く絹地のように細かい肌理(きめ)。この後宮のどの女よりも妙なる心地。まさに神が遣わしたかのような美しさだ。

閨(ねや)で寵愛を賜りたいと言われた場合、通常は性交を指すのだろう。けれどもこの男が本質的にはその行為を好まないことを確信している。途方に暮れた。褒美を尋ねたつもりなのだがな。

他にないかと聞いても満足だと答える。まるで暖簾に腕押しだ。美酒や美食も喜びはするのだが、そもそも興味が乏しい。金を与えても部屋に何かが増えることもなく、その室は変わらず簡素で何もない。貯めてでもいるのだろうか。

それでも何かないかとしつこく聞くと、固定の給金が欲しいという。なるほど、後宮の貴妃には給与が出る。だからせめてと思って給金を渡すようにすると、姉上から買うか譲られるかしたのだろう、僅かな化粧を施して夜に侍る(はべ)ようになった。本末転倒だ。

つまるところ、この男は俺を見ていないのだ。ただ、茫洋と世界を、その世界の一部にすぎない俺を見下ろしている。この男にとっては相手など誰でもいい。この男はこれまで身を売って生きてきた。だから俺に対しても身を売るのだ。これまでの有象無象と同様に。

それにしたって、何を求めてここにいる。俺は皇帝だ。金や権力なら与えられもするだろう。けれどもそれを望む節もない。

「姉上、延年はなんなのだ」

「あなたの侍従でしょう？　徹、あなたの好きなようにすれば良いのです」

「そうなのだが……姉上のところではどんな様子だ」

「それは真面目に詩や歌舞の研鑽(けんさん)をしておりますよ。徹を喜ばせるためです」

「あいつはどうすれば喜ぶのだ？」

そう問うと、姉上は面白そうにころころと笑う。

「まぁ。一端の貴妃のように言うのね。たくさん褒めてやればよいでしょう。それより来週、新しい女が後宮に入るのでしょう？」

その女の噂は俺も張騫から直接聞いたことがある。張騫が大月氏の国に程近い街を訪れた際、宴席で舞った女だという。そのときは未だ少女といえる年ごろだったそうだ。その粟特(ぞくとく)という地域は大河の流れる交通の要所で、泡のように様々な国が現れ、そして滅んでいくそうだ。その岩山と砂漠の先にあった湖の国が滅ぼされ、その王女が奴隷になった。張騫はその奴隷、イェワンを見て、あたかも月が舞うような美しさに心を打たれた。けれども張騫には大月氏に至って交渉するという大きな使命があった。張騫がその使命を全うし帰路についたとき、その街には既にイェワンはおらず、行方不明となっていた。「是非一目、見てみたいものだな」という俺の呟きをどこかで劉勝が聞き及んでいたらしい。あの異母兄は女のことになると非常に足元が軽いのだ。見つけてきて後宮に入れるという。

「延年が大事なら守りなさい」

姉上の口調はそれまでとは異なり、真剣味を帯びた。

「守る？」

「ええ。衛ならば私はいくらでも侍女を送り守ることができます。けれども宦官に侍女を贈るわけにはいかない。嫣は追い出せばなんとかなりましたが、宦官では追い出すこともできない」

「……どうすればいいのだ。もう失うのはご免だ」

嫣が死んだときの張り裂けるような痛みを思い出す。ただでさえ、最初に延年を抱いたときですら、地に溶け失せてしまいそうに感じたのだ。

延年はとても不確かで、そのまま突然いなくなっても不思議はない雰囲気を纏っている。

「大切に見せなければ良いのです。他の貴妃より下に扱いなさい。寵を得るとみなされるからその身に危難が降りかかるのです。延年はきちんと弁えています。後宮の雑用でもさせるのが良いでしょう。なんでもない他の宦官と同じように」
俺は延年に後宮内の管理を任せた。すると延年は顔を覆い、足繁く各室を回り、不自由はないかと聞いて回るようになった。宦官というものを穢れた存在と嫌う貴妃もいるようだが、その貴妃の下働きに対してでさえも恭しく頭を垂れるものだから、侍女に評判が良く貴妃に侮られている。それで良いのかと思うのだが、敵を作らずうまく立ち回っているようだ。特に衛とは歌舞について親しく話し合っていると聞く。

俺も他の貴妃の室に繁く通った。延年の存在が目立たぬように。とはいえ俺は後宮への戻りを遅くし、結局のところ最も傍に置いているのは延年だったのだが。

俺はどの貴妃も愛してはいる。彼女らはこの後宮で房事という仕事に励んでいる。確かに多少の演技はあるのかも知れぬが、来室を歓迎しているのはわかるのだ。その分かえって、延年が少しも喜んではいないことがわかる。

俺は延年に恩を返したい。誰にも言えないが、延年には大きな恩がある。俺を自由にしてくれた恩だ。

そして、西姫が入内は華々しく行われた。異国の歌や音に彩られ、その舞は確かに月のように美しい。けれども俺の胸に去来したのは、延年が舞えばどれ程美しいのだろうという思いだった。

西姫の不調を知らせたのも延年だ。

「西姫様のご様子が優れないそうです。お医者様をお呼びしてよろしいでしょうか」

「構わぬ。つけよ。劉勝は面倒を見ぬのか？」

「入内されてからは僅かな定期金が届く以外、連絡も全くないようです」

「しょうがない奴だな。わかった。俺も様子を見に行こう」

劉勝はたくさんの女を囲いはするが、興味を失えば何もせぬ。だからこのままでは医師も呼べぬところだったのだろう。貴妃といっても様々だ。

延年はこのような話を時折もたらす。貴妃は後宮内の地位に応じて給金が支払われるが、各々独自に家計を賄っている。例えば衛は皇后でありその給金は大きいが、それ以上に姉上が支援している。だからその懐は豊かだ。そして豊かではない室もある。

それぞれの室の会計は外に出てこない。貴妃は見栄を張るのも商売だ。だから困窮していても到底言えぬのだろう。自分だけ給金を増やせなど口が裂けても。

けれども延年はそのような内情にするりと入り込み、足りぬところがあれば俺に教えてくれるのだ。そこに気がつく延年の評判は良く、いつしか頼られているようだった。

俺が訪ねたころには、西姫は寝台から起き上がれる程度には回復していた。

「大分良くなったようだな、西姫よ。延年が心配しておったぞ」

「主上のお越しを賜れましたもの。元気にもなりますわ」

「ふむ。この漢の食事が口に合わぬのか？　何か困り事があれば申してみよ」

そのとき、西姫は僅かに悩ましそうに窓の外を眺めた。

「……私には弟がいるのです。私とともに西方で奴隷となりましたが、九年前、弟が七歳、私が九歳のときに生き別れたのです。私は幸運にも主上に寵（ちょう）を賜りました。このような幸運に浴した我が身を思えば、弟は今どのような生活をしているのかと思い、心が張り裂けそうなのです」

七歳？　とすると今は十六になろうか。この漢にも西方から多くの人間が流れてきている。西方の奴隷もそれなりに多い。ふいに、姉上のところの奴隷が思い浮かんだ。確かエスフィアという名だ。あの子どもは太陽のようで、この月のような西姫と雰囲気が大分異なった。けれどもその顔の作りや体型などはどことなく似ていたように思われる。

「ひょっとしてその弟はエスフィア、というのではないか？」

「どうして主上がご存じなのですか!?」

西姫は弾かれたように顔を上げた。その顔は上気し、その瞳は真っ直ぐに俺を貫（つらぬ）いた。

「それは」

「もし、もしご存じであれば一目でも！　一目でも会うことが叶いますれば！」

西姫はまさに俺にしがみついたのだ。なんとはなしに口には出してみたものの狼狽（うろた）えた。あのエスフィアは姉上の奴隷だ。俺が勝手に召し上げるわけにはいかぬ。けれども西姫のその必死な姿を見てしまっては、話くらいはしてみようと思える。せめて一目会うくらいは。

そう思って姉上に尋ねると、あっさりとエスフィアを西姫に譲渡するという。そうしてしばらくあと、エスフィアは西姫のところに移った。

やはりエスフィアは俺の知るあの少年だった。西姫は泣いて感謝し、エスフィアは平伏した。姉上には何か礼をせねばならぬな。何やら恩ばかりが増えていく。

けれども長公主や竇皇大后とは違い、姉上との繋がりは俺を縛るものではなく、寧ろ俺を思ってのもので、心地の良いものだと感じる。姉と弟か。皇帝という通常と大きく異なる立場の俺にはわからぬ部分もあるが、普通は一緒にいたいものなのであろうな。

詳しく話を聞けば西姫が九歳のときに国が滅び、敵兵に捕らえられ、奴隷商に売却されたという。半年程は一緒にいたそうだがその後、別々の奴隷商に売られ、生き別れたらしい。西姫は亡国の姫として高く売るために踊り子として稽古をつけられながら各地を転々とした。よほど苦労をしたのであろう。表面はにこやかであったが、話す度にその内から確かに陰が滲み出ていた。

その長い長い旅の間にも西姫はエスフィアと巡り合うことだけを祈りながら過ごしていたそうだ。エスフィアを買った商人は西に向かう張騫に出会って漢帝国の存在を知り、珍しい人種であれば高く売れるのではないかと考えた。そして開けたばかりの絹の道を東に向かい、姉上が購入した。二人とももとは王女王子だったというのだから、ひょっとしたら、姉上も同情でもしたのかもしれぬ。あの二人には深い繋がりというものがあるのだろう。会えて良かった。

「それにしてもよく巡り合えたものだな」

「主上のおかげでございます」

「ところでエスフィアよ。姉上のところにおったのなら李延年について詳しいか」

「李延年……とても仲良くしていただきました」

そしてエスフィアは俺にとってとても得難い者だった。俺は延年のことが知りたかった。本人に聞いても全くわからぬのだ。あいつは何を考えているのだろう。どうすれば延年を喜ばせることができるのだろう。それが知りたい。

「そうか。延年というのはどういう人間なのだ」

「ペリ……、あの、精霊のような人だと思います」

聞くと、エスフィアの国にはペリという精霊がいるのだそうだ。羽が生えた、魔法を操る美しい生き物。確かにそれは延年にふさわしく思われた。

俺は時折西姫の室を訪れ、エスフィアに延年のことを尋ねた。延年の好きなものやこと。けれどもやはり、よくはわからなかった。神を降ろすかのように舞い、世界を表すように歌う。そして技術を知り、見識を深める程、それは深化してゆく。まさに楽の化身のような存在だという。神憑(かみがか)り。確かにそれは延年の一つの、というよりは大きな側面なのだろう。その延年は人ではない、世界や神を降ろした姿だ。その奥底にいるはずの人間としての延年。その姿を誰も知らなかった。俺の心の奥底に残る、あの怯えるように、諦めたように俺を見上げた延年を。

俺は俺を自由にしてくれた礼に、あの幸福など知らぬような子どもに幸福というものを与えたいのだ。

それからしばらくあと、延年が毒を受けた。

その報に心臓が止まるかと思った。姉上の紹介した名医の意見は、その毒は特殊なものだということ、それから麻痺が治る見込みはないだろうということだった。

けれどもホッとした。延年は生きていた。嫣と異なりまだ生きている。俺はあの生き物を幸せにしたいのだ。

毒は広く撒かれたようだから、延年だけを目的としたものではないのかもしれない。それでも延年の水に混ぜられたということは、延年が俺の寵愛を受けているとみなされている、ということだ。嫣と同じ轍を踏むわけにはいかぬ。だから俺の室の外で延年と親しくする様子を余人に見せぬようにしよう。そう誓った。

毒を得る前も延年は時折、城壁で舞っていた。けれどもそれ以降、より端っこの目立たぬところで踊るようになる。あたかも右足が地面に鎖で繋がれたかのようにうまく飛べぬらしい。飛び立とうとしては地面に落ち、それでもなお飛び上がろうと藻掻く延年の姿が目に入るようになった。

それは悲痛と言う他ないものだった。おそらく誰にも見られないよう、隠れるように稽古をしているのだろう。その苦しそうな様子に声を掛けるのも憚られた。特に俺には、見られたくないのだろうと思ったから。それに親しく声を掛ければ、また延年に危険が及ぶかもしれない。それが何よりおそろしかった。

ただ俺は、その延年から目を離せなかった。そのまま消えてしまいそうで。

一度、本当に転げ落ちようとしているところに出くわし、慌てて飛び出し抱き止めた。驚いたように目を丸くする延年に逆に驚く。危険だとは思わぬのか？　こいつの頭はどうなっている。

「延年、本当に落ちたらどうするのだ。この壁は三十五尺もあるのだぞ？　落ちれば助からぬ」

「ありがとうございます。お召し物が汚れてしまわれます」

息を整えて最初に出す声がそれか。思わずため息をつく。より強く抱きしめようとすれば、延年は俺の腕からするりと抜け出す。平伏しようとするのを止めた。

そんなことをさせてはいけない。延年が毒を受けたのは、俺がこの後宮に毒が入ることを許したからだ。つまり俺が延年の足を奪った。俺が。心が抉られるような自責の念が浮かぶ。

「延年。舞えずとも良いのだ。俺にとってお前の魂は変わらず世界を舞っている。何も変わらぬ」

「……ありがとうございます」

そう言っても延年は戸惑うように薄く笑うばかりだ。

飛べるものが飛べなくなる。それはどれ程耐え難いものなのだろうか。もとより地に足を縫い付けられた俺のような人間には、到底わからぬものかもしれぬ。

だが俺は延年を失いたくなどなかった。だから城壁の上で踊ることは禁じた。それでも時折、誰もいない庭の端などで舞っていた。その姿は罠にかかり苦しみ藻掻く鳥のようで、とても居た堪れない。そうやって日が暮れて、夕日の中で影に沈む延年からは日が落ちると同時に地に溶け失せるような悲しさが溢れ出た。なんとかしようと思っても俺にできることは何もない。毎夜頭を捻っても何も浮かばない。

無力だ。俺はすべてを統べるはずの皇帝であるはずなのに。

延年本人に尋ねても埒があかぬ。だから延年のことを知っているエスフィアにも尋ねた。その結果、西姫の室に向かう機会が増える。あまり延年と過ごさぬほうが良い。

「エスフィア、自由に舞えぬというのはどういう気持ちなのだ」

「わかりません。僕は普通に舞うだけですから。けれどもペリは本当に空を飛んでいました。僕だったらきっと悲しくて、泣いて暮らしそうです」

エスフィアは悲しそうに首を振るばかりだ。けれども当の延年は俺の前では悲しそうな顔一つ見せない。そして、その後ろ姿には、背中には、確かな悲しみが溢れているようにしか見えなかった。それがまた、痛ましく感じる。

この男はいつも本当の姿というものを見せぬのだ。その魂というものを美しい体の奥底に隠している。

延年の舞は確かに美しい。舞えなくなったことは、とても残念ではあろう。だからといって俺の中で延年の価値が減じるわけでは全くない。本当に延年の価値は減じていないのだ。俺の中では少なくとも。俺が愛しいと思うのは神を降ろした延年ではなく、その内側にある魂なのだから。俺と同じように人として苦しんでいる魂なのだから。

延年の苦しみは俺の苦しみに比べるのも烏滸がましい程深いものではあろうけれど。その美しい魂には少しも変わりがない。

そのように何度も伝えたのに、延年は舞おうとするのをやめなかった。

美しさとはなんだろう。たぶん、この男は美しすぎるのだ。だからその美しさが少し減じたところで何も変わりはしないというのに。

そのような日々の中で、突然、延年の妹の話が湧いて出た。

延年には美しい妹がいるというのだ。寝耳に水だった。延年が夕に踊るのをやめてホッと胸をなで下ろしていたところだ。延年はその妹を俺に推挙したいと言う。

何故だ。何故突然そんな話が出る。

なんとなく延年の心の内を推測し、思わず怒りがこみ上げた。いや、怒りというものとも違う。やはり俺は延年にとって有象無象も同じなのだ。そのことに絶望した。

「何故だ」

「わたくしの妹はそれは美しく舞うのです。主上にもご満足いただけるかと」

「延年。俺はお前が欲しいのだ。他の誰でもないお前を」

「大変ありがたく存じます」

「舞を舞う者などいくらでもいる。この後宮は既に女で溢（あふ）れている。追加を欲してはおらぬ。もしお前が舞えなくなったから代わりに俺に妹を推挙するなどと馬鹿なことを考えているのであれば、それはなんの意味もなさぬ」

俺が愛しているのはその舞ではない。舞をもたらす延年自身だ。その魂なのだ。

延年を強く抱きしめた。何故この顔はこのように澄まして他の女を推挙する。何故だ。その行為をどれ程俺が気に食わないか……わからぬのだろうな。

背中に回される空虚な腕。愛おしい、おそらく誰も愛したことのない腕。ただ、この腕に求められたい。夜が訪れるかのように薄（うっす）らと閉じられる目。

俺の後宮に女を推挙する。そのようなことはよくあることだ。けれども延年は妹がいるなどこれまで一言も言わなかった。それであれば、延年はもともと妹を推挙するつもりはなかったのだろう。

この後宮は一見煌（きら）びやかではあるが、それは虚像だ。ここは俺の子を成すということだけが目的となった奇妙な牢獄、一度入れば容易に抜け出すことは叶わぬ。そしてこの奇妙な場所では命が軽く扱われる。それはおそらく、この場所が他の場所とは、外の世界とは完全に切り離されているからだろう。ここで誰かが死んだとしても外の世界には全く影響せず、外の世界はこの後宮の内側には全く影響しないのだ。この箱庭の内側で毒を盛られても、どうすることもできない。そんな凍りついた場所。

それを延年も十分に実感しているのだろう。延年が舞えなくなったのは毒のせいであるのだから。それなのに妹をこの空疎な場所へ入れると言う。……おそらく舞えなくなった自分の代わりに。なんと馬鹿馬鹿しい話だ。その頬をなでると涼やかに微笑む。あたかもそれが、最上であるかのように。

「延年、俺はお前が踊れるからここに置いているのではない。誰もお前の代わりにはならぬ。お前でなければならないのだ。何故わからない」

「けれども」

「お前の『けれども』は聞きたくない。もう黙れ」

唇を求めれば、僅かに媚びた顔をする。こんな顔をさせているのも俺なのだ。俺は、どうしたら、いい。延年はまた何かを降ろしている。おそらく妖しき何かを。何故、隠す。何故、その魂を隠す。やはり俺が嫌なのか。

延年は俺の恩人だ。俺としてもただ、ここにいてくれさえすれば良い。嫌がることなどしたくない。ただ、幸福を。延年を幸せにしたいだけだ。その降ろした何かが代わりに微笑むのではなく、延年自身が心から微笑むことができるように。

俺は漢帝国の皇帝だぞ？　人一人を幸せにする、何故それができぬのだ。

第一、妹を後宮に入れることで延年にどんな利益がある。気が進まぬ。

けれども延年が自ら望みを申し出ることなどほとんどない。だから延年の望みは極力叶えたい。

ただ、その望みは一体何に繋がるというのだ。

そうしてやってきた延年の妹は、確かに延年によく似ていた。披露する舞の美しさはひょっとしたら延年以上なのかもしれない。少なくとも技術では同等或いは凌駕しているのかもしれぬ。

けれども延年の舞とは違い、世界の広がりを感じることはなかった。

延年はこれまでとうって変わって妹に寵愛を賜れと言う。やはり俺に、男に抱かれるのは嫌だったのだろうか。それであればそれで良い。

延年の美しさを前にすれば抱きしめたくて仕方がなくなる。けれども求め合わぬのであれば、その営みはただ虚しいだけだ。ますますその魂が見えなくなる。手の内からするりと失われる。そうなれば、一方的に延年の体を蹂躙するだけになる。延年が遠ざかるだけだ。

正直なところ、どうして良いかわからなかった。

それでも、俺が妹のもとに通うと、延年は確かに喜んでいるように見えた。

そうして日々が過ぎる内、当然なのかも知れぬが、延年と妹の間には余人の入れない深い絆があることに気づく。互いに互いを思い合っている。延年は妹と話しているとき、確かに幸せそうに微笑む。

俺にはついぞ向けられない笑みだと思うとなんだか物寂しくはあるが、ともあれ延年は幸せなのだな。そのように納得することにした。

西姫とエスフィアとの間にも同じものを感じた。俺と数多くいる兄弟の間にはついぞ感じぬ絆だ。

俺は李に、延年の妹に、延年について尋ねた。延年とよく似てはいるが全く異なる魂。李も延年のことを俺に尋ねた。

「主上、兄は普段どのような様子なのでしょうか」

「どのような？　仕事によく励んでいる。平陽公主の下で詩や舞を集積しているな」

「兄は幸せなのでしょうか」

「どうかな。俺もそれが知りたいのだ。そなたにはどのように見える」

「……わかりません。兄はいつも私たちのために犠牲になってきました」

犠牲。延年が十を少し超えたころに両親が亡くなった。そこからしばらくは雨水を啜り木の根を食み、その内、僅かに薄い粥が食べられるようになった。弟妹を納屋に残し、夜を空ける。それが延年の毎日だった。そしてそのような毎日が過ぎる間に、段々と延年の表情は乏しくなっていった。

兄が何をしているかを知ったのは、李が十程になったときだ。見てしまったのだ。男に抱かれて嬌声を上げる兄を。それからしばらく、兄の顔をまともに見られなかった。母も同じことをしていたのだろう。夜は父だけが一緒にいて、母はいなかった。そのことを理解した。

兄は変わらず優しかった。自分たち弟妹と話をするときだけは。それ以外のときはただ茫洋と空を見つめているか、人と話をするときは常に仮面を被っている、そうとしか思えなかったそうだ。

李の記憶では随分昔はこうではなかったらしい。寧ろよく笑い、一緒に野原を駆け回った。普通の子どもがするように。

今の兄はすべてをその内側に閉じ込めて、その感情を表に出すことがない。見ず知らずの者に体を売るという過酷な暮らしが、兄をこのようにさせてしまった。兄はきっと、心を閉ざさざるを得なかった。この過酷な世界から目を逸らし、いつしか仮面を被るようになった。そうしなければ心が壊れるような暮らし。

そうすると、兄をこのようにしたのは自分たちなのだ。自分たちがいなければ兄は体を売らなくても良かったのだろうか。

李はそのような自問自答に苛(さいな)まれていた。けれども自分たちがいなければ、兄はそのまま空に飛んでいって消えてしまうのではないか。そんな気もしているそうだ。

延年は李に、たくさん稼げるから長安に行こうと言った。何もわからぬままたどり着いた長安は巨大で、延年が夜を空けることは変わらなかったが、実入りがいいから金が貯められると喜んでいた。その内もう一人の兄、広利が細々と働き出した。このままうまく回れば兄が体を売らなくても良いのではないかと思い始めた。その矢先、延年に強姦されたと届け出ろと言われた。

「やはり無実なのだな」

「当然です。兄が私どもに無体を働くことなどあり得ません」

どうやら話はすべて出来上がっていたようで、李は五年経ったら必ず連絡するという延年の言葉を信じ、延年が護衛のために雇った男とともに長安を離れた。その後、延年から手紙があり、指示に従い城に上がったということだ。

色々と腑に落ちた。何故(なぜ)、延年が後宮に昇っても、僅(わず)かな給金以外は何も欲しなかったのか。俺の給金をこの李と広利とやらに送っていたのだろう。延年は荒野で体を売っていたときと同じく、俺に体を売っているのだ。

金を稼ぎに長安に来た。皇帝の俺に体を売れば最も金になる。派手に稼げば目につき妬(ねた)まれる。だから顔を隠しすべてに諂(へつら)い、弟妹が生きていける金を長く得るために目立たぬよう暮らしていた。息を殺して。その仮面をつけた暮らしは変わらない。今も。

この弟妹が延年の大切なもの。そう思うと、自然に李が大切に思えた。

ただ、やはり俺は他の男どもと同じなのだ。そう考えて気分はひどく沈んだ。自分が舞えなくなり、俺に売れなくなった延年は売れる妹を俺に推挙したのだろう。

要するに、俺の言葉はやはり何一つ延年に届いていなかったのだ。無為だ。

「けれども、そうであれば延年は給金を得るためにわざわざ宦官になったのか？　そんな馬鹿なことがあるか」

宦官だぞ。一生後宮から出られなくなる。結婚など望むべくもない。祖先も祀れぬし、子を作ることもできぬ。一生を奴隷として、蔑(さげす)まれて送るのだ。第一腐刑(ふけい)によって死ぬ者も多いと聞く。それを、僅かな給金のために？

「主上、その兄の給金によって私は身を売らずにすんだのです」

殴られたような衝撃が俺を襲う。思わず李を抱きしめた。漸(ようや)く理解した。この妹こそ、延年の大切なものなのだ。弟妹の幸せこそ、延年が望むものすべてだ。この兄妹はなんと過酷な運命にある。

延年はこの妹を、そして弟を守りたかったのだな。

俺もこの李を大切にしなければならない。それは確かに、延年の幸せに繋がるのだろう。

けれども本当はこの不自由な後宮ではなく、自由な世界に妹をいさせたかったのだろう。

ふと、疑問が湧く。もう李は後宮から出られぬ。だから俺が妹を愛する。それが延年の望みだったとする。延年が望むならそのようにしよう。

けれどもその望みが叶えば、どうなるんだ？　延年に他に望みはないのか？　延年自身の幸せというのはないのか？　そんな馬鹿なことがあるか。

「延年の幸せはどこにあるのだ」

「主上、兄は昔から私たち弟妹が暮らしていくことしか考えていません」

「俺は延年が舞えぬからといって手放すつもりはない。延年はお前を呼ぶのも本意ではなかったのだろう」

「……そうなのかもしれません」

李はそっと、悲しみを瞳に浮かべる。

「俺がお前を幸せにできれば延年が満足するとしても、延年の幸せはどこにある」

「主上は兄を大切に思っていらっしゃるのですね。私は既に幸せです。このように食事の心配も寝るところの心配もしなくていい場所というものは、私にとって桃源郷も同じです。兄は私たちを本当に幸せにしたいと思ってくれています。けれどもそこには、主上のおっしゃる通り兄の幸せは含まれていないのです。私は兄にも兄の幸せを掴んでもらいたいのです。昔のように心から笑えるように。兄は今でも私たちにとても優しい。けれども兄が笑っているところを私はずっと見ておりません。元の兄に戻ってほしい。それは難しいのでしょうか」

「俺には……どうすれば良いかわからぬ」

延年が喜ぶだろうと思って俺は李の室によく通った。延年は確かに満足そうであった。

一方、延年自身を幸せにする方法は何も思いつかなかった。そもそもその魂が見えない。

李であればまだ、延年の魂に向き合える。だから李を通じて、延年のことを聞く。李との話はだいたいが延年のことばかりだった。自分と会っているときの延年の様子はどうだとかを李と互いに話す。俺が知らない延年が確かにそこにいた。俺の話の中にも李の知らぬ延年がいるのだろう。いつしか李は、俺にとってかけがえのない友になっていた。

この兄妹は後宮、というか俺にとって少し特殊だった。

衛も舞芸が美しく、後宮のお高くとまった多くの貴妃とは違う子どものような純粋さがある。だが衛からはどこか後宮の匂いがした。もともと後宮に住んでいた姉上の婢(ひ)の子で、この城で育ったからだろう。どこか綺麗にまとまって訓練された美しさがあった。

その他の変わった貴妃も多くいた。この後宮には異国の者や歌舞のような特技を持つ者が多い。西姫もその一人だ。けれどもやはり異国の者だ。最終的に魂の底ではわかりあえぬ感じがする。

けれども李。李程、野の花のような荒々しい美しさを持つ女は見たことがない。李(すもも)の花のような艶(あで)やかさと美しさ、そして北方生まれの玉のように白く吸い付く肌と鈴のような美しい声。たくましくありつつも都会の洗練を兼ね備えた趣き。その上で確かに温かい。俺の魂に触れている。そうだ、魂だ。

李は確かにここにいる。そしてその魂はこの後宮の外からやってきた。李は延年のようにまだ見ぬ世界をその身に降ろしはしないが、これまで旅してきた道程をその魂から感じた。遠くからやってきたかけがえのない魂。

俺は皇帝だ。だから自由にどこかに行くということができない。一生、この煌びやかな長安を離れられはしないだろう。だからこそ、ただ一人きりで死の危険を越えて遥か西に旅をする張騫や、宿敵である匈奴の地を蹂躙し軍団を従え草原を駆ける嫣や衛青が好きで、憧れるのだ。俺が見ることのできぬ世界を切り開く者たちが。

思えば俺の魂に触れたのは李と衛と嫣だけかもしれないな。そもそも後宮は冷たいところだ。八千人からの女がいても見ているのは俺の子種だけだ。厳密には俺ですらその視界には入らぬ。誰も俺自身は見ておらぬ。

ここはそういう場所で、それが貴妃の仕事だ。だから貴妃は自らを美しく飾り、それ以外の部分は隠す。意見なぞ言わぬ。どこかで聞かれれば悪いように使われるかもしれないから。

それを李は隠さなかった。李は誰よりも慮らなかった。俺が許せば俺と異なる意見を述べ、ときには戯れる。自らが経験した世界を殊更美しく見せようとはしない。どんな不快なことでも、醜いことでも、俺が求めれば話した。だから、李が延年の幸せを願っているのは心からのことだと知っている。

そして延年はまた異なる。延年は李や嫣と違ってその魂に触れることができぬのだ。

その透き通った美しさ、その透明なる体に世界を降ろす。それは舞えなくなった今でも変わりはない。そして、その中心にあるはずの延年の魂。それは相変わらず茫洋として捉えることができない。だからこそ捕まえたい。この手の内に。

延年とはなんなのだ。その奥底に確かに美しい魂がある。それを俺は知っている。けれどもそれに触れることは叶わない。どれ程求めても。

「主上が最も愛しているのは兄なのでしょう？」

「……そうだな。けれどもどうすれば良いのかわからぬ。俺では延年の魂に触れられぬ」

「私は主上より確かに寵愛を賜っております。主上は私を愛していただいているでしょう？」

「ああ。そなたは美しく、心根も良い。確かに愛しておるぞ」

「兄はこれまで物のように売られてきました。兄は誰よりも美しく、誉めそやされました。けれどもそれは兄の美しさや技術に対するものです。兄の魂に向けられたものではないのです。だからきっと、愛するということがなんだかわからないのでしょう。主上からご寵愛を賜っても、それが兄自身に向けられているのだと気づけないのだと思います」

延年に向けられた愛憎はその美しい表面を滑っていく。だから延年の下ろした隠の気がそれに応えてしまい、延年の魂には届かない。そうやって延年は自身を守ってきたのだろうか。

やはり延年にとって俺は体を買った他の男どもと変わりがないのだな。そのように見られているのだな。ため息が出る。

俺は本当に、その美しい体ではなく、延年の美しい魂に触れたいのだ。その清らかに世界を見つめる魂に。

だから何もせぬと思っているのに、いつも積極的なのは延年のほうだ。その玉のような白い体ですがられ、いつの間にやら体を交えていることも多かった。それでは手の内にあるものはやはり、水や空気のように消え去っていく。虚(むな)しさだけが残る。

嫣、お前は特殊であったのかな。互いを求めることがあれ程当然と思えた。

その内、李が懐妊した。延年の喜びようはなかった。ふとした瞬間に微笑んでいる。歌を口ずさんでいる。そこから世界がこぼれ落ちていた。延年を見ていると、すべてが祝福され、なんだか桃源郷にいるような気持ちになる。

延年は李に子ができても驕(おご)るところは何もなかった。やはり権力が欲しいというものでもないのだろう。その態度は卑屈に見える程だ。大抵の場合、この後宮に入る目的は俺と子をなし、権力を手に入れることだというのに。

とすれば家族が欲しかったのだろうか。やはり妹である李だけがその幸せに繋がるのだろうか。肝心の妹は延年の幸せを願っているというのに。

俺は俺が蚊帳(かや)の外であっても、延年が少しでも幸福に感じているのなら、嬉しい。

姉上が李に篤く援助しているようだ。李は今、子とともにその体を大事にせねばならぬ。すると、李の代わりにとでもいうのか、延年がまた俺に侍(はべ)るようになった。

俺は李も気に入っている。けれども二人は別の人間だ。李を思って延年を抱けとでもいうのか。俺が愛しているのはお前の魂だというのに。その行為はひどく不愉快だった。

「延年、俺が愛するのはお前だ。お前自身なのだぞ。その魂の美しさは何ものにも代え難い。安心しろ。俺は李も大切にするから。だから李のふりをして俺に抱かれようとするな」

するとと延年の表情が一瞬だけ抜け落ち、困ったような淡い笑みを浮かべる。

「ありがとうございます」

「延年。一緒に酒でも飲もうではないか。ともに祝え」

「わたくしは主上に感謝してもし足りません。けれどもわたくしにできるのはこのようなことしか」

「お前はきちんと働いている。後宮の様子を見て回ってくれているし、酒を持ってきてくれるだろう？　それで十分なのだ」

美しく整った顔。変わらず白く滑らかで吸い付くような肌。重ねた唇からは甘い香りがした。艶やかな髪には俺に抱かれるために香を焚きしめているのだろう。

李とした会話が思い浮かぶ。延年にとっては結局、俺は他の男と同じなのだ。今も延年の認識では俺が延年を買っているのだろう。ひどく居た堪れぬ。

「お前は家族が欲しかったのか？」

「……はい」

「そうか。ならば、なるべく李のもとにいてやれ」

「しかし、それでは……わたくしはご恩をお返ししたいのです」

ご恩。恩を返されるようなことは何もない。俺こそが、お前に恩を返したい。この断絶が、深い谷のように俺と延年の間に横たわっている。決して越えられない険しい谷のように。

「延年。ではお前に役目をやろう」

「役目、でしょうか」

「あぁ。楽府という役所を作ることにした。漢は既に匈奴の地に攻め入り、南越を征し、その版図は東の海にも至っている。前途は洋々だ。これからの漢は武力だけではなくその文化でも世界を統べていくだろう。そしてそれを天地神明に報告しなければならない。そのために古今、そしてこの世界中を巡る歌や踊りを集積する」

「平陽公主様よりも話を伺っております」

「延年、お前を協律都尉という役職につけよう。お前のために作る役職だ。そこで俺のために、そして漢のために歌と踊りを集めよ」

ふいに延年の瞳が陰る。

「……わたくしはもう踊れません」

やはりそれか。延年の心を占めるのは。俺は何も気にせぬというのに。

左に比べて僅かに肉の落ちたその膝に口をつける。

踊る延年は美しい。神が舞い降りたようだ。けれども今目の前にいる延年も美しい。人の姿をした延年も。

抱きしめたら衣服から李と同じ香りが漂った。癪だ。

「延年、お前が踊る必要はない。お前は楽を集めよ。そして他の者に踊らせるのだ。お前は俺だけのために存在しろ。これからも俺だけのために歌え。俺がお前を独り占めにする」

「主上のために」

久しぶりに目が合った。その目はぱちぱちと美しく瞬く。

「これまでも俺だけのために舞っていただろう？　もはや誰にもお前を見せる必要はない。お前の舞う姿は俺の記憶にしっかりとある。俺はお前が好きなのだ」

「けれども」

「まだ言うか。俺も戦場に立ったことはない。代わりに衛青が、多くの者が、戦ってくれている。それでも漢軍を動かしているのは俺だ。何か間違ったことを言っているか？　お前も俺のために歌舞を用意し、俺のために歌わせよ。俺にはお前が必要だ」

「……心得ました」

腑に落ちぬように、延年は頷く。そう、腑に落ちては、いないのだろうな。

お前はもはや、体で何かの対価を支払う必要はないのだ。僅(わず)かに微笑む延年の口を吸う。愛おしい。けれどもこの気高き魂は俺を見ていない。体を他人に明け渡しても、その魂はずっと空と世界を眺め続ける。その視界には俺は入らぬのかな。手に入らぬものなのだろうか。愛おしい。

それからしばらくのあとだ。李が子を産んだ。元気な赤子だ。延年は喜んだ。目に入れても痛くない程の可愛がりようというのは、このようなものなのかな。

髆と名づけた。貝殻骨。肩甲骨を意味する。この子は李が産んだ子だが、延年の子でもあるのだろう。その体にある二対の骨のように俺と二人との子どもなのだ。何故(なぜ)かそう思う。ケラケラと明るく笑う子だ。

幸せそうな延年と李。これが延年の幸せなのだろうか。

相変わらず延年は李を思わせる詩ばかりを献上する。けれども俺は延年といるときは延年といたいのだ。他の誰とでもなく。

「延年、たまには自身の歌でも読んではどうだ？」

「わたくしの、でしょうか」

「ああ。李は花が咲くように美しいが、お前も夜に浮かぶ月のように美しいのだぞ」

延年は戸惑うように外に昇る月を見上げる。

俺は延年を愛している。嫣とはまた異なるが、こいつも既に俺に必要で、俺の一部なのだ。嫣が俺の力であったのなら。こいつは俺の歌なのだ。愛しい俺の歌。

けれどもその歌は俺の手の中に収まることなく世界を駆け巡っている。夜に俺のもとに帰ってきて俺に歌を捧げ、そうしてまたどこかに飛んでいってしまう。俺の内に歌だけ残して。

愛おしい。

つまるところ、俺にはこいつが必要だが、こいつに俺は必要ではないのだ。俺でなくても誰でも良いのだろう。『皇帝』でありさえすれば。

いや、帝は俺だ。だから俺は今、こいつを捕まえている。それであればそれで満足すべきなのだろうか。

俺がこいつに与えられるものなどほとんどない。僅かな給金くらいしか。それがやるせない。

「延年、何度も言うがな。俺はお前を愛しているのだ。だから誰でもいいかのように抱かれるのはやめろ。気分が悪い。せめて俺を見ろ。どうせなら俺を見て嫌がれ。そのほうがまだマシだ」

「そのようなことは……っ」

延年が幽かに声を上げる。

延年の膝に口をつけながらその内側を擦るとびくりと身を震わせた。これは生理現象で、誰でもこうなるものだ。

最初、延年は半信半疑だったが、よくわからないものを身に降ろすのをやめさせると次第に快感を拾えるようにはなってきた。今ではその内側を執拗に擦る度に、ちゅくちゅくという水音とともに悩ましげな吐息がその口元から立ち上がる。なのに未だ、俺を見ていない。単純に体に生じた刺激と熱に身を震わせているだけだ。

これも延年にとって本当は不快なのだろうか。せめて快感を得られればマシだろうとその体に教え込んだが、行為自体が唾棄すべきものならば嫌がってほしい。せめて。そこに本当の延年の魂というものが感じられるのかもしれない。

軽い腹立ちとともに指を増やすと、延年は目を細めてその体の内側をびくりと振動させる。胸に口付けると、とくとくと走るような鼓動が唇を通して聞こえた。

こいつは確かにここにいる。けれども俺を見ていない。嗚呼、口惜しい。

「主上……お慕いしております、は、ぁ」

慕うとは一体なんなのだ。一体何を慕っているというのだ。

それでもその艶めかしく赤みを帯びる肌に、いつの間にか俺は尋常でなく興奮していた。

延年の指が俺の陽根を弄り、後穴に導く。触れられるだけで蕩けるような快感が襲う。その奥底に突き立てると、一瞬ひくりとその体を硬直させ、内側が俺を締め上げる。敏感なところを穿つと、演技ではない僅かな吐息が上がる。

口付けを交わせば、その両の腕を俺の首筋に回す。

延年のひんやりとした滑らかな皮膚と短い呼吸に高まりを感じながら、更にその奥を求めて肉襞に割り入れる。延年は息をつめ、今度は明確に喘いだ。

「延年、愛している」

「ぁ、はう、主上」

ふわりと首筋に伸びる伸びやかな腕。延年を抱きしめ、口付けを交わしながら激しく抽挿を繰り返すと唐突にその体がびくりと揺れ、痙攣する内側に思わず吐精する。ああ、無為だ。この行為にはなんの意味もない。

熱が過ぎ去るのとともに僅かに汗をかいた延年の頬に触れる。そのまだ荒い息を吐く愛しい唇を吸うと目が合った。

その微笑みを観察してはくるおしくなる。煌めく瞳の表面に俺は確かに映っているが、これまで延年を抱いてきた男と何か違いはあるのだろうか。

延年が男に抱かれたいわけではないのだと思い出し、後悔が襲う。いつも。俺は何をやっているんだ。

行為が終わったあと、延年はいつも一つ、ため息をつく。その魂を地に溶かすように。そして起き上がり、俺の体を拭く。淡々と。

一旦そう思うと、この虚しい営みの事後はたまらなくやるせない。延年にとっては俺が快楽を得るためだけの、本当に仕事なのではないか。子も成せぬ以上、その仕事に意味はない。

「お前は何故俺の閨に侍るのだ。本当は嫌なのだろう？」

そう言っても、延年の目の内には困惑が溢れるだけだ。その困惑は確かに延年だ。抱きしめる。

「わたくしは主上のお傍にいたいのです」

「一度じっくり話がしたい」

「お話、でしょうか」

「お前は何故、閨に侍る。俺はお前に伽を命じたことはないだろう？」

そう話しかけても、その瞳に俺は映らない。

「わたくしはご寵愛を賜りたく」

「本当に？」

「お気に召しませんでしたでしょうか」

その目が僅かに揺れた。思わずため息をつく。

結局、延年の頭には、誰でもよい男が自分の体を気に入るか否かしかないのだな。

愛しい。抱き合いたい。体を絡ませながらその魂と愛し合いたい。

俺は延年に求められたいのだなと気づく。俺自身を。俺は延年に愛されたいのだ。……嫣と同じように。俺が欲しいのはこいつの魂だ。その体だけを手に入れてなんの意味があるというのだろう。

空っぽの体を。

手を取ってその細い指に口付ける。愛しい。その中身が欲しい。

「お前は以前、男に抱かれるのは嫌だと言っていたぞ」

「……それは、主上以外の男でございます」

「そんなふうでもなかったがな。なあ延年。何度も言うように、俺はお前の魂が好きなのだ。その美しい体よりもずっと。だから傍(そば)にいてくれればそれでいい。伽が嫌なら寧(むし)ろ嫌と言ってほしいのだ」

せめて嫌なのであれば告げてほしい。それは延年の魂から発した感情であるのだろうから。けれども延年は僅かに考え、首を横に振る。

「なら何故、俺を見ないのだ。俺は他の誰でもなく、お前を愛しているのだぞ。他の誰でも良いかのように抱かれるのはやめよ。不愉快だ」

「わたくしには主上のおっしゃることがわかりません。わたくしはどうすればよろしいのでしょう？」

本当にわからぬのだろう。悩ましげに小首をかしげる延年の頭をなでる。愛しい。ここにいる。けれどもどうすれば良いと言うのだろう。やはり愛する、誰かを求めるという感覚は、ピンとこぬものなのかな。

好きの反対が嫌いというものであればまだいい。だがこれは無関心なのだ。

けれども延年は妹や髆は好きなはずなのだ。だから誰かを好きという感情自体はあるはずなのだ。延年を抱き寄せても、その中身が全く見えぬ。俺の口からもため息が漏れる。

「延年、本当に妹の代わりのつもりなら、せめて俺を見よ。お前は李を守ってきたのだろう？　李はきちんと俺を見て話をしてくれるぞ」

我ながらなんと愚かな引き合いを出しているのだろう。

ただ、延年と幸せが繋がるものなど、それしか思い当たらなかった。嫌なのだとしても延年にとって妹の代わりに俺に抱かれるということが少しでも幸福に繋がるのであれば、こんな夜など早く過ぎさればいいのだ。

「どう思っていても良い。いつまでも俺の傍にいろ。何があっても必ずだ。初めて会った日、お前は約束してくれただろう？」

「はい」

ああ、空虚だ。

俺の思いなど無関係に、日々は穏やかに幸せに過ぎていく。髆は順調に育っている。医師が言うには二歳として平均的な発育具合のようだ。時折延年が俺の室に連れてくる。というより連れてこさせている。

延年は朝夜は俺に侍り、日中は楽府で仕事をしている。昼間の空き時間、他の貴妃の室を回る途中に李の室に寄ったときにだけ、そこで髆に会っている。俺はもっと李の室に行けと告げたのだが、延年はたまに会えれば良いと言うのだ。あれ程喜んでいるというのに。

だから時折、公使などが来た際に、紹介するからといって宮廷に髆を連れてくるよう命じた。そうすれば、その間だけは延年は髆と一緒にいられるのだ。最近は簡単な言葉を話すようになり、可愛さも一入であろう。

延年は人前では布を被っているが、李の室で髆を見る延年の瞳の優しさは、一体どこにこの表情を隠していたのだと思う程温かい。

「またね、爸爸」

「ああ、またな、髆」

別れ際に髆はいつもにこりと笑って手を振る。幼い子どもというのは何故あれ程可愛いのだろう。男子は五人目だが、あんなに愛嬌のある子は初めてかもしれぬ。李の教育の賜なのだろうか。いずれどこかの地に封じねばならないとしても、なるべく長く手元で育てたいものだ。

その日もいつも通り、延年に髆を連れ出させた。今日は姉上も含めて新しい楽の打ち合わせだ。姉上も髆に会いたいと言っていたから呼び出したのだ。姉上はよく都合を合わせてくれる。ありがたい。

しばらく祭祀についての話をしていると、慌ただしく廷吏が走り込んできた。延年に急ぎの知らせらしい。耳打ちをされ、延年は顔色を青くした。その様子に手の中の髆が驚いている。

「後宮に何かあったのか?」

「確かなことはわかりませんが……李夫人が倒れたそうです。どうやら侍女も死んでいるらしく」

「延年、医師を連れてすぐに向かいなさい。髆は私が預かりましょう。万一にも髆に禍があってはなりません」

姉上は素早かった。延年は姉上の侍従に髆を預け、飛び出す。一方の俺はその瞬間、呆然としていた。

毒と聞いて嫌な記憶が頭の中を駆け巡る。延年は毒を受けて妹を呼んだのだ。その妹が毒を受けて、万一があれば延年は一体どうなる。夕闇で空を飛ぼうと藻掻く延年の姿が思い浮かぶ。延年も砕け散ってしまうのではないのか。そんな予感を首を振って必死に追い出す。

「姉上、李が毒を得たというのか⁉　どうやって⁉　持ち込むものはすべて確認させているはずだろう⁉」

「わかりません。けれども後宮ではどれほど警戒しても毒禍は度々起こるものです。徹、あなたは動いてはなりません。これが本当の毒禍であれば、あなたが特別扱いすれば、李夫人はますます妬まれ恨まれるでしょう」

「何故だ！　最近は等しく巡っていたはずだ！　……子のできた李を除いて」

「それであれば李夫人がいなくなれば、他の貴妃を訪れる回数は増えるでしょうね」

思わず歯ぎしりをする。姉上のその言葉は、真実だ。

その後の楽府の打ち合わせは何も頭に入ってこなかった。頭を占めるのは延年のことばかりだ。毒を受けたのは李だというのに。

打ち合わせを終えて飛び出そうとして、また姉上に止められた。状況がわかってから向かうべきだと言う。何故なら俺はこの漢帝国の皇帝で、万一にも毒を受けてはならないからだ。その理屈はわかる。だから、会えない。延年にも、李にも。

愛するものに会えぬ立場など一体なんの意味がある。

漸く姉上が良いと言ったのは、官吏の捜査が一段落して医師が毒の影響がないと明言し、李が意識を取り戻した数日後だった。

「延年、李の様子はどうなのだ」

「先程意識を取り戻しました。思いの外しっかりしております。けれども再び眠りにつきました」

「李に会いたい。李の無事を確認したい」

俺にはとても大丈夫とは思えなかった。延年はにこやかな表情を浮かべているけれど、その瞳は静かに絶望の淵に沈んでいる。その目は見たことがある。初めて延年を抱いた夜、死を賜りたいと述べた延年と同じ瞳だ。もし李に万一があれば、今度こそ地に溶けて失われてしまう気がした。

だから李に良薬、仙薬と呼ばれるものをなんでも贈ろうとした。けれどもまたしても姉上に止められる。李への寵愛が深いと見られれば、また李が危険に晒される。それは目に見えていた。

西姫とエスフィアも毒殺された。医師が調べたところ、李と異なる毒を飲まされたらしい。水差しに毒が混入していたそうだ。李がいなくなれば次に俺が向かうのはこの二人だと思われたのだろう。

この憎たらしい毒は一体どこから忍び込んでくる。俺の大切なものを奪う呪詛のようだ。どれ程警備を厳重にしても、毒禍を防ぐことができない。守れない。俺はなんと無力なのだ。

しばらく経って、遂に李に会うことができた。けれども李は奇妙だった。全身を衣服で覆い、袋を被っている。俺の室以外では顔に布をつける延年と並ぶと、まるで道化のようだ。

延年を無理やりに追い出し、李に問う。

「李、大丈夫か。心配したぞ」

「ええ、回復はしております。今は薬を塗っておりますのでこのような姿で失礼いたします」

李は平常と同じような口調であったが、そののど奥からはざらざらとした音が聞こえて痛ましいことこの上ない。

「そうか。お前に万一があればどうして良いかわからぬ。お前も俺にとってかけがえのない者なのだ。それに延年も悲しむ。だから早く回復しろ。な。それに治らねば、いつまでも髆にも会えぬだろう？」

髆は皇子だ。母親とはいえ、毒の影響のある者に戻すわけにはいかぬ。だから治らぬ限り会えぬ。俺が李の室に入るのも、随分と無理を言ってのことだ。

「主上、主上は本当に私どものことをお気にかけてくださるのですね」

「もちろんだ、何を言う。俺はお前たちを失いたくない。申し訳ない。俺はお前たちを守れなかった」

深く頭を下げると、李は慌てて俺を止めた。

けれどもそれが偽らざる本心だ。俺は李が毒を得るのを許し、延年の足を奪った。ざくざくと心に刃が突き立つ。後悔という名の、無力という名の刃が。

「主上。お気になさらないでください。すべては仕方がないことなのです」

「仕方がないはずがあるか！　何故その身の不幸を嘆かぬ。助けを求めぬ」

「まぁ。まるで主上が毒を得たような慌てよう」

袋の下からふふふという声がした。どうしてこの兄妹はこれ程強いのだ。前を向いているのだ。顔が腫れておるのだろう？　舞えぬのであろう？　普通の貴妃であれば、普通の芸妓であれば耐えられまい。泣いて暮らしたとしてもおかしくはない。

「ふん。このような状態では延年もお前を抱けとは言うまいな」

「まぁ。……けれども兄が心配です。なんだか幽鬼のようで」

明るかった声が急に憂いを帯びた。

幽鬼、か。確かにそのように見える。その顔色は青白い。始終何か不安定に見える。大切な妹が毒を受けたのだ。致し方のないところだろう。

「そなたが良くなることが一番の延年の薬だ。どれ、顔を見せよ」

「駄目ですわ。先程も申し上げた通り、今浮腫んでおりますもの」

「浮腫むくらいがなんだというのだ」

「主上は私の綺麗な顔だけを記憶に残してくださいな」

そのくすりとした愉快そうな声とともに出た微笑みは、俺に僅かに親しみを与えた。

「憎いことを言うものだ。では約束せよ。そなたの美しい姿を俺が見るために、一日も早く良くなるのだ」

「もちろんですとも。では主上もお約束くださいな。兄を幸せにしてください」

その声音に思わず李を見た。軽い口調で述べられたこの言葉は、けれどもとても重い何かを含んでいるように思われる。被った袋の中の瞳は、真っ直ぐに俺を見ていた。思わず居住まいを正す。

「約束するのは吝かではないが、俺にはその自信がない」

「大丈夫です。主上は『武帝』であられますから」

「それは間違いがない。けれども延年にとっては皇帝も有象無象の男と違いはないらしい」

本当に情けないことにな。延年は一向に俺を見てはくれぬ。

「そんなはずはありませんわ」

「む？　何故だ」

「兄は小さいころ、それは『武帝』を尊崇しておりましたから」

「俺を？」

「いいえ、『武帝』を」

俺ではなく、武帝を？　なんだか禅問答のようだ。困惑していると、李が言葉を続ける。

延年の両親が健在のころ、つまりまだ延年が体を売っていなかったころ、延年が舞う中に『武帝』がいたらしい。太公望や哪吒、西王母と交じってその中に、俺が。

困惑はますます深まる。聞くと、それは俺が即位してしばらく、雁門関から匈奴を討ち果たそうとしたころのようだ。

「そのころは未だたいした戦功など上げておらんぞ。損失のほうがよほど大きい」

「いいえ。『武帝』の評判は市井にも満ちていました。従軍した兵隊さんが凄い戦いだったって、匈奴をやっつけたんだって、色んなところで話していましたから。兄はその話を聞くのが大好きでした。私たちにとって、勝ち負けなんか関係ないんです」

「勝ち負けが、関係ない？」

「ええ。『武帝』はこれまで誰も敵うと思っていなかった匈奴に戦いを挑んだのですから」

李の声はあくまで朗(ほが)らかだ。ゆえにやはり、俺に訪れたものは困惑だった。

「それは、そうしなければ国が」

「主上、民には遠くのことも、ましてや政治のことなんてわかりません。だから匈奴に勝った。それだけでもう凄いこと。兄はきっと『武帝』の噂を聞いて、私たちの運命が打ち破れると思ったのでしょう」

俺の噂を？　俺はこれまで必死でやってきた。遥(はる)かを夢見て匈奴を駆逐し、まだ見ぬ西に道を作り、漢を大帝国とすることを誓って。けれども未だその最初の地点にも立たぬ内に、市井ではそのような噂になっていたのか。不思議な気持ちだ。

そのころから俺はこの兄妹と繋がっていたのか。

「そなたらの運命とはなんなのだ？」

「私たちは旅芸人の子です。旅芸人の運命に従い町から町に移動し、寄る方がありません。夜盗に襲われることもあり、病を得ても薬を買うこともままなりません。両親が死んだのは兄がまだ子どもといえる時分でした」

以前にも聞いたが、その生活は過酷すぎるものだ。

「踊りしかない私たちにはそれ以外、生きていく方法がなかったのです。そして私の子どもや孫もずっとそんな暮らしを続けていくはずだったのです。当時、まだ私にはわかりませんでしたが、既に身を売っていた兄にはそれが見えていたのでしょう。そしてそれは耐え難い苦痛だったのでしょう。兄は慣れることなど、諦めることなどできなかった。私も髆がそのような生活をすると考えると、とても耐えられません。運命を呪ったでしょう」

「髆にそんなことをさせるはずがない！」

「もちろんです。髆はそのようなことにはなりませんわ。髆の子もきっと長く幸せに暮らすでしょう。けれども髆が、そのように私たち一族の運命から逃れたのは、兄が宦官となり、主上のお傍近くに仕えたからです。そうでなければ私も私の子も身を売る未来しかありませんでした。だから兄にとって髆はかけがえのない子どもなのです」

李は延年よりは幾分朗らかな声を上げる。目の前の美しい李からは誰とも知れぬ者に身を売るしかないような過酷な運命は見えぬ。けれどもその声の裏にどれ程の悲しみが混ぜ込められているのだろう。そして更に昏く笑う延年の奥底に、どれ程の絶望が詰め込まれているのだ。

「……では、延年はお前に子を産ませるためにお前を後宮に推挙したのか？」

「いいえ。兄は運命を越えるには自らでは足りないと思ったのでしょう。だから私を自分と同じように主上に売ったのです。自分がいなくなって給金が入らなくなっても私が暮らしていけるように」

「自分が？　馬鹿な。俺は延年をどこかにやるつもりはない。何故だ。何故そこがわからぬ。通じぬのだ」

舞えなくとも良いのだ。ただ、ここにいてさえくれれば。俺の傍にいさえすれば。

「主上、私と髆は主上によって運命から逃れることができました。けれども兄はまだ運命に囚われているのです。だから、兄にもどうか幸せになってほしい。私も随分兄に言ってはいるのですが、伝わりません。きっと兄を幸せにできるのは主上だけなのだと思います」

「俺が……」

「なにしろ『武帝』なのですから」

そう言って、再び李の声の調子は明るくなった。

武帝だから？

「お約束していただけますか？　兄を幸せにすると」

「わかった。なんとかやってみよう」

俺の返答は決まっていた。できるできないではないのだ。

「良かった。私の心残りは髆と兄だけです」

「心残りなど不吉なことを言うでない。お前の幸せも延年の幸せなのだぞ」

「ええ。だから私がいる限り、兄は自分の幸せが見えないのかもしれません」

延年の幸せ。

儘ならないものだな。確かに延年の目に映るのは李ばかりに見える。李の幸せこそが延年にとっての幸せなのだ。延年の目には自身が映っていないのだろう。

そこをなんとか、それ以外の、延年自身の幸せというものに目を向けさせることはできぬものか。

俺と李はその点で同志だった。延年を幸せにしたいのだ。

気がつけば秋の風が吹くようになっていた。李はだいぶん復調したらしい。そろそろ髆に会えそうだ。そんな話をしたばかりの朝だった。延年がいつもの通り朝の挨拶に来て、……そして、俺は何を言っているのかわからなかった。

「李が、死んだ？」

「さようでございます」

「そんなはずはあるまい」

「毒の作用で突然に」

急に、息ができなくなった。世界のすべてが失われたようだ。悲しみが湧く以前の話だ。そんな話は俺には受け入れられない。

「そんな、馬鹿な。そんなはずがあるか。俺と李は、一昨日の夜にだって話をしたのだ！」

そんな馬鹿なことがあってたまるか。

そんな馬鹿なことがあってたまるか！

思わず延年の肩を掴んで揺さぶった。目の前がぐにゃりと歪む。

「何故だ。何故、お前も李も回復していると言っていたではないか!!」

「おそれながら突然のことで、医師の見立てでは新しく毒を盛られたか、先日の毒で心の臓が……」

「馬鹿な！　会いに行く！　今日の朝議は欠席とする！」

「主上、李夫人は既に弔いました」

何を言っているのかわからなかった。その内容を咀嚼するのに、随分と時間を要する。

「何故だ！　俺も会えぬというのか!?」

「毒ならば一刻も早く遠ざけ」

「髆はどうなる！　髆はあれ程李に会いたがっていたんだぞ！　いつもどうして会えないのかと問

われるのだ！　その死に目にも会えぬというのか！」

「……李夫人は毒で亡くなりました。主上や髆皇子にお越しいただくわけにはいきません。そして問題は髆皇子のことでございます」

「髆？　髆がどうだというのだ！　今は姉上のもとにいる！　母の死に目にも会えずにな！」

「そうです。幸運にも」

その言葉に俺は動転した。

幸運？　幸運だと？　李に会えないのが幸福だとでもいうのか？　未だ病というものが何かを理解せず、母に会いたいと泣くあの子が。

「主上、李夫人には新たに毒が盛られた可能性があります。髆皇子は平陽公主様にお預かりいただき、だからこそ毒禍から免れることができたのです」

「だが母親だぞ！　たった一人の母親だ！　その最期にも会えぬことが幸福だとでも」

そんな人非人のようなことを、と続けようとして俺は固まった。思わずそのように感じてしまったのは、そのように淡々と言葉を紡ぐ延年の瞳には悲しみが全く浮かんでいないように思えたからだ。だが、そんなはずがあるか。

「わたくしは毒を止められませんでした」

「延年……」

そのとき、俺は気がついた。延年の表情が何も読めぬことに。表情が抜け落ちているのとも少し違う。その表面は分厚く塗りつぶされている。貴妃どもの分厚い化粧のようだ。そうとしか思えない。

そして漸く思い至った。誰よりも悲しんでいるのは、当然ながら延年なのだ。俺などより遥かに深い悲しみを分厚い何かでその内側に塗りこめているのだ。延年がどれ程妹の幸せを願っていたのか、俺には痛い程良くわかる。そしてそれは、叶わなかった。

俺は思わず延年を抱きしめた。その体は固く硬直していた。おそろしいものを耐えるように。世界のすべてから耐えるように。なんということだ。嗚呼。

「すまなかった。お前を責めるような物言いをしてしまった」

「……勿体ないことです。けれども今は髆皇子のことです」

「安心せよ。髆は姉上がしっかり守っておる」

「はい。感謝に堪えません。けれどもそれは特別にお預かりいただいているだけのこと。いずれ髆皇子は後宮にお戻りになります」

それは……そうだが……。延年が何を言いたいのかちっともわからなかった。

帝の子は後宮で育てる定めなのだ。けれどもどうなる？　皇子皇女は通常その縁者が育てることになる。その第一の縁者、母である李は既にない。次は父である俺だ。けれども俺は忙しく、日中の大凡は宮廷に拘束される。世話は誰かに任せざるを得ない。

駄目だ駄目だ。そんなことができるものか。調査報告では李は髆が生まれて以降、室に引きこもってきたと聞く。それも今から考えれば毒を恐れてのことだろう。その侍女はすべて姉上が用意していた。それでも毒に倒れたのだ。他人になど任せられるはずがない。信用でき、髆を守れる者。そう思って目の前を見ると、延年は痛々しく微笑んでいた。延年はそれができなかった。

「わたくしでは髆皇子をお守りできません。李夫人をお守りできませんでした。髆皇子が無事であられるのは、たまたま主上のお呼びがあり、また、現在も公主様にお守りいただいているからです」

髆が後宮に戻れば髆に何かあるというのか。いや。これまでの歴史を見れば、皇子とはいえ安全だとは言いきれぬ。寧ろより危険に晒されるだろう。俺の異母兄でありかつて皇太子であった劉栄すら、廃太子ののち微罪で責め立てられて自害したのだ。そんな例は類を待たぬ。

「それならば。それならばどうすればいいのだ。この上、髆を失うなど耐えきれぬ」

「僭越ながら申し上げます。髆皇子をどこかに封じていただけますよう。わたくしではなんの後ろ盾になることもできません」

辺境？　辺境に封じるとはどういうことだ。

「拠皇子が皇太子となられている以上、他の皇子は他の地に封じられるのが定めです」

「何を、お前は何を言っているのだ？」

髆。朗らかに笑う髆。先日姉上を訪れたときにも母に会いたいと泣いていた髆。その上、父である俺からも、伯父である延年からも離れた誰も知らぬところに一人で向かわせるというのか？　まだ二歳なのだぞ？　それに第一。

「お前はそれで……大丈夫、なのか？」

「わたくしが、でしょうか」

延年の眼を覗き込む。

李も、髆も、延年にとっての幸せのはずだ。李は既に亡くなったという。そして髆も遠くにやれという。お前はすべての幸せを失い遠ざけ、これからどう生きていくというのだ。

「何故、何故だ。李は何故死なねばならぬ。俺が愛したからか。何故、俺の心に住んだ者は皆死んでいく。李も、嫣も、西姫も、エスフィアも」

「主上、それであれば是非、髆をお守りくださいませ」

延年の視線は真っ直ぐ俺を見ていた。僅かに微笑んですらいた。とても空虚に。

髆を封ずる。それは本当に、延年の望みなのだろう。延年が俺に望んだのは、毎月の給金をよこすことと妹を入内させること、それから妹を愛せということだけだった。

そして今、そのどれよりも強く髆を遠くへやれと望んでいる。延年の何も映さぬ瞳が俺にそう強く求めている。

それはどれ程の悲しみの上での望みなのだろう。これまでは繕っていてもどこかその感情は漏れていた。けれども今、その表情や心の内は全く隠されている。おそらく閉じ込めておかねば悲しみが溢れ出してどうしようもなくなるのだろう。

「……お前は今日は休め」

「しかし」

「李は既に弔ったのだろう？　ならばやることは他にあるまい。ここで俺の帰りを待っていろ。必ずだ」

延年に時折感じる溶け落ちるような不確かさはなかった。けれどもその分、余計に心配だったのだ。普通に死んでしまいそうで。或いは既に死んでしまっているように。

侍従の一人に延年の見張りを命じ、朝議に向かった。けれども気は漫ろだ。

今後の匈奴戦、国内の内政需要、絹の道にかける各種関税について。協議すべきことはたくさんある。次々に流れていく議題を決裁し、保留にし、そうして最後に、いつもは至極どうでもいいと思っていた議題が上がってきた。茂陵だ。

皇帝は即位してすぐ、自らの墓を作り始める。俺もご多分にもれず、長安からおよそ百里程の距離にある五陵原に巨大な墓を建てていた。

「俺の墓のすぐ近くに墓を一基追加しろ」

「墓を？　何故でございますか」

担当の官吏が不思議そうに述べる。俺はこれまで墓について意見したことがないからだ。

「昨夜、李夫人が死んだ。だから墓を建てる」

「……しかし、これまでそのような計画はありませんでした。帝の陵墓の周囲は守りの神獣の彫刻を」

「ならばその内側に建てよ。これまでないのであれば新たに作れば良いのだ。小さいもので良い」

俺の愛する者は死ぬ。延年は既に李を弔ったと言った。

延年にも李にも姉上以外の後ろ盾はないはずだ。既に俺の後宮に入った以上、姉上が後宮から引き取って李を弔うことはしないだろう。だから延年は共同墓地に葬ったのだ。

俺の愛する者は死ぬ。けれども死んだ者は更に死ぬことはない。だから俺も李を弔おう。もはや、そのくらいしかできない。

墓。それはひどく死を思い起こさせた。本当に死んでしまった。李は死んでしまった。俺ですら、世界はいつもより、格段に昏く感じられる。それであれば延年の瞳には世界はどのように映っているのだ。それはおそらく真の闇。引き上げることが叶わぬ程の。

このまま手元に置けば髆も死ぬというのか。そして延年にはその未来が見えているのか。

死。穢れ。溢れる陰の気。

俺は嫣も、李も失いたくはなかった。けれども失ってしまった。この期に及んで俺は未だ学習しないのか。死なないことを、不吉が訪れないことをただ期待する行為に意味はない。本当に守りたいものがあるのならば、それが自分にとっていかに苦しくとも、いかに痛みを伴おうとも、なさねばならぬことがある。俺が本当に守りたいものは延年と髆だ。もう失うことは耐えられない。

だから髆を封じよう。未だ二歳であるとしても、父母や身内に二度と会えぬとしても、そのことによって髆自身から冷たいと謗られようと、恨まれようと、その死よりは数等マシなのだ。生きていてくれさえすれば良い。俺の闇に、小さく光が灯る。

嗚呼、延年。お前もこのような心持ちだったのだな。お前は李に幸せをもたらすために、いや、不幸から遠ざけるために、自ら身を売り宦官となり、ここにいるのだ。その深い覚悟に今更ながら戦慄する。

それなのに、それ程守りたかったものを失ったのか。俺にできたことは他になかったのか？　毒はどこから混入したのか、もはやわからぬ。慚愧に耐えぬ。何故。何故。姉上の言に反して名医仙薬を惜しげもなく贈れば良かったのだろうか。いや結局、その後の危険を高めるだけ、か。

俺は延年を失いたくない。決して。

仕事が終わり、急いで後宮に戻って延年の室の扉を開ける。

良かった。いた。延年は今朝と変わらず氷のように儚く微笑んでいた。

「お迎えもせず申し訳ありません」

「良いのだ。俺が休めと命じたのだからな。もし働いていたなら叱り飛ばすところだった」

「ご心配いただき、ありがとうございます」

その吐息からは何も感じなかった。悲しみも、絶望も。

「延年、李はやはり俺も弔う」

「けれども」

「決めたのだ。既に命じた。お前が俺に会わせたくないというなら会いはせぬ。ただ、俺の墓の隣に李の墓を建てることにした。俺は李とずっといる。俺は李を愛している」

延年と僅かに目が合った。俺と延年を繋ぐものは、やはり李と髆しかない。

「主上……ありがとうございます」

「立派なものだぞ。お前も死んだらそこに一緒に入れば良い」

「わたくしも？」

「ああ。お前も妹と離れがたいのだろう？　だからずっと俺といろ。きちんと仕事をこなして末永く生きるのだ。そうして長い人生を終えれば、この漢が続く限りお前も李も国中から弔われよう」

本来宦官は子孫を作れぬ穢れた存在だ。そこで祭祀が途切れる。後宮の共同墓地もそのようなもので、十把一絡げだ。けれども俺の墓ともなれば折々で祀られるだろう。

けれども延年はやはり儚(はかな)く微笑むばかりだ。そこからはなんの感情も読み取れない。美しい瞳を正面から見ても何も。

「延年、俺の祖父の文帝(ぶんてい)も弔ってから三十六日喪に服せと言っている。だからそのくらいはゆっくりしろ。いいな」

「しかし」

「お前の『しかし』は聞き飽きた。命令だ。休め。それから髆は昌邑に封じることにした。海に面した良い場所だぞ。俺がいた膠東にも程近い」

「ありがとうございます！」

その言葉は華やかで、延年の瞳から一筋の涙が流れた。

どれ程それを願い、どれ程それを願わず、そうしてその事実を受け入れたのだろう。

この魂はどれ程傷つくのだ。そうしてすべてを手の内から失い……どうしたらいいのだ？　これ程傷ついた延年をどう扱えば良いのだろう。

そこからの生活は、ある意味穏やかに過ぎていった。延年は次第に気力だけは取り戻したのか、また細々と後宮の用を聞くようになった。

けれどもその表情は戻らなかった。表面上は、といっても俺の前以外では布を被っているわけだが、人当たりよく過ごしている。だが、すべてをその内側に押し込めているのだ。

協律都尉としての仕事のありようも妙だった。ますます神がかっている。その歌は流星を呼び、太陽の光を呼ぶ。まさに五帝のおわした神話の時代、神代の巫子のようだ。けれども歌を作る度に、その姿から延年が消え失せていっているような気がした。静かに死んでいっている。そんな気がした。

どうしたら、どうしたらいいのだ。延年の魂が失われてしまう。

「李よ。お前は俺が延年を幸せにできると言っていた。けれどもどうしたらいいのだ。やはり延年の幸せはお前と髆で、俺の入る余地などない。どうしたら」

俺は李の残した手紙にそう問いかけた。李の手紙。李が死んだという報告とともに延年が俺に渡した手紙。

俺と李は約束した。李は回復する。俺は延年を幸せにする。李は死んでしまったが、俺の約束は反故にするつもりはない。何故ならそれは俺の願いでもあったのだから。

一片の紙を開く。毎晩のように開いて眺めている。

俺への感謝から始まるその手紙は、髆と延年のことが書かれてある。髆を封じることは李の望みでもあった。だから俺は髆を封じることに、最終的に反対しなかった。俺にもそれしかないように思えたからだ。

けれども延年について。そこに書かれていたことは、俺にはよくわからなかったのだ。

兄は妹である自分と弟の広利の幸せだけを考えている。自分が死んだとしても、自分は幸せだった。だから兄の延年に幸せになってほしい。そして武帝である俺であれば兄を幸せにできるはずだから、と。小さいころ、武帝と過ごした兄は確かに幸せだったのだから、と。

幸せ。

幸せ。

幸せ。

それは一体なんなのだ。俺は小さいころの延年など知らぬ。小さいころの延年と過ごしたのは俺ではない。

そのころの俺は未だ首枷(くびかせ)をはめられ、俯(うつむ)いていたのだから。

そして延年は今もその心を閉ざし、そのまま闇に沈もうとしている。……俺と初めて会った日のように。

李は俺が殺した。俺が愛したから死んだのだ。

それを、俺は、李の死を俺のせいにしたかった。少しでも延年と悲しみを分け合えたら。一緒に李の死を悼(いた)むことができたなら。

延年はそれをもすべて拒絶した。そんな延年に、妹は幸せだったのだなど、口が裂けても言えるものか。

どうしたらいいのだ。李に会ってどうしたらいいか、相談がしたい。

「李に会いたい」

「主上?」

ふと、目が合った。李によく似た、そして似て非なる目と。

しまった、と思った。誰よりも会いたいのは延年であろうに、思わず心がこぼれ落ちていた。まじまじと俺を見つめる目は、相変わらず透き通り、そのまま近づき唇が接した。そして俺の胸にしなだれかかる。

そうだ。

「延年、そういう意味では、ない」

胸が張り裂けそうだ。叫びそうだ。

「何をお望みでしょうか」

「お前が幸せになることだ」

「わたくしは十分に幸せでございます。妹を弔っていただき、髆皇子を諸侯にしていただきました」

その涼やかな声の内側が全く見えぬ。氷でできた花のように、触れればそのまま、壊れてしまいそうだ。

李よ。俺はどうしたら良いのだ。髆は未だ、父とも母とも伯父の延年とも離れて一人、泣き暮らしていると聞く。

延年はすべてを拒絶し、もう話しかけることすら困難だ。俺は髆の幸せに本当に役に立っているのか。そして李の言う延年の幸せとはなんだ。

「延年。俺はお前を幸せにしたい。髆でも李でもなくお前を」

「わたくしは幸せでございます」

微笑むその目は確かに、俺を見ていなかった。まるで何かを降ろすための器でしかないように。

「お前にとって俺とはなんなのだ？」

「主上は最も尊きお方。この国で最も大切な方です」

「そうだな。俺は皇帝だからな。けれども俺は無力だ。お前一人幸せにすることができぬ」

「主上、わたくしは――」

「幸せなのだな」

「はい」

幸せだと言い続ければ幸せと思えるようになるものなのだろうか。延年の表情は次第に幸せそうなものに変化した。話しかければ幸せそうに笑う。これは俺が幸せにしたいと言い続けたからだろうか。俺が延年にこのような表情を強(し)いているのだろうか。胃の腑が抉(えぐ)れるように痛む。

宮廷から帰って最初に延年の様子を確認し、体を清めてから延年に一曲歌わせてともに軽食を取り、俺は貴妃のもとに向かう。俺が愛さなければ危険は減る。結局はそういうことなのだ。それでもたまに遅くなって戻ると延年が侍(はべ)ろうとする。その際にどうしていいかわからなかった。

以前はそれでも、延年とまだ会話ができていたのだと実感する。好きにさせれば奈落のような快楽がもたらされるが、やめろと言えば少しの混乱を浮かべてやめ、部屋に戻れと言えば失礼しますとおとなしく戻る。どうこうせよと言えば、その通りにする。まるで美しい人形のようだ。奴隷ですらもう少し意思というものがある。

他の者の前では布を被っているものだから、おそらく誰も気がついていない。けれども延年はきっと、この世のすべてを拒絶しているのだ。

幸せとはなんだろう。

延年は変わらずその内側に閉じこもっている。幸せを装えば、幸せになるものなのだろうか。それすらももはや、わからない。

「延年、欲しいものはないか？」

「主上のお傍にいさせていただければ」

「何故俺の傍にいたいのだ？」

「お慕い申し上げております」

その艶やかな髪をなでると、延年は嬉しそうに目を細めた。そしてやはり、その目は俺を見ていなかった。


「轍、最近元気がありませんね。李のことを気に病んでいるのですか」

「ああ、姉上。そうと言えばそうだな。延年の様子がおかしいのだ」

そう言うと、姉上は珍しく軽くため息をつき、首を横に振った。

「延年は既に人ではありません」

「人では、ない？」

「神憑かっています。あなたは楽府にはあまり来られないからわからないかもしれませんが、楽府の雰囲気は異常です」

楽府で延年が席に座れば、どこからともなく風が吹いて周りを舞い、いつしか季節外れの蝶や花弁が踊り、小鳥がその肩に止まり囀っている。延年の周りだけやけに光が降り注ぐ。雨を唄えば雨が降り、夏を唄えばその陽は光を強め、冬を唄えば木枯らしが吹く。まさに神憑かりだ。

「ですから轍が延年を大切に思うのであれば、今の内に大事になさい。あの様子では長くないでしょう」

「長くない？　どういうことだ」

「これまでも精霊のようだと思うことはよくありましたが、今は到底人であるように見えませんし、人がなしうる行いではありません。あれは死に急いでいるようにしか思えませんから」

死に、急いでいる。自分だけではなく、周囲もそう感じていることに慄いた。

「どうすればいいのだ。この上、延年を失うことは耐えられぬ。李は俺であれば延年を幸せにできると言った。けれどもどうすれば良いのか皆目、見当がつかぬ。そもそも俺の声は延年に届かぬのだ」

「そうですか。李夫人が……私も様々な意味で延年を今、失いたくはないのです。李夫人はなんと言っていたのですか？」

持ち歩いていた李からの手紙を渡すと、姉上は少し考え込むように腕を組んだ。

「短すぎてよくわかりませんね」

「ああ、本当に」

「武帝だからというのは、どういうことなのです？」

「延年が小さいころ、俺が匈奴と戦ったことが心に残って俺を慕ったと聞いた」

「それは……徹が延年と出会う随分前のことですね」

「そうだな。そのころ、実際に俺と延年が会ったことがあるわけではないし、その延年の心に残ったという俺も俺自身とは全く違う存在なのだろう。俺は李が死ぬとも思っていなかったのだ。回復していたという話だったからな。何故、俺はもっと詳しく李に聞いておかなかったのだろう。最近は後悔ばかりだ」

「李夫人に、ですか」

今更言っても詮なきことだ。既に李はおらぬ。李は延年がこうなることを予測していたのだろうか。わからぬ。

「轍。あなたは道教はお嫌いでしたわね」

「ああ。あれは竇太后の香りがする」

「ならば無理にとは言いませんが、死者を呼び戻すという道士に伝手があります」

「道士だと？」

「ええ。それで李夫人の魂というものを呼び出し、尋ねてはどうでしょうか」

道士。そんな胡散臭いものを、とは思った。けれども他に方法は思いつかない。藁をも掴むとはこのことだ。延年は今にも砕け散りそうで、もはや時間などない。

その術は月がすべて隠れた闇夜に行われた。湿った土のような冷たい冬の夜だ。地に満ちた陰気から死者の魄を呼び起こすのだそうだ。

今は誰も使用していない李の室を訪れると、準備は整っていた。既に家具も何もかも取り払われた室内に帳が張り巡らされ、二つの区画に区切られている。その周りにはぽつぽつと小さな燈火が焚かれていた。李の寝台があったところ、つまり帳の向こうには肉と酒が並べられており、これが死者を呼ぶという。

道士が調合した霊薬を煎じた丸薬が金炉で焚かれ、草のような、果物のような、得も言われぬ不思議な香りが漂った。それは些か大仰だが、死者を呼び出すという異常を考えれば、そんなものかと思われなくもない。けれども俺は半信半疑だった。

「偉大なる帝よ、こちらにおこしください」

「うむ、道士よ、そなたは誠に死者の魄を呼び起こすことができるのか？」

「誠でございますとも」

道士は重々しく首を垂れる。

煙が次第に室に充満していく。不思議なことだが、息苦しくはない。

「霊は夜の幽きものです。それから生きた人間は死者とは相いれませぬ。先程の決まりを決して破られませぬよう」

「わかっておる。帳に触れてはならぬのだな」

この帳の向こうに李の霊が現れる。その向こうに触れてはならない。霊とは本来、陰の世界に住むおそろしいものなのだ。人は死ねば魂魄に別れ、陽の魂は天を駆け巡って世界に返り、陰の魄は地に溶けて世界に返る。その地から再び吸い出した魄、つまり鬼神の霊に触れれば生者は生気を吸い取られ、死に誘われる。

最初は本当なのだろうかという疑いを抱いていた。しかし奇妙な香りは確かに陰の気を呼び寄せるようで、次第に帳の先は湿り気を帯び、じわりと冷えていくように思われた。まるで死者の眠りに繋がったかのように。

それでも更にしばらく待つと、香の煙が薄らと形をなしてきたように思われた。薄暗い帳の向こうでぼんやりと人の形を取ってはまた崩れていく。気のせいといえば気のせいと言い切れそうな、幽かな残滓。

「李よ、李なのか？」

思わず呼び掛けども、返事はない。焦れるような思いで何度も声を掛けるが、煙はゆらゆらとたなびくだけだ。

「少翁よ、これは李の魄なのか」

道士の声はいつの間にか聞こえなくなっていた。帳で囲まれた薄暗い空間の周囲で篝火が揺れると、俺のいる空間ごと僅かに揺らめくような奇妙な心地だ。ふらふらと足元が定かではない。ここは既に、俺が先程までいた現し世とは切り離されているのかもしれぬ。自然と、そう思えた。

目を凝らすと、目の前の帳の奥でその煙は次第に李の顔形を取っていく。思わず駆け寄りたくなるのを押し留める。煙のような李は帳の奥で佇んだり座ったり、ゆらゆらと揺れ動く。はっきりとは見えぬものの、確かにその所作は李そのものだった。

妖のように神霊のように李は不可思議に揺れ、その煙は時折くっきりと形を取ってはまた崩れ落ちた。もどかしい。

「李よ、李よ、そこにおるのか」

そのように呼びかければ、僅かにまた蠢いた。

　是邪非邪――李よ、お前は本物なのかそれとも幻か
　立而望之――俺はここに立ってお前を求めている
　偏何姍姍其來遲――けれども李よ、何故お前はそんなにゆっくりと蠢く。こちらに来ぬのか

『主、上……』

幽(かす)かに聞こえた声を皮切りに、その白い何かはずるりと人の形におさまった。表面はざわざわと揺れたままだが、そこには懐かしい李の面影がある。白い煙と化しても李は俺に優しく微笑みかけたのだ。

『ご無沙汰して……おります……』

「李なのか？　お前は李の魄(はく)なのだな」

煙はやはり、揺れるように蠢(うごめ)いた。その切れ目がよく知る李の微笑みのように見えた。思わず帳(とばり)のギリギリまでにじり寄る。李であるのであれば、もはや尋ねることは決まっている。

「何故(なぜ)死んだのかは聞かぬ。延年を幸せにするにはどうすればいいのだ。延年の姿が見えぬ。すべてを内側に閉じ込めて、もはや何も見ておらぬ。今にも死んでしまいそうだ」

『そう……なのですか』

「お前は俺であれば延年を幸せにできると言ったな。けれども俺の声は全く届かぬ。呼びかけても淡く微笑むばかりなのだ」

俺は李が死んでからの延年の様子を語った。一見普通に見えてもその反応は表面を滑り、風を呼び、光を輩(ともがら)として、世界と一体になろうしているとしか思えぬ。

けれども李の反応は予想外なものだった。

『まあ、兄上ったら小さいころに戻ってしまったのですね』

「李？」

『兄は今、夢の中で暮らしているのです。小さいころの兄は、今から思えば夢の中に生きていました。自分は太上老君だとか斉天大聖だとか言って駆け回って……そう、なのですか、それではあのころから兄は……』

一転、李の魄は悲しみを纏う。しくしくと音を立て始めた。

『私たちはなんと残酷なことを兄に押し付けてしまったのでしょう。兄上、誠に申し訳なく』

「李、一体どうしたというのだ」

『思い返せば兄の最も古い記憶は、普通の子どもと変わりありませんでした。しかしその内そのうに夢見がちになり、兄は両親が亡くなるまでは夢の中で生きるようになりました。その兄は不思議に美しく野山を駆け巡り、世界に祝福されているように見えて、私にはなんだかとても幸せそうに見えたのです。けれども主上のおっしゃる通り、あのときの兄は既に世界を拒絶して、見ることをやめてしまっていたのですね』

「世界を？」

『それであるなら、兄が体を売り始めたのはおそらく私が思っていたより遥かに前です。そして両親が死に、私たちの生活の面倒をみなければならなくなって兄は現実を見るようになりました。いえ、見ざるを得なくなったのです。夢の世界に逃げられなくなった。そして私が死んで広利兄や髆の暮らしに当座の心配が亡くなった今、再び夢の世界で暮らし始めたのでしょう』

その声は悲しみに沈んでいた。

「夢で？　何故わざわざ夢で暮らすのだ。もう体を売らなくても良い。好きにすれば良い。延年は確かに詩や歌舞が好きだった。その好きな仕事をして暮らしていけば良いではないか」

『けれども、兄にとっての世界とは、そのようなものなのでしょう。目を逸らして生きていくもの。現実とは切り離して生きていくもの』

「馬鹿な！」

思わず叫んだ。そんなことがあってたまるか。それであれば延年の人生はいつまでも過酷なままではないか。この世界は何一つ、延年に幸せをもたらさないとでもいうのか。

俺は延年に救ってもらったのだ。延年がいなければ俺の魂は今も鎖で繋がれたままだった。それなのに。

『主上。やはり主上におすがりするより他ありません』

「俺に？　俺に何ができるというのだ」

『兄の夢の中でただ一つ、現実に繋がっていたものが「武帝」なのです』

「しかし！　俺はそんな立派なものではない。そのころの俺は俯いていたのだ。未だ呪縛に囚われていた」

『いいえ、やはり主上以外にありません。どうか、兄を慈しんでいただけますよう。今のそのままの兄を』

「そのまま？」

『ええ。兄は今、夢の中で生きています。おそらく幸せな世界に浸って。けれども兄は、現実では夢の中と同じように幸せを保てるとは思っていません。何故なら現実では誰も、兄の形に目を奪われ、兄の魂を見なかった。愛さなかったし、幸せにしようとしなかったからです。けれども今、主上には兄を愛していただいています』

「もちろんだ。誰よりも、何よりも延年を愛している」

『どうか兄を幸せに』

李はそこまで述べて、ふわりと風が吹いたように霧散した。あとは白く煙る香りの残滓だけで、濛々と隠の気が折り重なって溜まっていた。次第に薄れゆくそれは、最初に延年を抱いたときに流れた陰気によく似ていた。

延年のすべて。

誰も延年を見てはいなかった？　本当の延年？　あの初めて会ったときの少年のような延年は、確かに人のように感じた。俺と同じ人間のように。

人間？　人は陽の気と隠の気が混じり合ってできている。天に繋がるあの陽の気を立ち上らせながら歌う延年も正しく延年だ。そうであれば、あの地の底に魂を引き摺り込むような隠の気を滴らせる延年も正しく延年だ。延年の輝くような陽の気と闇に溶けるような陰の気は、ともにその魂を二つに割り裂く延年自身だ。そうだとすれば、なんということだ。延年を拒絶していたのは……俺のほうではないか！

気がつけば夜を走っていた。走って、延年の室の扉を開けた。明かりもなく闇に沈んだその部屋の中で、さらなる闇が僅かに揺らめいた。

「主上……？」

声に向かって駆け寄り、思わず抱きしめる。するとふわりと、先程までと同じように闇の香りが漂う。

夜は隠の時間だ。それを表すような延年の闇に溶ける髪に触れ、その額に口付ける。するりと腕が俺の首筋に伸ばされ、滑らかな肢体が押しつけられた。

これまでこのような真似をしなくて良いと言ってきたが、これがお前なのだな。このように生きるしかなかったお前自身なのだな。

唇を交わせば甘い香りが漂い、その腕は俺の服をするりと脱がそうとする。それに抵抗することなく、その冷たい指先が触れるがままに任せた。

「延年、愛している。お前のすべてを」

「主上？　……わたくしもお慕いしております」

その空疎な言葉も愛おしい。

「お前が欲しい。けれどもその前にお前と話がしたいのだ」

「わたくしと？」

そう告げると、その滑らかな腕の動きは止まり、僅かに闇の中で首をかしげたような気配がした。

その頬に手を触れる。柔らかく美しい体。滑らかな髪。

「どのようにすればよろしいでしょう」

「うん。少しだけお前のことを教えてくれ」

「わたくしの？」

「ああ。お前にとって『武帝』というのはどのような存在なのだ」

「武帝様」

その言葉は、それまでと違い心持ちうっとりとした響きをもっていた。

「武帝様は遥か匈奴を打ち倒しました。これまで誰も、高祖劉邦ですら如何ともし得なかった匈奴を」

「そうか。お前は『武帝』が好きなのだな」

「武帝様は英雄で、神仙と違いはありません」

少年のような湧き立つ声。その声からはどことなく、初めて会ったときのあの子どものような姿が思い浮かぶ。思わずその頭をなでた。

「『武帝』に会ったらどうしたい？」

「遠くからでもご尊顔を拝したく」

その返答は、正しく現実を拒絶していた。

「近くに侍れば良いではないか。武帝はきっと喜んでお前を側仕えにしてくれるぞ」

「そんな。畏れ多い」

「何故だ。お前はこれ程美しく、歌も素晴らしい」

急にぞっとするような陰気が溢れる。この真っ暗な夜のすべてが延年であるような気さえする。

どれも延年なのだな。そう思うとその禍々しい妖しき気すら愛おしく、そっと抱きしめた。けれど、その身はびくりと慄く。

「わたくしは穢れておりますれば」

「拒絶……？」

「何度も言っておろう。お前は何も穢れていない。何一つ。今もすべてを拒絶しておるではないか」

「主上はわたくしに、穢れがないとは他の何物をも受け入れていないことだとおっしゃいました」

「お前のどこが穢れているというのだ」

「俺に穢されるのが嫌なのだろう？」

闇は僅かに慄く。延年の形をした闇は真っ直ぐに俺を見つめていた。真っ暗闇ゆえ、どこを見ているのかは定かではないが、このようなときには俯いてはならぬ。目を逸らしてはならぬのだ。

「俺は無理に体を交えようとは思わん。ただ、そこにいてくれれば良い」

「しかし、わたくしには他にできることがありません」

「本当に聞かん奴だな。ではお前のできることをせよ」

闇が僅かに身じろいで、やがて俺の帯を解き始め、顕になった俺の胸にすがりついて口付けをする。得も言われぬ愉悦が沸き起こる。これもすべて、延年。

「お前は『武帝』に会ってもこのようなことをしたいのか？」

延年は驚くように動きを止めた。『武帝』とは一体なんなのだ。太上老君や斉天大聖か。俺はそんな大層なものではないのだがな。

ただ何かの巡り合わせで帝位に収まっただけのつまらぬ人間だ。英雄などではない。それを言うなら、俺を軛から解き放ってくれた延年こそが英雄なのだ。

「お前の中の『武帝』とはどのような人間なのだ」

「わたくしの中の……」

ふいに窓から月明かりが差し込み、延年を照らす。白く美しい右半身と、その反対側の影に沈んだ黒。まさに陰と陽。頬をなでると僅かに卑屈な目が俺の表面を彷徨(さまよ)った。

「武帝様はこれまで叶わなかった匈奴を打ち破りました」

訥々(とつとつ)と、そして確かな憧れを口端から滲ませながら語られる武帝の物語。それはやはり斉天大聖や姜子牙(きょうしが)のように世界を巡る英雄の話だ。俺のこととはとても思えぬ。そのことが妙におかしい。

「ご不興でしたでしょうか」

「いや。大層な人物だなと思ってな」

延年は僅かに微笑んだ。本当に、『武帝』が好きなのだな。

「延年。お前は今夢の中にいるのだろう?」

「夢……」

「どうして夢を見る。それ程現実が嫌か? 俺が、嫌いか」

「主上をお慕いしております」

「本当に?」

「けれどもわたくしでは」

このやりとりを俺は何度繰り返しただろう。けれどもこれまで俺はその瞳を直視していなかった。

闇の中でなお、美しく空だけを見つめる孤高の瞳を。

「お前は穢れてなどいない」

体を引き寄せ、唇を合わせる。穢れているとしたら、それはお前以外のすべてだ。

「……よろしいのでしょうか」

頷くと、探るように俺の唇に舌を絡ませた。

久しく禁じていた夜の瞳。その舌は俺の口蓋をひとりと舐め、首の後ろに回された腕から伸びる指が耳朶をなでる。顎先がくすぐられ、首筋が吸われる。その冷えた白い体を押し付けて足を俺の腰に絡める。その仕草一つ一つがこの世のものとは思えぬ程艶めかしく、月が照らすその肢体はただひたすらに妖しく美しかった。

やがてその指と唇は腰に至り、陽根の先端が含まれると、得も言われぬ悦楽が襲う。温かな口中の中、ざりざりとした舌が表面をなで、脊髄が痺れ、頭の中に霞がかかる。

この美しい生き物を蹂躙したい。あたかも獣にでもなったかのようだ。これが延年のもう一つの人生。

月明かりに照らされた俺を見上げるその表情はこちらの様子を窺うようで、それすら美しく憎らしい。俺は延年を蹂躙した者どもを憎む。殺してやりたい。

頭をなでると悲しそうに眉を顰めた。なんとなく、考えていることがわかる。やはり自分が穢れているのだろうとか、そういうことだ。

馬鹿馬鹿しい。俺がこいつに溺れ、性奴のように扱っていれば、こいつは満足したのだろうか。けれどもそれこそ、これまでこいつを犯してきた男どもと同じだ。穢れているのはこいつ以外のすべてだ。

塗り込められた闇の中でもなお、美しく輝くその瞳。俺を自由にした瞳。

延年の顔を引き寄せ、口付ける。その両頬を挟み、真っ直ぐに煌めく瞳を見つめる。

「延年、お前はちっとも穢れてなどいないぞ」

「……ありがとうございます」

やはり、俺を見ていない。世界と断絶するような拒絶。俺はこいつを穢した有象無象の男と同じ。

そして『武帝』、延年の語るその名前は俺とは全く異なるものだ。

「延年。俺は今、お前と同じ夢にいる」

「夢？」

「何故断線しているのかわからんが、俺がその『武帝』だぞ？」

「主上が？」

「そうだ。俺をなんだと思っている。俺はこの漢帝国を統べる皇帝だ。漢帝国第七第皇帝武帝、名は劉徹だ。お前の夢と違って俺自身が戦場を駆けたことはない。それに酔っ払って情けないところばかり見せているかもしれぬがな」

長いまつげが僅かに上下する。

「武帝、様？」

「そうだ。俺は穢れているか？　たくさんの貴妃を抱いたぞ」

「武帝様は未央宮にお住まいで」

「ここは未央宮、俺の後宮で、俺の室の隣のお前の部屋だ。お前は『武帝』の従僕の李延年だ。遠目から見ることもなく、俺に侍っている」

「わたくしが？」

「そうだ。ここが。ここそがお前の夢の桃源郷、俺こそが長安城に住まう『武帝』だ。夢が叶ったぞ、延年」

「ここは夢……？」

窓から差し込む月明かりが照らす延年の左半分は二度程瞬いて驚くようにゆらぎ、薄らと微笑んだ。途端に春めいた夜風が吹き、草木の香りが漂う。

ペリ。精霊、か。

そして初めて、延年と目が合ったと感じた。けれどもその延年は、俺以外を見ていなかった。痛ましい。ここは延年の夢の中だ。

「延年、俺はお前が好きなのだ」

「勿体ないお言葉です」

そっと交わす口付けは先程と異なり柔らかく、舌をのせると雪が溶けるように混じり合う。

「お前はちっとも穢れてなどいない。俺のペリ。エスフィアから聞いた。ペリから流れた血は砂漠の薔薇となり、水に落ちれば紅玉となるのだろう？　その住まいは草花が咲き乱れ芳しく、光に溢れていると聞く。そして人間に守りを与える。お前は夢の中では蓮の花の精霊で、世界を巡る風で、英雄で、美姫なのだろう？　美しき俺のペリ。『武帝』に加護を与えるのにふさわしい」

「武帝様に……？」

「お前は既に俺の軛を解き放ち、俺を自由にしてくれた。愛しい延年」

「わたくしが……？」

困惑げな延年を組み敷いても、抵抗はされなかった。俺を見つめる宝石のように美しい瞳、美しい鼻筋、耳、唇に順番に口付ける。首筋、胸、臍、そして僅かな傷跡を残すかつて男であった場所に口付けると、延年は幽かに身じろいだ。

「武帝様……ぁっ」

体の奥に指を差し入れると、無意識なのかその内側が大きく震え、その吐息が僅かに熱くなる。両腕が伸びて頭を抱えられ、その首筋から香気が漂う。その仕草は妙に初々しく、そして体内をひっかく指に反応して大きく震える体は妙に艶めかしい。未だ困惑げなその柳眉の下の宝玉は、じっと俺を見つめている。

嫌がってはいないらしい。体が覚えているのだろう、指を増やしてその奥をさすると目を細め、快楽に身を委ねつつ、無意識なのかその両足が俺の腰に絡みつく。愛おしい。

欲しい。そのすべてが。けれども今その瞳に映っている俺は、『武帝』であって俺ではない。

「延年。そろそろお前はお前の幸せを考えても良いころだと思うぞ」

「わたくしは幸せです」

この世のものではないような、いや、ここに存在しないかのような淡い微笑み。こいつは夢に舞うペリであって目の前にいる延年ではない。妹を亡くし、愛する甥を二度と会えぬ遠い場所に追いやる。自分の手の中の幸せをすべてなくして、唯一人で消えていく。そんなものが幸せであるはずがあるものか。断じて。

「武帝様にお会いできました。これ以上の幸せはありません」

耳元で震える声は、現実を深く拒否している。

けれどもやはり、人は幸せになるべきなのだ。嫣も不遇に生まれ、蔑まれていた。志半ばで死んでしまった。けれども嫣はずっと前を向いていて、あいつはきっと、幸せだった。

お前の世界は嫣よりも更に苦痛に満ちたものだったのだろう。いや、苦痛しかなかったのだろう。その魂魄が割れ裂ける程に。けれども未だ、生きている。生きているなら、幸せになるべきなのだ。

潤うその場所に突き立てると、その白い背を反らしてびくびくと痙攣し、その内側は蠕動しながら締め付ける。すぐにでも気をやりそうだ。

延年の瞳は恍惚をたたえ、腰を打ち付ける度に口の端からあぶくのように小さく『武帝』を呼ぶ声を出す、その口を塞ぐ。体の表面は陶器のように冷ややかなのに、その内側はひどく熱い。熱に浮かされたように延年は緩やかに腰を振る。頬に手を添えると、手がそっと重ねられた。

愛おしい。けれどもその瞳が見つめるのは、俺であって俺でない。ここは延年の夢の中だ。きっと幸せな夢。きつく抱きしめれば、小さく上がる苦しそうな声と、同じように抱き返される背。立ち上る陽の気と陰の気。男と女の間に佇み、光に照らされ闇に堕ちる。しなやかで強くかつ柔らかい。

「お前はまるで奇跡だな」

「武帝様？」

「俺はずっとお前と一緒にいたいのだ。このような夢の中ではなく」

「夢？」

「俺は俺の隣にいるお前を幸せにしたい。延年。『武帝』はペリを愛しているぞ。けれども劉徹もお前を、李延年を愛している」

「劉徹……主上？」

「愛する者を誰一人として幸せにできないなど、そんな馬鹿なことがあるか。俺にその資格をよこせ。どうか俺を幸せにしてくれないか？」

透き通っていた瞳が僅かに狼狽えた。再び目が合ったと感じた。延年と。

「でも俺にできることなんて」

「お前がいてくれるだけでいい。それだけで。嫣は俺の力だった。衛は俺の安らぎで、李は俺の友だった。延年。お前は俺の世界だ。この長安城に縛りつけられ、動くことも叶わない『武帝』に世界を運んでくるのはお前の魂だけだ。お前のいないこの世界に、なんの価値もない」

「魂。わたくしにはなんの価値も」

「何を言っている。お前の歌は今やこの漢帝国の祭祀だぞ。この『武帝』に歌を捧げることができるのはお前だけだ。俺のために世界を運べ」

「俺で……いいのでしょうか」

「お前をおいて他にない。愛している、延年。もはやお前だけを。お前のすべてを」

延年は瞬き、その瞬間、何かが、これまで様々な姿を見せていた延年のすべてがするりとその身一つに収まった気がした。

子どもじみた表情で不安そうに俺と唇を合わせ、抱きしめると心地よさそうに声を上げた。腰を支えてゆっくりと動くと、戸惑うように俺に体を預ける。

夜なのにやけに明るいと思っていると、窓の外で世界は薄らと明るくなっていた。その光を受けて延年の黒髪は絹のようにたなびき、背は白磁のように艶めく。相思鳥がピチュと一日の始まりを告げる。春めいた風が窓から吹き込む。世界の半分は未だ夜の手の内で、冬の星々が静かに瞬いている。

「ぁ……は、ぅ」

「好きだ。延年」

「ん。ありがとう、ござい、んぅ」

途端、延年の体内が蠢き、俺を締め上げる。延年は軽く目を閉じ、ゆるやかに腰を動かしていた。それは俺の正気を一瞬で刈り取りそうな快楽をもたらすと同時に、俺の教えた部分にこすりつけるような、そんな動き。

腰を掴んで深く挿入すれば中は潤い、奥を抉ればびくびくとその身を痙攣させる。俺を抱きしめるその腕の力が強くなり、絡まる足に引き寄せられた。

「愛している。お前だけを」

何度もそう耳元で呟く度に延年の瞳は幸せそうに丸みを帯び、その体は潤いを増し、泡をこぼすように吐息が溢れた。爽やかな香気が湧き立つ。

「俺も、……ん、お慕い……んぅ」

思わずひときわ奥まで貫く。延年は俺の体に全身を添わせるように絡みつき、幸せそうに口角を上げた。その表情に、なんとか保っていた俺の理性は振り切れる。延年が確かに喜んでいると知り、もはやそのすべてを求めるのを止められない。

気がつけばひどく乱暴に腰を打ち付けていたが、延年が俺を求めるその腕と足の力は衰えるどころか、かえって強まっている。延年から漂う神気ともいうべき何かが俺の全身を包み、その魂と繋がった、気がした。

「漸くすべてを俺によこしたな」

「ふ、う……ぁ……は、あっ」

もう言葉などいらなかった。

互いを求め合う体の動きに合わせて延年が大きく顎を上げて声なく叫び、びくびくと体を震わせたあとにがくりと体の力を失うのと、俺が果てるのはほぼ同時だった。

愛おしい。

すっかり昇った光に照らされた延年と目が合う。そして自然に腕が伸ばされる。抱きしめて唇を合わせると、その眉は柔らかく弧を描いた。

「いつかの六博を覚えているか」

延年は不思議そうに俺を見つめる。

「延年、愛している。何よりもだ。命じる。生きよ。俺とともに」

その昼過ぎ、姉上が俺に会いに来た。

「延年の様子が変わりました」

「変わった？」

その言葉に一瞬不安になったが、姉上は満足そうに頷く。

「ええ。布は被っておりますが、生気に満ちています」

「良かった」

「轍。あなたは延年を守りたいのですか？」

その言葉は不吉を運んできた。そして俺は、その意味するところを十分に知っていた。

どうしても守りたいものがあるのならば、何を犠牲にしたとしても守らねばならない。たとえ誰も望まぬことであっても。俺は延年を失いたくはなかった。決して。

「もちろんだ」

延年はその後、楽府に程近い場所に居を移した。

宦官というものは長安城すべてにあり、様々な役職を持っている。犬番が犬舎にいたように、役を得、それが合理的であるならば、必ずしも後宮に縛られるものではない。今の延年は俺の従者以外にも協律都尉の役目がある。その代わり、後宮を出ればこれまでのように会うことはできなくなる。俺の侍従という立場を失うのだから。

会わぬ日々が続くなかで、延年は変わらずたくさんの素晴らしい歌舞を作り、奏上した。

時代は新しく移り変わっていく。新しく天を祀るためには新しい音楽が必要なのだ。世界というものは清いものばかりではない。天に上る陽気と地に溶ける陰気、その二つがあって初めて世界なのだろう。天に封禅し、地の祖霊を祀る。その祭祀の歌を作れるのは陰陽を併せ持つ延年だけだ。姉上に聞くと、以前のように命を燃やすような鬼気迫る様子ではなく、相変わらず神憑（かみが）かってはいたが、それはあたかもそこに神が宿るのが当然のような、そんな自然がそこにあるそうだ。

やがて延年は再び毒を受け、声を失った。けれども宴の端で、長安城の片隅で目に入る延年の俺を見る目線はなんら変わらないように思えた。このころから延年は俺の前に出仕することもほとんどなくなり、俺の前に出るときも顔に布を覆うようになっていた。

俺は延年を愛している。俺は延年を悲しみのみで浸されたその世界から引き出した、そう思っていた。

けれど、それで本当に良かったのだろうか。

この長安城は相変わらず閉じられた牢獄だ。一つの地獄だ。延年はひょっとしたら、夢の中で暮らして、そして幸せな夢を見たまま生を終えたほうが幸せだったのだろうか。今になってそんな疑問がふと、湧く。

五章　果てなる恒久の月の彼方（かなた）

その朝。鳥のささやく声で目を開けた。なんだか妙に体が軽くて重い。奇妙な感覚に窓を見ると、夜が明けていることに気がつく。そういえば先程から明るかった。そのことに思い当たり、あわてて身支度をしようと起き上がり、傍（かたわ）らの机に紙が置かれているのに目が行く。

『今日は休みだ。寝ていろ』

そう書かれていた。

休み？　その瞬間、頭がグラリと揺れて寝台に倒れ込む。頭がうまく働かない。風邪でもひいたのだろうか。けれども体調は不思議と悪くはない。

見上げるといつもの天井で、顔を左の窓に向ければ薄青い空に白い雲が水面のように流れているのが見える。風に乗って楽しそうな鶺鴒（せきれい）の声がする。渭水の畔（ほとり）で暮らす彼らがこの長安城まで飛んできているのかもしれない。

嗚呼（ああ）。彼らはどこにでも飛んでいけるのだ。窓辺に鶺鴒が二羽、仲良さそうに留まって不思議そうに俺を見下ろしている。

『どこかに行きたいの？』

「どこ？　そうだな。どこだろう」

『わからないの？　じゃあ一緒に出かけようよ』

「一緒に？」

鶺鴒の目を見上げると、そのままふわりと自分の中から何かが抜け出し、その鶺鴒に移った気がした。二羽の鶺鴒はパタパタと羽を広げ飛び立つ。くらりと視界が揺れて、風を感じた。気がつけば俺は鶺鴒になり、風に乗っていた。ひたすらに空に、明るさに、向かっていく。とても奇妙だ。けれども違和感はなかった。巨大に思えた長安城は、遥(はる)かに高く聳(そび)え立(た)つ峻厳な山々に比べれば、小さな小山にすぎない。その更に向こうにある世界。

『僕らはこれ以上高くは飛べないよ』

「そうなのか」

視界はくるりと空を舞い、再び長安城が目に入る。そこにはたくさんの官吏が並んでいる。あの列の先に帝がいらっしゃるのだろう。そう思うと再びくるりと舞い上がり、長安城の城壁の外に向かう。未央宮から西、上林苑に至る途中にたくさんの職人が働いているのが見えた。建設途中の建章宮(けんしょうきゅう)だ。本殿の屋根の上に職人が上がり、瓦を葺いている。壮麗な宮を越え、かつて犬番の師と走った上林苑の地を一回りする。変わらず様々な動物が放たれ、珍しい樹木が植えられている。初めて長安城に上がったときから全く時間が経っていないような景色に不思議な感慨が込み上げる。

渭水の畔に降り立つ。どうやら鶺鴒はこのさらさらと流れる川の近くの木々をねぐらにしているらしい。ぴちゅぴちゅと鶺鴒の家族が帰りを待っていた。家族。

「もっと遠くには行けないだろうか」

俺の頭の中に浮かんだのは劉髆だ。そして広利のことだった。

『僕らはこのあたりに住んでいるからね。そんなには飛べないよ。でも人間はもっと遠くから来ているでしょう?』

「ありがとう。私は長安城の外には出られないんだ」

『そうなの? 大鷲なら、もっと遠くまで飛べるかもしれない。また遊びに行くね』

ふと、息をついて目を開けると、自室の寝台に腰掛けていた。清涼な風が吹いている。

帝と魂を交わした日、あの日から俺の世界は大きく変化した。

必要とされている。自然とそのように感じる。自分と家族以外の他の何かが繋がっていると感じるのは、初めてかもしれない。

帝。弟妹を食わせていかなければならないとはずっと思っていたが、それは俺が兄で家長であるからだ。けれども帝との繋がりはそういった関係とはまた異なる関係のように思えた。

『延年は愛されているのですよ』

俺によく世界を運んでくる風は、さらりと俺の周りを巡ってそう耳元でささやく。長安城の城壁は厚さに差はあれど、誰もいないのは変わらない。山際にある長安城の城壁には絹の道や草原、中華を渡る風が集まり、流れ去っていく。朝の始まりと夜の始まり、世界が移り変わる曖昧な時間。この長安を訪れ旅立つ風の声に耳を傾けるのが日課となっていた。

「俺にはよくわかりません」

『そう考え込むことではありません。あなたも以前とは違って、心に浮かべる大切な方を近く感じている。そうではありませんか？』

「大切な……」

近く。帝、武帝、様。未だによくわからないまま、以前より遥かに身近に感じている。

目の前にいてもいなくても変わりがないと思える魂の繋がりがある。その事実を俺は自然に受け止めていた。

この何故生じるのかはわからない奇妙な感覚に少し戸惑っている。けれどもあの日から、空っぽになっていた俺の内側に不思議な温かさが満ちていた。

「あなたはこれからどちらに向かうのですか？」

『そうですね。俺はしばらく北にいましたので、久しぶりにこのあたりに留まりましょうか。ここも大分変わったように感じます』

そう風は呟き、曖昧になった夜の闇と山の稜線の間にくるりと溶けた。その境目を真っ直ぐに眺める。陽の向かったこの山の遥か先では、未だ空は明るく、たくさんの人間が活動している。大鷲の目を借りれば、未だ茜色の空を視られるだろう。

あの朝から、世界がやけに鮮やかになった。

これまで、世界を渡る風を通して世界に触れていた。今から思えば、その分世界と距離を置いていたのだと思う。すべては自分の少し外側で起きていて、俺はただそれを眺めていた。今は直接世界に触れている。そう思える程、世界が鮮やかに、躍動的に感じられるようになった。

肩に止まる青鵐が自らの羽を啄んでいるのに触れると、顔を擦り付けてくる。

五感を通じて世界のすべてと繋がっている。

これまでも物を見、音を聞いてはいたのだからそうしていたに違いない。一体何が違うのだろう。すべては水のように流れ、様々な垣根をするりと流し去っていく。俺の足は相変わらず長安城にくくりつけられてはいたけれど、世界を巡る風や音、長安城を訪れる万物と友誼を結び、以前より遥かに多くの移り変わりを知ることができた。

「延年、お前は楽府に移れ」

「仰せの通りにいたします」

居を移るよう命じられたのはそれから間もなくだ。その朝はもうすっかり冬で、息を吐くと白く煙った。帝に温かい茶を注いでいたときだ。

俺はそのことを風から聞いて知っていた。既に楽府には長官としての部屋が整えられ、従僕が一人付く。俺はこれからそこで日々詩歌を作り、帝に捧げるのだ。

実のところ、これまでの生活と変わらないのかもしれない。けれども一つ、変わることがある。この後宮からは出ていかなければならないことだ。つまりもう、このように朝夕に帝にお会いすることもない。

拝礼した顔を上げて帝の複雑な表情を見て、初めてそれに気がついた。そうしてそれがどのような意味かを少し考える。

帝は気遣わしげに俺を眺めながらも、何も言うことはなかった。俺も何も発することはなかった。

これは俺のための手配なのだ。俺が妹のように死ぬことがないように。

帝はあの夜以来、俺に触れることは一切なくなっていた。けれども俺と帝はその魂で繋がっている。触れ合うことがなくとも、帝は俺のことを案じている、俺を大切に思ってくださっている。それがわかった。

何故(なぜ)これまで気づかなかったのだろう。家族以外から受け取る初めての温かな感情。それはとても尊く思えた。

「延年」

室から下がろうとしたとき、かかった声に振り返る。帝は椅子から立ち上がり、強い瞳が俺を捉えた。

ふいに劉髆のことが思い浮かぶ。

嗚呼(ああ)。これがおそらく、帝と近しくお会いする最後の機会なのだ。唐突にそう感じ、自然と呼吸が浅くなる。けれどもこれはとても幸福なことなのだ。劉髆は何もわからず出立した。それに比べれば、挨拶ができるなど。

「これまでありがとうございました」

これまでの暮らし。帝はずっと俺のことを気にかけてくれていたのだ。帝の室で飲み比べた酒、歌えと言われて歌った歌、興じた六博、ときには帝は酔い潰れ、ときには様子を見に俺の室を訪れる。

俺は帝に体を売りにここに来た。けれども思い浮かぶのは、そのような日々のやりとりだった。

すべての記憶が繋がったとき、さらりと涙が流れた。

俺にとって、帝との暮らしはかけがえがないものだった。帝はずっと、俺を愛してくれていた。

うべきだ。

漸くそれが、わかった。そして、これからも。それは俺の魂が知っている。だからこそ、最後は笑

「……息災でな」

はらはらと流れる涙の合間から覗いた帝は、ぎこちなく、僅かに微笑んでいた。

俺は宦官だ。貴妃と違って所有物などない。ただ歩いて後宮の門を出るだけだ。最後に後宮を一回りし、貴妃や召使い、宦官に挨拶をする。みな、突然のことと惜しんでくれた。

俺はこの後宮を出られるとは全く思っていなかった。花が咲き乱れ、美姫が住まう帝の庭。

既に妹はいない。広利は役目を得て独り立ちした。髆は既に封じられた。とすれば、俺がこの後宮にいる理由は、ここで金を稼ぐ必要性はもうない。いつ命を落としても不思議ではないこの場所にいる必要は必ずしもないのだ。

軽いはずの足取りは、ひどくゆっくりとしか進まなかった。

昼前には楽府にいた。後宮より遥かに広く整えられた俺の室。帝が俺を守ろうとしている。その心が世界を伝って流れ込んでくる。守られる。それはとても不思議な感覚だ。なんだか落ち着かない。

近くに侍らずとも、俺は確かに帝から愛されている。不思議なことに、その確かな繋がりを感じることができた。離れていても、姿を見ずとも、魂の緒のようなものをたどって帝を心に浮かべれば、温かいものを自らの内側に感じることができる。それに俺の心もまた、帝に届いているように思われたのだ。

平穏な日々。武帝様。劉徹様。帝を思って日々が過ぎてゆく。

風に乗ってやってきた世界の欠片から詩を紡ぎ、歌を作る。俺の毎日は変わらずそのようなものだ。単調といえば単調なのかもしれない。けれどもこの漢帝国の頂たる長安城に運ばれる風は世界を巡り、それを編んで帝に届けることで埋め尽くされたその生活に、これまで感じたことのない満足感を得ていた。

静かに時は流れゆき、様々な風が行き交う。帝とお会いする機会は極端に減り、お会いするときも広間で大勢の官とともにあり、席次は遠く、視線が合うこともない。何より俺自身も布を被っている。けれども俺にとって、その隔たりはないようなものだ。

『延年。戻りました』

「ああ、しばらくぶりですね。いかがですか？」

『武帝の軍勢は衛氏朝鮮を打倒しました。これで匈奴の影響はますます逓減したでしょう』

親しくなった親切な風は、帝がその報を聞くより早く知らせを俺に届け、ついでに劉髆の健やかな成長を俺に知らせる。

主上たる『武帝』は華々しき栄光を冠し、多くの敵を打倒した。南越を滅ぼし、泰山で封禅を行って神にこの地を統べることを報告した。その後は東越、朝鮮を平定したのは帝が五十一になられたときだ。戦勝の報を聞く都度、楽府から歌を送り、お祝い申し上げた。

けれども東征を終えられたころから、帝の気配が次第に不明瞭となってきた。

『延年、そう心配することはないでしょう』

「そうは言っても、風よ」

『すべてのものは移ろいます。けれども武帝は決してあなたのことを忘れていない。あなたの魂はそう感じているでしょう？』

確かな魂の繋がりはある。けれども帝の風情が少しずつ、俺の知るものとは変化していった。直接言葉を交わさなくなって、どのくらい経ったのだろうか。人とは変わるものなのだ。そのことが今更ながらに思い起こされた。

思えば良いことばかりではなかった。華々しい活躍の裏側で、衛夫人の甥、輝かしい活躍をした将軍霍去病（かくきょへい）は二十四歳の若さで亡くなり、既に一線を退いていた衛青将軍も帝の東征を見届けるように亡くなられた。帝に信頼の重きを置かれていた大切な力が失われたのだ。

『それより注意すべきは、あなたの弟です』

その名将たちの代わりに期待を一身に受けたのは広利だった。

広利は将軍に抜擢され、汗血馬を求めるお役目を得た。

汗血馬。それは遥（はる）か西の地、大宛にある血のような汗を流しながら走る駿馬。エスフィアと西姫の故郷の方角だ。それはもはやひどく懐かしく、そしてひどく不吉な音が吹き込んでくる。

『大宛の地は俺も初めて行きましたが、随分（ずいぶん）と漢とは異なりますね』

「風よ、広利は大丈夫でしょうか」

『俺は元々北の草原に吹く風です。西の地のことはわかりかねます。張騫という男が西の地に詳しかったのですが、十年程前に亡くなりました。残念です』

風は西に絹の道を吹き渡り、足繁（あししげ）く広利の様子を伝えてくれた。その道行は想像した以上に過酷なものだ。

大宛の冬はこの長安より遥かに寒く、夏は極めて暑い。エスフィアから聞いていた話の通りではあるものの、風は更に広利の置かれた過酷さを俺に伝えた。丁度今ごろ、冬の終わりから春にかけては全く雨が降らないそうだ。

『延年。申し訳ない。俺があなたの弟に直接伝えられればいいのですが』

「親切な風よ。状況を知らせていただけるだけで十分です」

大宛近くの国々は泉を中心に城塞を形成しているという。けれども道行の諸国はいずれも城門を硬く閉じ、食料も提供しなかったらしい。それでも広利は部下を見捨てようとせず、ときには岩を砕き湧き水を見つけることもあったそうだ。

広利。広利よ。なんとか無事に戻ってくれ。お前は既に自分の力で歩いている。それに家族がいるではないか。朝晩変わらず長安城の城壁に登り、遥か西を眺め、広利を思う。もはやお前はたった一人の兄弟だ。なんとか生き延びてほしい。

俺はただ、窓の外に広がる秦嶺の山を越えて大宛に繋がる空を眺めるしかなかった。遥か西の地を思うしかなかった。

俺はただの宦官だ。後宮外で起こることに口を出すことなどできようはずがない。無力だ。近くにいた妹であれば、まだなんらかの方策を取れたのかもしれない。けれどもその戦いは長安城から遥か遠方で行われ、俺は広利の運命に対してはなんの手助けもできなかった。

『武帝はあなたの弟に大変期待をしていらっしゃる』

そうなのかもしれない。帝との魂の繋がりからは広利への期待を感じる。少し前と違って、帝との繋がりは、このところますます不明瞭となっていた。

俺の大切な家族に目を掛けていただいている。そのことは感謝にたえない。

けれども人には分というものがある。広利はもともとただの芸人だ。一人の武官としての技量はあるのかもしれないが、将として学んだこともない。広利に衛皇后の弟衛青や甥霍去病のような英雄としての活躍を期待されていても無理なのだ。

『衛青も奴隷で、羊を追っていたそうです。それでも見事に匈奴を討ち果たしました』

「衛生将軍は羊を追うように匈奴を打倒したと聞きました」

今になって、後宮での暮らしが懐かしく浮かぶ。両将軍は匈奴に対して華々しい戦果を上げ、その度に宴が開かれた。帝はその宴の席で出たという菓子を持ち帰り、浮かれるように俺に朝まで話を聞かせたのだ。あたかも自分のことのように喜ぶ姿が懐かしい。すべては遠く過ぎ去った時間。

「けれども広利には荒野を彷徨った経験もありません。都下を警備したことくらいしかありません」

広利は人を守る仕事しかしたことがない。根が優しすぎる。峻厳な判断など、したことはない。

遥か西から運ばれる風からは、漢とは異なる香りとともに、敗走の報が届いた。やはり広利に将の才はなかったようだ。結局、慣れない土地で城を一つも落とすことはできず、蝗害に苦しみ補給も確保できなかった。大宛の郁成城に到達するころには数万の軍勢が数千まで減り、大敗北を喫し、敦煌まで退却した。

目の前が真っ暗になった。政は信賞必罰だ。漢が巨大な帝国であるがゆえに余計に。将の仕事は戦に勝つことだ。戦は勝たなければならない。敗残の将には罰を与えなければ、示しがつかない。広利には後ろ盾など何もない。俺はもはや、主上に嘆願できるような立場でもなかった。ただの楽官である俺には。

「李家は呪われている」

気がつくと、久しぶりに呪詛を吐いていた。それを止めるように風が逆巻く。

『大丈夫です。広利殿はいずれ成し遂げるでしょう』

「風よ。何故そのようなことを言えるのです」

あまりの惨敗に、長安への帰還禁止命令が出る程だ。戻ってきてしまえば論功行賞を行わねばならず、広利は罰せられてしまうから。

漸く訪れた梅雨は広利のいる敦煌まで雨を運ぶことはない。帝を求めて心の奥を掻きむしる。けれどもその奥から漏れ聞こえる感情は、俺の知る帝とは異なっていた。

『俺が様子を見てきましょう。武帝は、轍は、もとよりこの帝国の太陽です。思うように行かないことがあったとしても、必ず顔を上げて進むことができる。俺はそれを知っています』

「風よ。あなたは主上をよくご存じなのですか？」

『いいえ……けれども俺にもわかるのです。そういえば何故でしょうね？』

風は逡巡するように城壁に沿ってくるりと舞い、後宮に向かって吹きぬけてゆく。この親しげな明るい風は、俺が長安城を訪れたときから吹いていた。

人が死ねば陰気たる魄は地に溶け、陽気たる魂は天に昇って世界を巡るという。そのような不思議な循環で、世界は回っているのだ。

『延年。喜んでください。武帝は広利殿に再び機会を与えるのだそうですよ』

二度目の遠征で広利は六万騎の精鋭と馬三万頭、牛十万という十分な食料とともに再び西征の途についた。長い旅路の果てに大宛の帝都貴山城を四十日の間水攻めにし、降伏させた。このようにして、広利は漸く三千頭の汗血馬を武帝に奉じることができた。

「兄上。もう将など懲り懲りです」

「ああ。人には分というものがあるのだ。ともあれ無事に帰れて良かった」

三年にもなる大遠征の疲れか、十数年ぶりに見た広利は全身に疲れを滲ませていた。論行に赴くその途上、少しの間だけ広利に会えたのだ。もう二度と会うことのないと思っていた広利に。

「不思議な地で、不思議な人々でした。そして不思議なことがたくさんあったのです。兄上にお伝えしたい。そうだ。不思議なことといえば、蝗が黒雲のように襲ってきたり、食料をすべて失い困りきったところに不思議な風が吹き、そこを掘ると水が湧いて出ました」

その広利の道行の大凡は、既に風から聞いていた。けれども再び広利に会い、互いに頷き合う。そうしてやはり、最後に笑った。広利が城を出ていけば、ここから動けない俺には直接会う術などないのだから。

天馬来兮従西極――天馬が西の果てからやってきた
経万里兮帰有徳――万里を越えて、漢に繁栄をもたらすだろう
承霊威兮降外國――その霊力で外国を下すのだ

渉流沙兮四夷服――砂漠を超えて、四方の民族が漢に服することになるだろう

武帝はそのように慶事を寿ぎ、俺は歌をつけた。本当に喜ばしい。何よりもその生還が。

結局のところ損害も甚だしく、得られた戦果の内実はひどいものだった。けれども大宛は漢に降り、西域への大きな足がかりとなったのだ。帝の歌が示すように、周辺諸国は漢に恭順の姿勢を示した。その功をもって広利は海西侯に封じられ、戦火から遠ざかることができた。

ともあれ広利も漸く諸侯となり、誰にも恥じることのない居場所を手に入れたのだ。

その報を聞いた夜、広利は既に旅立ち、俺は一人、風とともに月を眺めた。

何かあるときに見る月はいつも満月だ。草原で李家の呪縛を解くと誓ったあの夜も、初めて武帝に召された夜も、妹が初めて武帝の前で舞った夜も、そして妹が毒を受けた夜も。

「風。俺はこれ以上、何も望みません」

『ええ。延年。あなたの望みは知っています』

このまま広利と劉髆と、その子や孫が幸せになれば俺はいい。劉髆は僅か二歳で長安を離れ、以降一度も都を訪れていない。武帝が劉髆のことを話に出すこともない。だから劉髆はすべての者に忘れ去られたはずだ。このまま忘れ去られれば、それでいい。

「これで。李家の呪縛はすべて解けた」

暗闇を紺に照らす月に向かってそう宣言する。

最後の俺で李家の呪いを終わらせる。俺は家族の呪縛を解くために長安城に刺さった楔だ。もとより俺は子が成せない。この長安城からは出られない。

だから、それぞれの領地をもって遠く離れてしまった広利と劉髆に会うことも、もうないのだろうな。そう思うと少し物寂しく感じる一方、呪いから自由になった彼らを喜ばしく感じる。吐いたため息は暖かかった。これで妹の子も弟も、李家の呪いから解き放たれた。漸く肩の荷が下りたのだ。

満月を再び眺め、久しぶりに酒を嗜む。密やかな祝杯だ。あの世にいる妹よ。宿願は果たしたぞ。二つ並べた杯に酒を注ぎ、静かに小さな杯を乾した。そうして凰は小さく、ため息をついた。

けれどもやはり、呪いは完全に消え失せたわけではなかった。あの祝杯から十年、巫蠱の獄が起きたのだ。

「まずい、まずいぞ」

恐れていたことが、まさかこんな形で起こるとは。

「未だに李家の呪いは続いているのか」

それは実に用意周到に、広い室に煙草の煙が蔓延するように、気がつけば俺の周りに満ちていて真綿で首をしめるように身動きがとれなくなっていた。運命はあくまで俺の家族を不幸にするというのか。呪いはなんとしても俺で留めなければならない。

俺は後宮を出たあとも、あいも変わらず毒を受けていた。

俺は楽府の長官だ。自らの能力は詩歌で示していたが、その身は卑しい宦官にすぎない。最も上の立場にいるということはそれ自体妬み嫉みというものを生むものなのかもしれない。既に半ば目が見えず、片耳も失われていた。体力も衰え不自由が増え、楽府の一室で一日を過ごすことがほとんどになっている。けれども俺にとって、目も耳ももう無用のものだ。

目を閉じると、温かい気持ちが溢れる。俺と帝を結ぶ魂の繋がりは未だ確かに存在し、けれども今ではほとんど、それがなんだかわからないものになっていた。

それでも確かにそこにある、温かな大切な絆。

城壁まで向かえなくなっていた俺のもとにわざわざ来てくれるものも、あの親しい風だけとなっていた。未だ俺は世界を感じることができる。それだけで十分だ。けれども俺がそれらを失っていなければ、これを止められたのだろうか。

俺がその報を聞いたとき、すべては既に出来上がっていた。

太子劉拠と衛皇后が反乱の咎で死を賜った。その報は突然もたらされた。

つまり、突然に太子が空位となったのだ。通常は王や侯に封じられてしまえば皇子に戻ることなどない。けれども今、長安城にいる皇子は劉弗陵唯一人であり、その齢は未だ三つだ。つまり、既に封じられている劉髆が巻き込まれる可能性がある。

「事態はどこまで進んでいるのだ」

『俺が耳に入れてきましょう』

帝は既に齢六十の半ばを越え、体が利かず朦朧とする日々が増えていると聞く。おそらくそれ程長くはない。劉拠太子が帝となる日も近いのだろうと、ぼんやりと思っていた矢先だ。

長安城の内側では、すべての事象が儚く移ろう。そこではいなくなった者のことに拘泥する者はいない。帝の寵も鉤弋夫人、王夫人へ移り変わった。俺と妹はすっかり過去の人となり、覚えている者もいないだろう。

それで良いと思っていた。既に弟妹の呪縛は解けたのだ。俺の望みは叶えられた。だから寧ろ、目立たぬほうが良い。目立たず静かに消え去ることだけを考えていた。二度と関わることのないものだ。そう思って後宮への耳目もあえて閉ざしていた。それがやはり、良くなかったのだろうか。

やがて新しい皇帝が立ち、その御代となれば後宮が一新されるだろう。楽府から放逐されたとしても、身に得る毒と引き換えの見舞いや楽府での仕事の対価として、十分な私財は手にしていた。それで細々と暮らしていけば良いと思っていたのだ。

けれども俺の知っていたのは、長安城というほんの狭い世界だけだった。そして風から聞く広利と髆の周囲は清浄だっただけに、油断していた。外から内がわからないように、内から外の世界もよくわからなかったのだ。外の世界における価値観についても知らなかった。宦官の俺にとってその絶対的な価値はただ所有者である帝しかないのだから。

外の世界はよほど相対的で複雑だった。様々な者の思惑が存在する世界だ。ざわりと室内に風が吹き、帟幕を大きく巻き上げる音がした。

『延年。状況は芳しくありません。衛と拠が死を賜ったのは、江充の奸計によるものです』

「やはりそうなのですね。あの拠太子が巫蠱など用いるはずがない」

主上は年若くして即位され、長い年月漢帝国を統治されてきた。そのため太子の劉拠も四十近い。凝り固まり淀んだ治世。長安城の外ではその歪みが人と人との間に堆積し、汚泥のように深く積もり、ぎしぎしと身動きが取れないようになっていたのだ。

その複雑な汚泥は武帝の崩御とともに刷新され、劉拠太子の世に切り替わる。それは遠い未来の話ではない。誰にとってもそのはずだった。

そうすると、後ろ盾のない江充のような者の立場など吹けば飛んでしまうのだろう。そしておそらく江充には死が待っていた。だから江充はあのような行動を起こしたのだ。

『ええ、その通りです。江充にとって拠が帝位についてはならなかった。愚かな』

江充。俺は江充という男に儀典で何度か会ったことがある。つまらなそうな顔をした真面目な男という印象だった。その江充の真面目さを武帝はいたく気に入ったと聞く。俺は江充を止めることができただろうか。

こんな話がある。もともとは妓女であった江充の妹が趙（ちょう）の太子丹（たん）に娶（めと）られたが、江充は太子丹の悪事を趙王と武帝に奏上した。その結果、太子丹は死罪を賜った。つまり、そのせいで姪は夫を失った。このように江充とは融通が利かない男だ。俺では江充を変えることは、できなかっただろう。すべては長安城の外で起きている。

そして同じことが江充と太子劉拠との間にもあった。あるとき、江充はほとんど使用されていない帝専用の通路を太子劉拠の使者が横切ったのを見咎（みとが）めたそうだ。誰かに害があるものではない。だが江充はその真面目さゆえ、太子劉拠が言わないでほしいと頼み込んだにもかかわらず帝に奏上した。帝は阿（おもね）らない者だと江充をいたく褒めてより信用なさるようになり、江充は監査役の命を受けた。

目端の利く者ならこのような微罪を奏上することなどないだろう。なにせ劉拠は太子で、他に太子たるべき者はいないのだ。当然ながら江充と太子劉拠の関係は悪化した。太子劉拠の御代となれば放逐は免れまい。それに俺と異なり阿らない江充は敵を多く作っていた。

そこに主上のご不調が重なったのだ。思い返せば不穏はその随分前からあったのだ。髆と広利の周りが清浄だったから、よけいに気がつかなかった。

帝は妹の魂を呼び出すために反魂の儀を試み、その後、更に多くの道士や方士を求めるようになったそうだ。

『それ以降、城下には怪しげな道士や方士が現れるようになったそうです』

「先年の夏、主上は御身の調子を崩され、騒がしい長安城を離れて北西の静かな甘泉宮に移られました。そのころに企みがあったのでしょう。官吏が俺のところにも来ましたから」

ある日。俺が長安城で楽府の仕事をしているときに突然官吏が室に入り、何やら調べ始めた。何事か尋ねると、また巫蠱の儀が行われたという。巫蠱の儀とは地中に呪物を埋めて人を呪うものだ。

それを思い出す。

「何故、ここを調べに?」

「都位様、帝のご命令にございます。長安城のすべての部署を調べよと」

仔細を尋ねると、帝が体調の不良を嘆かれた際、江充から武帝に巫蠱の儀が行われた疑惑があるとの誣告があったそうだ。俺はこれまでの江充の進言からも、おそらくそれが正しいのだろうと考えた。そもそも帝が住まう後宮というものは毒や呪いが横行している。これを機に怪しげなものを一掃してほしい、俺は単純にそう話した。

実際にここのところ、気が滅入っていた。一所にじっとしていれば、こういう胡乱な話ばかり耳にするからだ。先だっても帝が不審な影を見かけ上林苑のあたりまで大捜索が行われたばかりだ。その後も芋づる式に不正を行っていた朱安世が捕らえられ、公孫敬声が甘泉宮への道の途中で巫蠱を仕掛けたという話が出た。そこから始まり、多くの者が獄死した。

帝は巫蠱をひどく嫌われている。ご自身も陳皇后に巫蠱の儀をかけられ、それがもとで陳皇后を放逐したと聞く。

『ともあれ、今の長安の雰囲気は良くありません。陰気が溢れ、新たな陰気を呼んでいます』

「ええ。それは私も感じていました。それにしても、拠皇子が人を、主上を呪うようには思われません」

問題は巫蠱の出どころだ。大捜索が行われた結果、太子劉拠の邸より巫蠱が見つかったのだ。

「以前、平陽公主の会席でお会いした太子劉拠は真っ直ぐな方でした。巫蠱など使う方には思えません」

『ええ。もちろん延年の言う通りです。けれども既に、風聞が溢れています』

風が言うには、世間では澱の重なる帝の御代から太子劉拠の新しい御代への期待が高まっている、らしい。だから太子劉拠が巫蠱の儀を行ったという話も世間ではあり得るものとして受け止められ、それが帝の耳にも入る。

当然、太子劉拠は冤罪と主張し、捕縛に現れた江充を斬った。しかし曲がりなりにも江充は監査役。帝は丞相の劉屈氂に太子劉拠の討伐をお命じになられた。

俺にはどこかで止めることができただろうか。心がざくりと痛む。いや、既に帝にお目通りすることのないまま、数十年が過ぎている。

最終的には太子劉拠のみならず衛皇后も死を賜り、その一族の多く、そして賓客とされていた者までが処刑された。

この江充による誣告を皮切りに、多くの虚実乱れた巫蠱の罪の誣告が蔓延した。都下はまさに、呪いで溢れ返る状況だ。

よくよく考えてみれば、巫蠱の儀など、他人の家の端に呪いを埋めておけばいくらでも言いがかりをつけられる。既に家にある以上、自分のものでないという証明なんてできやしない。つまり巫蠱を行っていない証明などできないのだ。

『延年、今は常以上に息を潜めるべきでしょう』

「ええ。そうします」

『何かあればお知らせしましょう』

都位の地位は少しばかりの権力がある。それを求める者もいる。このような地位など譲り渡し、一楽官として詩歌を献上することもできたのかもしれないが、俺は宦官だ。ここ以外に行くところはない。それにこのお役目は帝から直接賜ったものなのだ。

その年の長安は異常な緊張に包まれ、夏の陽の下でも暗く、凍りつくようだった。帝が甘泉宮から戻られるまでの間、濃い死の匂いが漂い続けていた。やりたい放題だったのだろう。

『延年、もうすぐ終わります。徹が戻られます』

「主上が。それは良き報です」

そうは思ったけれど、帝との繋がりはますます千々に拡散し、心もとなく思われた。帝の御代はやはり、長くはないのだろう。あれ程満ちていた太陽のような温かさ、それが僅かずつ失われ、今は冬の木漏れ日のようにしか感じられなくなっている。

帝は長安城の様子に驚かれ、改めて調べ直した。その結果、太子劉拠は冤罪で、江充の誣告が政敵を葬るためのものであったことが知れ、江充の一族はすべて誅殺された。けれどももう太子劉拠は戻らない。

主上は深く落胆なされ、ますます神仙に傾倒され、太陽は再び光輝くことはなく、長安全体におぞましい空気が漂う。

世界の冠たる太陽。武帝様。風がもたらす都下でのその名の煌めきは以前と異なり、新しく昇るべき太陽も既にない。

そしてその闇の隙間に時折聞く劉屈氂という名前。その名は嫌な予感がした。とても嫌な予感が。

広利から聞いたことがあるが、良い印象がない名前だ。そしてその描かれた稚拙な絵を認識したときは、やはり既に遅かった。それに第一、そのころの俺の体はその一生を終えようとしていたのだ。

「――風よ。これまでありがとうございました」

『延年。あなたもまた、私の友です。何を感謝することがありましょう』

「あなたのおかげで私は世界を知り、主上に歌をお届けすることができたのです。また、世界にお戻りください」

『ええ。そういたしましょう。その代わり、私の最後の縁をお持ちなさい』

「縁？」

『最後に、あなたの大切なものを運びましょう』

その言葉とともに、風は俺の周りをくるくると舞い、霧散した。私の中の帝の温かさがにわかにしっかりと、脈づいてくる。

「風？」

再び呼びかけたけれど、もう返事はなかった。風はこれから、意志なき完全な風となって世界を巡るのだろう。私の唯一の友。私は最後に、笑えただろうか。

その日。俺は白い装束を纏い、久しぶりに薄く化粧を施して夜の宮廷の廊下を歩いていた。なるべく胸をはった。俺が潔白であることを示すために。

時折すれ違う官吏は、俺の姿にギョッとして目を伏せた。

俺の人生は既に、外にいた時間より長安城にいる時間のほうが遥かに長かった。

楽府に向かうときによく通る通路。綺麗に彩色された欄干。そして美しく切りそろえられた清涼な木々と艶やかな花々。それらはもう見えずとも、そこにあることを知っている。俺を取り巻く美しき世界だ。見上げた濃紺の空の端には小さく薄い満月が白く浮かんでいる。何故かそれが、やけにくっきりと感じられた。

やはり、満月なのだな。なんとはなしにそう思う。

「何とぞ、昌邑王をお許しください」

跪き、地に額を擦り付けた。

帝の御前に伏すのは一体いつぶりだろう。俺が歌えなくなってからだから、もう随分経つ。懐かしさがこみ上げる。

俺の後宮で暮らした日々。楽府での毎日。遥か記憶の遠くにいるエスフィア、西姫、そして大切な妹。そして大切な妹の子、劉髆。

けれどもそれは俺の思い出だ。遥か昔の思い出だ。俺にとって最も大切な者たち。そして俺が唯一、魂を繋げた、帝。

「延年。残念ながらそれはできぬ。できぬのだ」

「存じております。けれどもお調べになったことでしょう。昌邑王は何も関与していないことを」

「それは知っておる。面を上げよ」

顔を上げる。既にぼんやりとしか見えない帝は記憶より随分やつれ、往時の精力は失われていた。

濃い病の気が漂っている。

嗚呼。随分時間が流れたのだな。

俺もおそらく見る影はなく、この声も毒によって醜くひび割れている。そして耳に届く帝の声も、随分老いていると感じた。

俺は確かに、帝に愛された。けれどもそれもまた、遥か昔の話だ。けれども未だ、胸に溢れる温かさ。時間はすべてを移ろわせる。

けれどもこれが、やはりこれこそが俺の望みなのだ。すべてを捨ててでも、手に入れなければならぬ望み。

「わたくしは以前、帝にも平陽公主様にも申し上げました。昌邑王には太子となるつもりなどございませぬと」

「それも知っておる。知っておるのだ。だが、ならぬ。それが定めなのだ」

帝は億劫そうに嘆息した。帝が髆と最後にお会いになられたのは、髆が二歳のときだ。もはや何も覚えておられないだろう。俺はなるべくにこやかに微笑んだ。こういうときは、笑うのだ。

そう。本来は許されるはずがない。そんなことは俺もわかっていた。李家の呪いはやはり、髆を呑み込もうとしている。俺が心配していた通り、髆は祭り上げられてしまった。髆の全く与り知らぬ間に。

首謀者はやはり劉屈氂だ。劉屈氂の息子は広利の娘を娶っている。その縁で、広利が武帝から匈奴討伐の命を受け出兵する際に酒宴を開いた。太子劉拠が死を賜った巫蠱の獄の直後のことだ。

そしてその際に劉屈氂から、武帝に昌邑王、つまり髆を太子に立てるよう請願するように願ったそうだ。そうすれば今後の憂いはなくなると述べて。それを笑って流したという手紙が広利から届いている。それは既に帝に提出してある。

時期を考えるとおそらく、劉拠太子の冤罪にも劉屈氂が噛んでいるように思われる。劉屈氂の息子は髆の義理の従兄弟となる。髆が太子となり次期皇帝となれば劉屈氂はその権勢を思うまま振るうつもりだったのだろう。広利の娘と劉屈氂の息子が結婚するのを防げば良かったのかもしれないが、残念ながら俺には長安城の外のことなど全くわからない。それは遥か彼方の乾いた砂塵舞う土地で密かに行われた小さな会話。

本当であれば広利も無実だ。けれども広利はもう無理だろう。その策謀を知っていて、かつ首謀者である劉屈氂の外戚にあたるのだから。今は広利は匈奴に出兵しているが、戻れば死を賜るだろう。そのままどこかへ逃げることを願うのみだ。やはり李家の呪いからは逃れられぬのか。暗澹たる想いを笑みに隠す。

いや、髆は異なる。生まれながらの皇子だ。李家の呪いの外側にいるはずだ。妹の顔が浮かぶ。髆だけはなんとしても。

「延年よ。そなたは何故笑っておるのだ」

「主上、それはわたくしも昌邑王もなんら恥じるところがないからです」

「本来なら族誅は九族滅亡と定められておる。だから昌邑王に累が及ぶことはない。しかし昌邑王はその張本人なのだ。知らぬ間にとはいえな」

「ですからわたくしで代わりとしていただきたく」

「延年よ、お前はそもそも九族に含まれない」

帝の言は苦しげだった。悲しみ、苦しみ。近くにあるからこそ、久しぶりに感じた帝の気は、以前と比べても随分と濁っていた。

なんとはなく、妹が死んだ直後の様子が思い浮かばれた。

もはや寵は他の貴妃に移っていたとしても、帝がその陵墓に埋葬した貴妃は妹だけだ。それに帝は妹を反魂の儀で呼ばれたという。それであれば、帝にとって妹は大切な存在のはずだ。俺と妹はよく似ている。妹は帝に侍について手紙を書いたはずだ。その思い出にすがるしかない。

妹を失ったときの妹の願いは叶えねばならぬ心持ちになるというもの。妹よ。力を貸してくれ。

どうか、どうか侍をお助けください。

「存じております。ですが、わたくしは昌邑王より近く帝に侍っておりました」

「だがお前も知らなかったのだろう？　それにお前が俺に侍ったのは昔のことだ」

「けれどもずっと、この城におりました。献上いたしました手紙の通り、広利からの手紙で気づくことができたのかもしれません。それがわたくしの罪でございます」

「馬鹿な。あんな手紙で何がわかる。ただの酒の席でのことだ」

なるべく妹に似せて笑む。妹の手紙と妹を思い出してもらうために。けれども武帝は、ひどく不快げに人払いをした。

「昌邑王は李夫人の子です。わたくしはしがない宦官にすぎません。なんの力もありません。だから昌邑王を守ろうと、帝に封じていただきました。けれども、それでもまだわたくしは守ることはできなかった」

「だからお前のせいではない。俺は――」

こころなしか気遣うような音が溢れた。妹よ。俺が勝手に始めたことなのに俺に付き合って散ってしまった妹よ。お前はあのとき、俺の願いは成就すると言ってくれた。

だから俺は何がなんでも成就しなければならない。呪いを解く。それこそが俺たちの唯一の望みなのだから。

俺は髆を守る。俺たちの希望を。だから力を貸してくれ。妹の魂よ。

そう強く思っていると、奇妙なことが起こった。ふいに宮外から風が不思議に吹き込み、煙のような白い靄が窓からさらりと入ってきた。嗅いだことのない妙なる香りを漂わせるその煙は親しき風の匂いを伴い俺の周りをくるりと回り、そして帝に向かう。

「李、李なのか？　また現れてくれたのか？」

主上はガタリと席を立ち、白い靄に手を伸ばす。すると不思議に濃淡ができ、いつしか女性の姿を薄らと形作った。

「李。お前にどうしても聞きたいことがあったのだ。李。お前は俺が延年を幸せにできると言っていた！　けれども俺は、延年を幸せにできたのだろうか。朝起きればそう思い、夜になれば後悔する。俺は！　どうすれば良かったのだ！」

「主上？」

呼びかけてはみたものの、帝は妹の影に必死に語りかけるだけで、俺がいることを忘れてしまったようだ。けれども俺は、再び心に陽の気が満ちてゆくのを感じた。

「李。俺はただ、延年を幸せにしたかった。この牢獄のような長安城でただ一人。ただ一人で毎日暮らしておる。誰も周りにおらぬのだ。それにやはり、俺は延年が毒に傷つくのを止めることはできなかった。俺がかえって延年を不幸にしてしまったのではないか、そればかり」

空気が少しだけ振動するのを感じる。

俺には声は聞こえなかったが、煙となった妹と帝は何かを語らい続けていた。

妹は醜い姿ではなく美しいまま、武帝に刻みつけられている。なんとなく、そう感じる。煙のなかから浮かぶその姿は俺と同じく少し微笑んでいるようだ。

ふいに主上が俺を振り返り涙をこぼした。俺は思わず平伏する。

「主上。わたくしは幸せでした。主上に幸せというものを教えていただきました。わたくしがずっと求めて、それがどんなものかさっぱりわからなかったものでございます。これ以上の幸せはございません」

「延年、本当に？　俺はお前を一度抱いただけで、その後ずっと何もせず放置したのだぞ」

「それはわたくしをお守りくださるためであると、存じておりました」

「けれども俺はお前を守れなかった！　お前は再び毒を得て、そのあとも俺はお前に何も、声を掛けることすら……」

いつしか帝との繋がりは、かつてと同じように温かく俺を幸福に満たし始める。嗚呼。やはり俺は愛されている。

「主上、お慕いしております。ずっと、主上だけを。ですからどうか、わたくしの命をもってわたくしの代わりに昌邑王をお助けください」

どうか。髆の命を。それが俺の、そして妹の願いです。

平伏したまま、妹が飲んだ残りの薬を呷る。ずっと手元に残してあったものだ。

「延年、待て、今何を飲んだ！　医官。誰か早く医官を」

「主上、李家の不幸はわたくしがすべて贖いいます」

「なんのことだ延年、お願いだ。俺はお前を不幸にするつもりなどなかったのだ。今もお前だけを愛している。死なないでくれ、どうか」

帝が玉座を離れ、足早に俺に近づく音がした。随分久しぶりにお会いしたけれど、俺を真っ直ぐ見つめる瞳は、あの夜と全く変わらない。あの、俺を愛していると言っていただいた夜と。俺を愛してくださっている。俺は幸せだ。

とろけるように瞼が落ちてくると、ふいに妹の形をした煙が俺の上に重なり、体がふわりと軽くなった。世界が昏い。死とはこのようなものなのか。もう体は動かない。けれど、妹がともにあるのを感じる。ふと口から音がこぼれているのに気がついた。しわがれていない、声。

『尊き主様。どうか、劉髆をお助けください』

「お前は李なのか？　延年なのか？」

『それだけを、どうか。私たちは主上に愛していただき、幸せでした。劉髆のことだけが、私たちの望みです。どうか私たちの祈りを』

「わかった、助ける。必ず助けるから、だから行かないでくれ。後生だ！」

『主様、ありがとうございます。私たちはとても幸せです。どうか、主様もお幸せに』

「延年！　李！」

ふいに何かに引っ張られる気がして、俺が俺の体からぺりぺりと引き剥がされるような感触がした。ぼんやりと目を開けると、かつてのようにくっきりとすべてを見ることができる。

目の前で愛しい主上が俺の体を抱きしめている。俺のすべて。

急に、ふわりと世界に漂う心持ちになった。するりと何もかもが遠ざかり、その代わり世界に俺が溶けていく感覚がする。

『兄さん、もう大丈夫です。李家の呪いは兄さんの体とともに地上に置いてきました。もう兄さんは自由です』

『そう、か。俺も風になるのだな』

『いいえ、風よりもっと、遠くに』

なんだかふわふわと空を昇っていく心持ちだ。主上。武帝様。そう思って目を下に向けると、眼下に愛しき人が見えた。次第に小さくなる長安城を上から眺める。不思議な気持ちだ。

愛しい主様。けれどももう、なんだか遠い。そう思うとどんどん高度が高くなり、より遠くまで見渡せるようになった。

視線は秦嶺山を越え、眼下には緑が広がっている。遥か昔、弟妹とともに苦労して越えた山が小さく見える。

『兄さん、私たちが生まれた平原はあの向こうですよ』

少し離れたところに草色の原が広がった。思ったより近いのかな。あんなに歩いたのに。既に以前に借りた鷹の目より遥かに高みにいる。ふと、そう気づく。

そして空を見上げると、薄い群青の空にただ一つだけ、白い満月が浮かんでいた。

そうか、俺はまだ、空を眺めているのだな。思えばずっと、月を見ていた。

『兄さん、一緒に月に行きましょう。あの恒久の月に。桃源郷で楽しく暮らしましょう。そこで広利兄さんや髆が来るのを、主上のお越しを一緒に待つの』

桃源郷。俺が求め続けていた場所。そこであれば帝にまた、会えるだろうか。俺を愛してくれた大切な人。

『もちろんです。次は桃源郷で、ともに暮らしましょう』

桃源郷、か。月に桃源郷があると、そういえば昔そう願っていた。それを求めてずっと歩いてきた。それは遥か彼方（かなた）の幸せ。

『もう手が届きます。私にも、兄さんにも』

そうだ、な。

思わず目を細めた。月。

終章　桃源郷への旅人の行方

その後、事件のすべてを劉髆は与り知らなかったこと、李延年がその代わりに自死を賜り責を果たしたということで、劉髆が罪に問われることはなかった。李広利は巫蠱の獄の際に匈奴を追撃していたが、報を聞き失意の内に投降した。漢に残された広利の妻子は処刑された。狐鹿姑単于は広利を重用したが、広利は後に讒言によって処刑された。けれども遥か大宛の地では、広利は水を呼び人を救った神として親しまれている。

武帝は長い間太子位を空白とし、そのしばらくあと、延年のあとを追うようにして息を引き取った。亡くなる間際に大司馬大将軍に任命した霍光に命じ、その崩御後、李夫人に孝武皇后の名を諡り、皇后の格式で祭祀を行わせた。

劉髆の息子はその後、短期間皇帝に即位したが廃され、劉髆の四人の子女には湯沐邑の土地を千戸下賜されてその家は長く続いたという。

茂陵には武帝の陵墓がある。その内、武帝が存命中に武帝の意思によって建てられた墓は匈奴を打倒した衛青、霍去病、それから李夫人の墓だけだ。李夫人の墓は武帝の墓に寄り添うように建てられている。

月は変わらず遥か天空から、すべてを見下ろしている。

後注

※1：ベトナム北部
※2：中央アジア
※3：福建あたり
※4：匈奴の王
※5：切断刑
※6：ペルシャ
※7：衛
※8：阿嬌
※9：オルドス

ハッピーエンドのその先へ ー
ファンタジックなボーイズラブ小説レーベル

&arche NOVELS
アンダルシュノベルズ

最強な将軍の
溺愛全開!!

小悪魔令息は、色気だだ漏れ将軍閣下と仲良くなりたい。

古堂すいう／著
逆月酒乱／イラスト

小悪魔令息のエリスには思い人がいる。それは彼の住む国オリシヲンの将軍、シモン。パーティーでの振る舞いは色気に満ちあふれ、剣を振るい汗を流す姿は鼻血が出そうなほど魅力的。シモンが大好きすぎて抱かれたいとさえ思っているが、長年の片思いのせいで拗らせてしまい、素直になれないでいた。そんなエリスだが、最近考えることがある。――シモンを慕うのに、ふさわしい人間でありたい。これまでサボっていた剣技大会に本気になろうとしたら、なぜかそのタイミングでシモンとの距離がぐっと近づいて――!?

詳しくは公式サイトにてご確認ください。
https://andarche.alphapolis.co.jp

異世界BLサイト“アンダルシュ”
新刊、既刊情報、投稿漫画、X（旧Twitter）など、BL情報が満載!

ハッピーエンドのその先へ ー
ファンタジックなボーイズラブ小説レーベル

&arche NOVELS
アンダルシュノベルズ

召喚されたら、
スパダリ王子と強制バディ生活!?

どうも魔法少女(おじさん)です。
〜異世界で運命の王子に溺愛されてます〜

志麻友紀／著

小野浜こわし／イラスト

コンビニのバイト帰り、突然異世界に召喚されたコウジ。やってきた異世界で、コウジはきらびやかな魔法少女たちに囲まれていた。しかもなぜか、おじさんの姿のままで！　さらには、四十五人の王子が序列に従って魔法少女から『自分の運命のパートナー』を見つけ出すという。コウジは自分を選ばなくてはいけない四十五人目の王子に内心同情していたのだがコウジを選んだ王子・ジークはなぜか彼にベタぼれ。彼にはとある過去があるようで……？　WEBで大人気の異世界召喚BL、ここに開幕！

詳しくは公式サイトにてご確認ください。
https://andarche.alphapolis.co.jp

異世界BLサイト“アンダルシュ”
新刊、既刊情報、投稿漫画、X(旧Twitter)など、BL情報が満載!

この作品に対する皆様のご意見・ご感想をお待ちしております。

おハガキ・お手紙は以下の宛先にお送りください。

【宛先】

〒150-6019 東京都渋谷区恵比寿4-20-3 恵比寿ガーデンプレイスタワー 19F
（株）アルファポリス　書籍感想係

メールフォームでのご意見・ご感想は右のＱＲコードから、
あるいは以下のワードで検索をかけてください。

ご感想はこちらから

本書は、「アルファポリス」（https://www.alphapolis.co.jp/）に掲載されていたものを、
改稿、加筆のうえ、書籍化したものです。

恒久の月（こうきゅうのつき）

Tempp（てんぷぷ）

2024年6月20日初版発行

編集－黒倉あゆ子
編集長－倉持真理
発行者－梶本雄介
発行所－株式会社アルファポリス
〒150-6019 東京都渋谷区恵比寿4-20-3 恵比寿ガーデンプレイスタワー19F
TEL 03-6277-1601（営業） 03-6277-1602（編集）
URL https://www.alphapolis.co.jp/
発売元－株式会社星雲社（共同出版社・流通責任出版社）
〒112-0005 東京都文京区水道1-3-30
TEL 03-3868-3275
装丁・本文イラスト－笠井あゆみ
装丁デザイン－AFTERGLOW
（レーベルフォーマットデザイン―円と球）
印刷－中央精版印刷株式会社

価格はカバーに表示されてあります。

落丁乱丁の場合はアルファポリスまでご連絡ください。

送料は小社負担でお取り替えします。


ISBN978-4-434-34035-2 C0093